THA MÒRAG LAW à Eilean Cholbhasa ach chaidh a togail anns an Eilean Sgitheanach agus ann an Dùn Omhain. Ged a tha Gàidhlig aice bho thùs, cha do thòisich i ri sgrìobhadh innte gus an d' fhuair i teisteanasan Gàidhlig aig Àrd Ìre mar inbheach. Choisinn i Duais nan Sgrìobhadairean Ùra (Comhairle nan Leabhraichean/Scottish Book Trust) ann an 2017 a lean gu mentorachd bho Mhàrtainn Mac An t-Saoir.

Dheasaich agus dh'eadar-theangaich i cruinneachadh de sgrìobhaidhean a màthar airson an leabhair dhà-chànanaich *Dìleab Cholbhasach/A Colonsay Legacy* (Acair, 2013). Tha artaigilean, sgeulachdan agus neo-ficsean aithriseil aice air nochdadh anns na h-irisean *Cothrom* agus *Steall*, *Northwords Now/Tuath* agus anns na cruinneachaidhean *Nourish/Beathachadh* (SBT, 2017) *Celebration/Gàirdeachas* (SBT, 2021) agus *New Writing* vol 9 (SBT, 2018). Ann an 2020 fhuair a cruinneachadh sgeulachdan goirid, *Cuibhle an Fhortain* (Luath Press, 2019) àite air gèarr-liosta Duais Chomann Gàidhlig Lunnainn airson an leabhar ficsein as fhèarr.

Tha ùidh shònraichte aice ann a bhith a' cruthachadh sgrìobhadh a bhitheas freagarrach is fosgailte do luchd-ionnsachaidh na Gàidhlig.

A' Fàgail an Eilein

MÒRAG LAW

Luath Press Limited
DÙN ÈIDEANN

www.luath.co.uk

A' chiad chlò 2021

ISBN: 978-1-910022-72-6

Gach còir glèidhte. Tha còraichean an sgrìobhaiche mar ùghdar
fo Achd Chòraichean, Dealbhachaidh agus Stèidh 1988 dearbhte.

Chuidich Comhairle nan Leabhraichean am foillsichear
le cosgaisean an leabhair seo.

Chaidh am pàipear a tha air a chleachdadh
anns an leabhar seo a dhèanamh
ann an dòighean coibhneil dhan àrainneachd,
a-mach à coilltean ath-nuadhachail.

Air a chlò-bhualadh 's air a cheangal le
Robertson Printers, Farfar.

Air a chur ann an clò Sabon 10.5 le
Main Point Books, Dùn Èideann.

© Mòrag Law 2021

Clàr-Innse

	Buidheachas	9
	Ro-ràdh - An Geamhradh, 1997	11
1	Tiops aig an Dolphin Grill	13
2	Largo	23
3	Na Cupannan Ròsach	33
4	Turas gu Deas	42
5	'Summer Skies and Golden Sands'	53
6	An Toiseach	61
7	Deireadh nan saor-làithean	71
8	Am Bothan Beag	81
9	Mairead Charnegie	91
10	Dòigh-beatha ùr	101
11	Foghlam Eadar-dhealaichte	110
12	Oidhche Mhòr nan Sgitheanach	119
13	Nollaig	130
14	Doimhneachd a' Gheamhraidh	141
15	Ealaghol	151
16	Litrichean à Earra-Ghàidheal	161
17	A' ruighinn Tìr-mòr	167

Do Alasdair
le gaol, an-diugh, a-màireach agus gu sìorraidh

Buidheachas

THA MI AIR leth taingeil do Chomhairle nan Leabhraichean airson an cuideachadh uile agus gu h-àraidh do John Storey airson a thaic is a bhrosnachadh. Aig toiseach a' phròiseict, fhuair mi comhairle anabarrach luachmhor bho Alison Lang agus nas fhaide air adhart, comhairle shònraichte mhath bho Chatrìona Lexy Chaimbeul – mòran taing don dithis aca.

Bu toil leam taing a thoirt cuideachd do Gavin MacDougall aig Luath Press, do Joan Nicdhòmhnaill airson deasachadh snasail, smaoineachail agus do Bheathag Mhoireasdan airson dearbh-leughadh.

An Geamhradh, 1997
An Leabhran

Chaidh Màiri do flat Mem airson an turas mu dheireadh air feasgar gruamach Gearrain. Cha robh mòran air fhàgail anns an t-seòmar-suidhe bheag chumhang oir bha Murchadh air dèiligeadh ris an àirneis mar-thà agus cha robh ann a-nis ach bogsaichean uidheamcidsin, soithichean is òrnaidean a' feitheamh airson an toirt dhan bhùth charthannais. Mus do thòisich i air am preas-leabhraichean fhalmhachadh thug i seann truinnsear is pàtran ròsach air a-mach à aon de na bogsaichean. An uair sin chuir i air an teine gas ach cha tug i dhith a còta oir bha am fuachd a' sìor bhìdeadh a cnàimhean. Bha am preas-leabhraichean beag anns an oisean is dà bhogsa falamh ri a thaobh. Cha do chosg Màiri mòran ùine na leabhraichean a bha air fhàgail air na sgeilpichean a chur annta airson an toirt dhachaigh. Chuireadh i sùil cheart orra an sin.

Leabhraichean bàrdachd is aithisgean acadamaigeach. Nobhailean is irisean. Faclairean is leabhraichean gràmair. Leabhraichean Gàidhlig, 's iad uile a' sealltainn na spèis a bh' aig a màthair air a' chànain aca fhèin. Spèis is eòlas a chaidh a leasachadh agus a leudachadh anns na bliadhnaichean mu dheireadh aice às dèidh beatha-obrach thrang, thoinnte a bha uaireannan gu math duilich.

B' ann nuair a bha am preas gu bhith falamh a lorg Màiri an leabhran. Prògram-cuirme grinn, còmhdach gorm is donn air le suaicheantas Comunn Sgitheanach Ghlaschu anns an teis-mheadhan. Bha 'The Skye, One Hundred Years 1865–1965' sgrìobhte air. Sheall Màiri air le mòr-iongnadh agus gu grad, thàinig a' chuimhne air ais thuice.

1965. Nuair a bha i fhathast a' fuireach air an Eilean Sgitheanach is i air stairsneach inbheachd. Na h-atharrachaidhean uile a thachair anns an teaghlach agus na beatha-se. Ciad ghaol. Tinneas. Imrich, an-fhois, dìomhaireachd. Dùbhlanan na h-àrd-sgoile. A' fàs neo-eisimeileach ann an dòigh nach robh dùil idir aice.

Saoil càit an d' fhuair a màthair am prògram seo? Cha b' ann bhuaipse a thàinig e co-dhiù ged a bha cuimhne gu math soilleir aice air oidhche na cuirme shònraichte sin, a chaidh a chumail ann an Talla a' Bhaile Mhòir ann an Glaschu. Ged a bha i air pàirt a ghabhail ann, cha robh i air prògram fhaicinn idir agus cha robh a pàrantan san luchd-èisteachd na bu mhotha.

Dh'fhosgail i an leabhran agus thòisich i ri leughadh 's e làn aithisgean mun chomann agus mun Eilean a chaidh a sgrìobhadh gu sònraichte airson a' cheann-latha chudromaich. Aithisgean mu phìobaireachd is saighdearachd, obair-fearainn is obair-turasachd. Mhothaich i gur ann le ceannard na h-àrd-sgoile, Mgr Mac an Tòisich, a chaidh aithisg mu fhoghlam a sgrìobhadh. Bha tòrr dhealbhan dubh-is-geal ann cuideachd – Buill na Comataidh is buidheann dràma; seallaidhean an eilein – an Cuiltheann, Ealaghol, Bàgh Phort Rìgh, Eilean Iarmain.

Agus, anns a' mheadhan, air duilleag dhùbailte, prògram-ciùil na cuirme mòire a chaidh a chumail air a' chiad oidhche Haoine san Dùbhlachd, 1965.

Chuimhnich Màiri gun do chaill ise a' chiad phàirt den oidhche agus mar sin nach cuala i iomadach seinneadair gasta a chaidh ainmeachadh air a' chiad duilleig. Ach aig ceann na dàrna duilleig, leugh i, 'Songs: selected – PORTREE HIGH SCHOOL CHOIR' agus an uair sin thàinig a' chuimhne gu soilleir agus gu clis. Thàinig na deòir gu a sùilean agus dhùin i an leabhran.

Bha a càr a' feitheamh oirre far an do dh'fhàg i e taobh a-muigh flat Mem. Gu cùramach, thog i na bogsaichean leabhraichean aon mu seach agus ghiùlain i iad a-mach airson an cur sa bhoot. B' iad an leabhran agus an truinnsear ròsach na rudan mu dheireadh a thug i às a' flat mus do ghlas i an doras às a dèidh.

I

Tiops aig an Dolphin Grill

BHA MÀIRI NA suidhe air bhalla na bun-sgoile, a' feitheamh air bus Mhic a' Bhruthainn. Bha na clachan blàth le teas na grèine agus bha e math a bhith a-muigh air feasgar cho brèagha, fhad 's a bha a companaich fhathast trang anns an t-seòmar-sgoile, glacte a-staigh gu leth-uair an dèidh trì.

B' ann shuas air cnoc a bha an sgoil le seallaidhean brèagha bho na h-uinneagan mòra – ged nach b' urrainn do na sgoilearan am faicinn oir bha na h-uinneagan ro àrd os an cionn. Ach bha sòla-uinneige mhòr leathann bho cheann gu ceann agus air làithean grianach mar seo bhiodh Miss Menzies na suidhe gu h-àrd an sin far am faodadh i sùil a chumail orra. Bho àm gu àm bhiodh i a' coimhead a-mach thairis air baile Eilean Iarmain dhan mhuir far an robh an taigh-solais geal na sheasamh mar chorrag dhìreach, a' comharrachadh Beinn Sgritheall agus na beanntan àrda air taobh thall Linne Shlèite.

Bha sealladh soilleir air beulaibh Màiri cuideachd, 's i na suidhe aig ceann rathad Eilein Iarmain agus ri taobh an rathaid mhòir eadar Armadal agus an t-Àth Leathann. Sheall i sìos an rathad beag caol, sgeadaichte air gach taobh le lusan an t-samhraidh, agus chunnaic i far an deach e tarsainn na seann drochaid, seachad air a' bhogsa-fòn dheirg agus an uair sin sìos dhan tuathanas agus an taigh-òsta beag geal aig ceann a' chidhe. Smaoinich i gu robh e gasta a bhith saor air feasgar sgoile mar seo, 's i air an teirm mu dheireadh sa bhun-sgoil. Nuair a dh'innis Mem dhi sa mhadainn gu robh i air cead fhaighinn dhi bho Miss Menzies a dhol a thadhal air Dadaidh san ospadal cha b' e iongnadh a bh' ann idir. Thuig i gu nàdarrach carson nach b' urrainn do a màthair a dhol ann oir b' ise a bha a' stiùireadh chùisean aig an taigh-òsta is Dadaidh cho bochd às dèidh grèim-cridhe.

A bharrachd air sin, bha a bràthair, Murchadh, air fàgail airson a dhol gu muir airson a' chiad uair o chionn ghoirid agus mar sin bha e an urra rithese a dìcheall a dhèanamh airson taic a thoirt do Mhem. 'S dòcha gun do chuidich sin leis na faireachdainnean draghail a bha fhathast a' nochdadh gu tric na h-inntinn nuair a smaoinicheadh i mun latha a thachair an grèim-cridhe, aodann geal a h-athar, a shùilean dùinte is e a' strì leis a' phian bhrùideil a thug grèim air a chom. Cha robh cuimhne aig Màiri air àm na beatha far nach robh a teaghlach uile mun cuairt oirre, agus nuair a chaidh Dadaidh air falbh dhan ospadal bha eagal fiadhaich air a bhith oirre nach fhaiceadh i e a-rithist. Ged a thug Mem fois-inntinn dhi gum biodh a h-uile rud ceart gu leòr aig a' cheann thall, an ceann seachdain bha Murchadh air falbh a dh'Aimeireaga a Deas agus gu h-obann, bha an dithis aca air am fàgail nan aonar. A thuilleadh air a h-uile iomagain mu a h-athair bha i a-nis a' caoidh a bràthar mhòir a bha daonnan air a bhith deònach sùil chùramach a chumail oirre – gu sònraichte tro mhìosan an t-samhraidh nuair a bha Mem is Dadaidh cho trang. Co-dhiù bha an dleastanas ùr seo a' còrdadh rithe glan – gu h-àraidh a bhith a' faighinn feasgaran brèagha samhraidh dheth bhon sgoil.

Às dèidh dìnnear bha Miss Menzies air a ràdh rithe gu coibhneil, 'Niste, a Mhàiri, a bheil an t-airgead agad airson a' bhus sàbhailte gu leòr?'

Agus bha gu dearbha – am broinn an sporain bhig leathair a rinn i ann an clas-ciùird na sgoile. Chuir i a làmh na pòcaid agus làimhsich i e, a' cuimhneachadh gu sona gu robh beagan airgid a bharrachd ann cuideachd – airson truinnsear tiops aig an 'Dolphin Grill' anns an Àth Leathann às dèidh a bhith a' tadhal air Dadaidh. Ri a taobh bha baga mòr le pyjamas glan is stuth

A' FÀGAIL AN EILEIN

eile, a' gabhail a-steach litir bho Mhem dha ann an cèis dhùinte agus cairt bheag èibhinn a rinn i fhèin. Air taobh a-muigh na cairte bha i air dealbh a dhèanamh de Dhadaidh le thermometer stoibte na bheul, 's e na laighe ann an leabaidh mheatailt le cairt-teothachd crochte oirre. Bha coltas gu math feargach air. Fon dealbh, bha sgrìobhte san làmh-sgrìobhaidh a b' fheàrr aice,

'While Daddy thinks of hospital
With anger and with curses...'

Am broinn na cairte bha dealbh mòr aodann a màthar le coltas uallaich oirre. Bha balgan-smuain a' tighinn às a ceann, le dealbh de nursaichean a' dannsadh mun cuairt leabaidh a h-athar le sgiortaichean goirid is stocainnean dubha orra. Fon dealbh seo bha am punch-line sgrìobhte,

'Mum sits at home and worries
About all those pretty nurses!'

Bha i cho moiteil às, 's i cho cinnteach gur e cairt cianail èibhinn a bh' ann – dìreach mar na cairtean dathach cosgail a bha rim faighinn ann am bùth Fraser McIntyre ann am Port Rìgh no ann am bùth a' cheimigeir ann an Caol Loch Aillse.

Bha an rathad eadar Armadal is An t-Àth Leathann gu math sàmhach agus cha deach mòran trafaig seachad, ach mu dheireadh thall chuala i srann a' bhus a' tighinn aig astar. Leum i sìos bhon a' bhalla agus mus deach i a-mach tron gheata, thionndaidh i mun cuairt agus chunnaic i Miss Menzies na suidhe, mar as àbhaist, ri taobh na h-uinneige, a' smèideadh a làimhe agus a' dèanamh fiamh-ghàire rithe.

Cha robh ach i fhèin air a' bhus nuair a chaidh i air bòrd. Cheannaich i tiogaid bhon draibhear, a dh'fhaighnich dhi, 'Cà' bheil thu a' dol an-diugh, ma-thà – a bheil feasgar dheth agad?'

Dh'innis Màiri dha mun obair chudromach a bh' aice a' tadhal air Dadaidh san ospadal is e cho tinn.

'O chuala mi sin, ceart gu leòr. Nach innis thu dha gu robh mi a' faighneachd air a shon!'

Chuir i an tiogaid agus an sporan beag leathair air ais na pòcaid agus am baga mòr ri a taobh. An uair sin shuidh i sìos, faisg air an draibhear. Chaidh am bus suas an rathad, a' dìreadh a' bhruthaich ri taobh na seann eaglaise. Sheall Màiri a-mach air laimrig Eilein Iarmain far an robh dòrlach de dh'iataichean beaga acraichte, a' gluasad gu sèimh leis an t-sruth agus far an robh tonnan beaga a' deàlradh 's a' gleansadh fon ghrèin. Chaidh iad tro Dhùisdeil Mhòr, seachad air taigh-òsta spaideil le gàrradh farsaing grinn ri a thaobh. Seachad air Dùisdeil bha coilltean air gach taobh den rathad. Tron latha bha coltas neoichiontach gu leòr orra ach bha fios aig Màiri gum biodh faireachdainn gu tùr eadar-dhealaichte orra aig ciaradh an fheasgair – faireachdainn mhì-chneasta, aonaranach far nach cluinnear ach sèideadh gaoithe am measg nam meanglan no fuaim na mara a' tighinn air astar. Bha sgeulachdan eagalach, àraid mu na coilltean sin cuideachd – sgeulachdan mu ghuthan fad às agus fuaimean chas-cheuman neònach, sgeulachdan mun dà-shealladh agus fàisneachdan mun àm ri teachd.

Ach, gu clis, bha iad air na coilltean a leigeil às an dèidh agus thòisich am bus a' dìreadh a' bhruthaich aig Tuathanas Cheann Locha, a' ruighinn monadh, rèidh falamh a bha a' sìneadh a-mach air am beulaibh is an Cuiltheann ag èirigh fada air falbh. Thairis air a' mhonadh ràinig iad An t-Àth Leathann agus shiubhail iad tron bhaile fhada, sgapte sin, is am bus a' lìonadh le luchd-siubhail eile. Chaidh e tro mheadhan a' bhaile far an robh bùth a' Cho-op, taigh-òsta An Dunollie agus Sutherland's Garage mus do stad iad, mu dheireadh thall, aig inntrigidh an ospadail.

Rinn an draibhear fiamh-ghàire ri Màiri nuair a dh'fhàg i am bus, am baga na làimh agus an sporan beag leathair fhathast sàbhailte na pòcaid.

'Nise, a bheil thu cinnteach mun bhus dhachaigh – no 's mathaid gum bi cuideigin a' toirt lioft dhut?' Bha cùram na shùilean.

'O bidh mi a' faighinn a' bhus à Caol Àcainn. Gheibh mi e

aig ceann eile a' bhaile, nas fhaide air an fheasgar,' thuirt i, gun uallach. 'Bidh sin a' toirt ùine gu leòr dhomh airson truinnsear tiops aig an Dolphin Grill air an t-slighe air ais!'

Sheall an draibhear oirre le iomagain, "S e astar caran fada a tha sin airson caileag bheag mar thu fhèin – ach tha min dòchas gun còrd na tiops riut, agus cuimhnich – innis dha d' athair gu robh mi a' faighneachd air a shon!' Dhùin an doras air a cùlaibh agus dh'fhalbh am bus, a' dèanamh air Port Rìgh. Chaidh Màiri suas an rathad dhan ospadal gu sgiobalta, le grèim teann air a' bhaga na làimh.

B' e am fàileadh an rud a bu mhiosa dhi anns an ospadal agus nuair a chaidh i a-steach thug e ionnsaigh làidir air a cuinnlean. Dhùisg am fàileadh neònach, ceimigeach faireachdainnean an-fhoiseil, mì-chofhurtail na ceann agus thòisich i ri smaoineachadh às ùr mu shuidheachadh a h-athar. 'S mathaid gu robh fada a bharrachd ceàrr air na bha dùil aice? 'S dòcha gu robh rudan ann nach do dh'innis a màthair dhi? An uair sin chuimhnich i mun obair chudromach a bha aice ri dhèanamh agus choisich i sìos na trannsaichean sìtheil sàmhach dhan uàrd far an deach i a-steach le aodann sona. Abair gu robh a h-uile h-àite cho glan agus cho sgiobalta. Bha Dadaidh na shuidhe an-àirde anns an leabaidh leis na siotaichean air am pasgadh gu teann mu thimcheall. Shuidh Màiri sìos air cathair chruaidh ri taobh na leapa.

'Good afternoon,' thuirt Dadaidh is gàire beag air a bheul. Bha Dadaidh daonnan cho modhail agus sean-fhasanta na chainnt agus blas cho foirmeil air a Bheurla, cha bhiodh duine sam bith a' creidsinn gun do rugadh e ann an sgìre glè bhochd ann an Lunnainn. Cha robh ach criomagan de dh'eachdraidh aig Màiri. Na bliadhnaichean aige san RAF. Colaiste Cranwell far an deach e gus trèanadh fhaighinn agus a thug buaidh cho làidir air an dòigh a bha e ga ghiùlan fhèin. Na tachartasan sgriosail a chunnaic e 's a dh'fhuiling e aig àm a' chogaidh nach robh e deònach bruidhinn ma dheidhinn.

*

'Good afternoon, Daddy. Here's a get-well card I made, to cheer you up!' Thug i a' chairt dha agus thòisich e air gàireachdaich. An uair sin chlapranaich e a làmh, 'Most amusing, my dear. Put it on my locker, will you?'

Chuir Màiri a' chairt suas air uachdar an locair ri taobh siuga mhòr uisge. Bha i caran cugallach oir bha i dèante à paipear-sgrìobhaidh àbhaisteach ach shaoil i gu robh i a' coimhead glè fhreagarrach shuas ann a shin, agus co-dhiù cha robh cairtean eile aige. An sin chuir i na pyjamas glan am broinn an locair agus thug i litir a màthar anns a' chèis dhùinte do Dhadaidh. Cha do dh'fhosgail e i, ach chuir e i gu aon taobh air uachdar na leapa agus choimhead e oirrese gu geur, 'Now, tell me all about how you're getting on at school – and how things are going at the hotel.'

Bhruidhinn iad gu socair agus gu càirdeil le chèile mun sgoil agus an taigh-òsta. An uair sin, dh'fhaighnich Màiri gu modhail dha mu chùisean san ospadal. Thuig i sa bhad nach robh e toilichte 's e follaiseach gu robh e doirbh dha a bhith na laighe gu socair sèimh na leabaidh, a' gabhail fois agus a' fàs slàn. Bha e ro shàmhach dha oir ged a bha e faisg air trì fichead bha e fhathast cleachdte ri bhith dèanadach is èasgaidh fad na h-ùine. A-nis bha e ag ionndrainn a bhith ri obair chruaidh anns an taigh-òsta, a' cumail làithean fada san oifis, no oidhcheannan anmoch air cùlaibh a' bhàir. A thuilleadh air sin cha robh duine eile a' tighinn a thadhal air agus bha e seachd searbh sgìth leis oir cha robh ach bodaich thruagh, throimh-a-chèile anns na leapannan eile nach b' urrainn bruidhinn ris.

'But I'll just need to put up with it for the time being – maybe in a week or two I'll be back home with you!'

Dh'fhàs an seòmar sàmhach. Bha na bodaich a' cadal anns na leapannan eile agus cha robh ri chluinntinn ach dranndanachd cuileig air a glacadh ris an uinneig a' strì ri sgèith a-mach.

Laigh Dadaidh air ais air na cluasagan, coltas sgìth air aodann is shuidh Màiri ri a thaobh a' faireachdainn fàileadh ceimigeach an ospadail a-rithist air a cuinnlean, na smuaintean draghail a' sìor dhùsgadh a-rithist na h-inntinn. Thug i sùil air a h-uaireadair. Bha deireadh an àm tadhail a' tighinn dlùth.

'Is it time for you to go?'

Ghnog Màiri a ceann. An uair sin thionndaidh Dadaidh dhan locair aige agus thog e a-mach cèis dhùinte eile, 'Here are a few lines to your mother – make sure she gets them, won't you?' Choimhead e oirre gu dùrachdach ach an uair sin thàinig fiamh-ghàire, 'Off you go then – you don't want to miss the bus!'

Thug Màiri pòg bheag do Dhadaidh air a mhaoil agus bha a chraiceann tioram agus blàth fo a bilean. Chuir i a' chèis anns a' bhaga airson a thoirt dhachaigh còmhla ri pyjamas aig an robh feum air nigheadaireachd.

'Goodbye, my dear. Thank you for visiting and tell your mother I'm doing very well. I'll read her letter once you've gone.'

Dh'fhàg Màiri tro dhoras beag eile aig cùl an ospadail far an robh frith-rathad dìomhair tro na craobhan dhan t-seann chidhe 's an uair sin ri taobh na mara agus air ais dhan rathad mhòr.

Nuair a ràinig i a' mhuir, lìon an t-adhar glan, saillte a cuinnlean, a' sguabadh air falbh fàileadh grod an ospadail. Sheas i airson mionaid no dhà aig a' chidhe, a' coimhead a-mach air Bàgh an Àth Leathainn gu Siorrachd Rois far an robh faileasan sgòthan an fheasgair a' dol air seachran, thairis air guailnean nam beanntan. Thug i sùil air a h-uaireadair agus mhothaich i gu robh fhathast uair a thìde gu leth aice airson am bus dhachaigh fhaighinn. Bhiodh sin ceart gu leòr, ged a bha aice ri trì mìle a choiseachd a-nis gu ceann thall a' bhaile far am faigheadh i am bus à Caol Àcainn. Cha do chuir sin dragh oirre idir ge-tà oir bha am feasgar brèagha agus tioram agus bha i gu math cleachdte ri coiseachd.

Bha pearsa caol, èasgaidh aig Màiri agus choisich i le ceumannan diongmhalta, clis agus druim dìreach. Thòisich i air ais tron a' bhaile, seachad air Sutherland's Garage agus an uair sin sìos an rathad beag ri taobh taigh-òsta An Dunollie dhan Dolphin

Grill – an cafaidh a bha dìreach air ùr fhosgladh aig toiseach an t-seusain seo. Bha uinneagan mòra gleansach air agus stòlaichean àrda air beulaibh cunntair fada, formica. Bha bùird formica ann cuideachd agus bha Màiri den bheachd gu robh seòrsa de riochdalachd air an àite nach robh ri fhaighinn àite sam bith eile, ach 's dòcha ann am Port Rìgh – far an robh an cafaidh as spaideil air an Eilean – an 'Caley' air Sràid Wentworth.

Nuair a chaidh i a-steach, bha an t-àite falamh is b' i an aon chustamair. Shuidh i sìos aig a' chunntair air aon de na stòlaichean àrda agus leig i sìos am baga ri a casan. Thug i an sporan beag leathair a-mach às a pòcaid agus nuair a thàinig fear le aparan mòr geal a-mach às a' chidsin dh'iarr i truinnsear tiops agus glainne Cream Soda. Chunnt i an t-airgead a-mach gu cùramach air a' chunntair agus dhòirt am fear glainne mhòr àrd Cream Soda dhi. An uair sin chaidh e air ais dhan a' chidsin far an cuala Màiri spreidheadh fuaim nuair a chaidh na tiops a-steach dhan ola theth. An uair sin nochd am fàileadh math, blasta, blàth agus mhothaich i gu robh acras mòr mòr oirre agus nach robh i air mìr ithe bhon a fhuair i dìnnear-sgoile aig meadhan-latha. Dh'òl i an Cream Soda beag air bheag, a' feuchainn ri deur beag a chumail air ais gus an tigeadh na tiops. Mu dheireadh thall thàinig am fear a-mach às a' chidsin le cruach mhòr de tiops òr-dhonn air truinnsear geal, 'Sal' an' vinegar, hen?' Bha blas làidir Ghlaschu aige.

'Yes, please,' thuirt i is fadachd oirre an ithe.

Sgaoil am fear còmhdach math de shalainn is bhineagar orra, 'No' in school the day?'

Dh'innis i dha mun dleastanas chudromach a bh' aice, ciamar a fhuair i dhan Àth Leathann agus ciamar a bha i a' faighinn dhachaigh.

'That's quite a walk for you, hen – all the way tae the Sleat road-end fae the hospital! I hope yiv left plenty o' time tae catch yer bus! Right then, you just get yer chips eaten up…' agus chaidh e a-steach dhan a' chidsin a-rithist.

Thòisich Màiri air na tiops agus dh'ith i iad gun stad. Oh, nach iad bha math – cho teth, cho criospaidh, le blas geur bhineagair orra. Nuair a chuir i am fear mu dheireadh na beul, sheall i a-rithist air a h-uaireadair agus cha robh a-nis ach trì chairteal na h-uarach air fhàgail airson am bus à Caol Àcainn fhaighinn. B' fheudar dhi cabhag a dhèanamh. Leum i sìos bhon stòl, thog i am baga bhon ùrlar agus chaidh i a-mach às an Dolphin Grill is suas dhan rathad mhòr a-rithist.

Choisich i na bu luaithe sìos tron a' bhaile fhada, sgapte. Seachad air a' Cho-op, na Taighean Suaineach, bùth a' bhùidseir. Seachad air Sgoil an Àth Leathainn, Harrapul agus bùth Iain Chrìsdein. Seachad air ceann-rathaid Waterloo agus an uair sin bha a ceann-uidhe na sealladh, is fhathast còig mionaidean mus tigeadh am bus.

Na seasamh aig a' chrois-rathaid a' gabhail a h-anail, chuala i srann a' bhus a' tighinn suas an rathad bho Chaol Àcainn. Nuair a thàinig e gu stad air a beulaibh chaidh i air bòrd gu taingeil oir bha i a' faireachdainn gu math sgìth a-nis. Cha robh i eòlach air an draibhear agus b' e faochadh a bha seo oir bha i ro sgìth airson bruidhinn ris. Sheall i a tiogaid dha agus shuidh i sìos gun fhacal. Cha mhòr nach do thuit i na cadal, bha e cho blàth is seasgair, le srann a' bhus mar thàladh a' ruith na ceann.

Bha Mem anns a' chidsin, ag ullachadh gu dripeil airson dìnnear-feasgair an luchd-turais nuair a ràinig i dhachaigh agus cha robh ùine cheart aice idir airson bruidhinn ri Màiri. Rinn i tost is cupan tì dhi fhèin agus an uair sin chaidh i suas dhan t-seòmar-cadail far an do laigh i air a leabaidh a' leughadh leabhar is am baga air an ùrlar ri a taobh. Bha uair a thìde no dhà air a dhol seachad mus tàinig Mem suas a bhruidhinn rithe, 'Oh 's mi tha duilich,' thuirt i, 'ach tha sinn air a bhith gu sònraichte trang a-nochd agus chan eil sinn buileach deiseil fhathast! A bheil an t-acras mòr ort, a chuilein? Tha truinnsear bìdh a' feitheamh ort shìos aig bòrd a' chidsin. Ach, fuirich mus tèid sinn sìos, innis dhomh ciamar a bha Dadaidh – an tug thu an litir agam dha? Agus, saoil, an tug esan litir dhutsa?'

Thug Màiri litir a h-athar às a' bhaga agus ged a bha e na bhriseadh-dùil nach robh i a' faighinn cothrom innse do a màthair mun turas, mun chafaidh no mu na tiops, bha i mothachail gun do choilean i a h-uile dleastanas a bh' aice.

2

Largo

CHAIDH NA LÀITHEAN sin, air teirm mu dheireadh na bun-sgoile, seachad mar bhruadair àraid. Mhair an t-sìde chiùin, ghrianach fad sheachdainean agus ged a chruinnich sgòthan mòra corra fheasgar thàinig maidnean soilleir, sàmhach às an dèidh. Bha Dadaidh fhathast na laighe tinn ann an ospadal an Àth Leathainn ach dh'fhàs Màiri cleachdte ri a bhith a' tadhal air – a' faighinn a' bhus gu cunbhalach agus a' giùlan pyjamas glan agus litrichean ann an cèisean dùinte air ais is air aghaidh. Bha an turas bus dhan Àth Leathann a' còrdadh rithe ach cha robh fiughair oirre idir mun astar fhada a bh' aice ri choiseachd aig deireadh an fheasgair a dh'aindeoin a h uile glainne Cream Soda is truinnsear tiops a fhuair i aig an Dolphin Grill. Uaireannan, ge-tà, bhiodh Mem a' dol còmhla rithe, nan robh cothrom aice an taigh-òsta fhàgail agus *hire* fhaighinn oir cha b' urrainn dhi draibheadh agus bha car an teaghlaich na thàmh anns a' gharaids le còmhdach duslaich a' fàs na bu tighe air.

B' e seusan an t-samhraidh a bh' ann agus bha an taigh-òsta làn luchd-turais ach bha an luchd-obrach earbsach agus dìcheallach. Bha seo na chuideachadh mòr do Mhem, agus na bu chudromaich buileach, bha i air duine ciallach, Gus Fitzpatrick, a lorg airson obair chruaidh a' bhàir a dhèanamh fhad 's a bha Dadaidh air falbh. Bha Gus air nochdadh gu clis às dèidh an latha uabhasaich sin nuair a thuit Dadaidh gu h-obann gu làr leis a' phian dhòrainneach na chom. 'S ann à Siorrachd Rois a bha e – fear òg, tapaidh a bha a' fuireach san taigh-òsta fhèin ach a bha a' siubhal dhachaigh nuair a bha latha dheth aige gu bean is clann òga ann an Geàrrloch.

Tro mhìosan an t-samhraidh bha e na chleachdadh aig Màiri is a pàrantan a bhith a' cadal ann an dà sheòmar shuas staidhre bheag phrìobhaideach air cùlaibh an togalaich. Seòmraichean snoga, seann-fhasanta, le mullaich chama. Bha seòmar Màiri glè bheag agus cumhang 's cha robh ann ach fàrlas airson solas an latha a leigeil a-steach. Cha robh fiù 's rùm ann airson preas-aodaich – dìreach ciste-dhràthraichean bheag agus ceàrnag air fhalach le cùirtear air rèile. Cha do chuir sin suas no sìos i oir cha robh mòran aodaich aice co-dhiù. B' e measgachadh àraid a bh' annta – geansaidhean iomadh-dhathach a bha Mem a' fighe dhi tron gheamhradh agus jeans bho chatalog JD Williams no bhana An Fhir Innseanaich. Bha rud no dhà eile ann cuideachd a chaidh a cheannach air tìr-mòr nuair a bha iad air saor-làithean aig deireadh an t-seusain agus ùine is airgead a bharrachd aca. O chionn ghoirid bha Màiri air mothachadh gu robh a h-aodach a' tòiseachadh air fàs beagan ro bheag dhi – ro ghoirid agus ro theann, gu h-àraidh mu thimcheall a broillich. Bha deagh fhios aice ge-tà nach b' e an samhradh an t-àm ceart airson bruidhinn ri a màthair ma dheidhinn 's a h-inntinn cho làn le a h-obair nach b' urrainn dhi dèiligeadh ri rudan pearsanta mar sin.

Cha robh Dadaidh air a bhith san ospadal ach seachdain nuair a dh'iarr Mem oirre tighinn a-steach a chadal san t-seòmar eile còmhla rithe. Bha dà leabaidh ann – leabaidh mhòr dhùbailte a pàrantan agus tè shingilte, agus bha i toilichte gu leòr 's i mothachail aig ìre air choreigin gum b' e dleastanas eile airson a màthair a chuideachadh a bh' ann. A thuilleadh air seo bha an t-sìde air fàs cianail blàth agus bha beagan èadhair a bharrachd anns an t-seòmar-cadail mhòr. Bha uinneag ìosal anns an oisean le sealladh thairis air an achadh ri taobh an taigh-òsta far an robh am feur air a ghrèis le flùraichean beaga brèagha. Gu tric bhiodh Màiri na suidhe ri taobh na h-uinneige fhosgailte, a' leughadh is a' coimhead a-mach thairis air an achadh dhan rathad mhòr, no air na feasgaran ciùine blàtha ag èisteachd ri fuaim nan traon a' tighinn às an neadan dìomhair am measg an fheòir. Air oidhcheannan goirid soilleir an iar-thuath bha e doirbh do Mhàiri cadal is fuaim nan eun a' dol gun stad. Bha Mem cho sgìth aig deireadh nan làithean fada aice gum biodh i a' tuiteam na cadal gun uallach, ged a bha fhios aig Màiri gun robh i measail air an fhuaim neònach ghràgail sin. Nuair a bha i ag ullachadh airson a laigheagan, is Màiri fhathast na dùisg às dèidh a bhith a' leughadh na leabaidh, bhiodh a màthair ag èisteachd riutha, fiamh-ghàire air a h-aodann agus coltas fad às na sùilean, 'Nach èist thusa ri sin! 'S e a tha a' toirt làithean m' òige nam chuimhne! Bha na croitean againne làn de tharraig-traon 's iad daonnan trang a' gràgail fad oidhcheannan ciùine an t-samhraidh.'

Bha i a' cuimhneachadh làithean a h-òige air an eilean bheag iomallach, fada gu deas ann an Earra-Ghàidheal far an deach i fhèin 's a teaghlach a thogail. Bha blas blàth Earra-Ghàidheal air a Gàidhlig – a bha i fhèin is Màiri a' bruidhinn gu tric eatarra. Gu h-iongantach, bhiodh i a' bruidhinn beagan Gàidhlig ri Dadaidh cuideachd oir bha criomagan Gàidhlig làitheil aige – is Fraingis cuideachd, a dh'ionnsaich e nuair a bha e ann an Afraga a Tuath leis an RAF aig àm a' chogaidh.

Bha fiughair air Màiri Fraingis ionnsachadh nuair a rachadh i gu Àrd-Sgoil Phort Rìgh ged a bha i a' tuigsinn gum biodh sin a rèir nan deuchainnean a rinn i as t-earrach. Nan robh i soirbheachail annta, bhiodh i a' siubhal dhan Àrd-Sgoil air bus, a' fuireach an sin ann an ostail agus a' tighinn dhachaigh aig ceann gach cola-deug. Cha robh seo a' cur mòran dragh oirre oir bha Murchadh air an dearbh rud a dhèanamh agus bha e air innse dhi mu-thràth mu na sgoilearan eile – à Ratharsaigh, no na h-Eileanan Beaga – nach robh a' faighinn dhachaigh ach aon turas gach teirm. An tacsa ri sin, cha bhiodh aon turas gach cola-deug cho dona.

Nuair a smaoinich Màiri mu na deuchainnean a rinn i bha i a' faireachdainn gun do thachair iad àiteigin fada air falbh ann an saoghal eile – saoghal cinnteach sàbhailte, mus do thachair an tachartas a chuir beatha an teaghlaich bun-os-cionn. Cha robh ach i fhèin is Miss Menzies anns an t-seòmar-sgoile fad dà latha, na sgoilearan na b' òige uile a-muigh anns an t-seòmar-bìdh is cuideigin eile a' cumail sùil orra. Air a' chiad latha chuir i a peansailean ùra, a rubair is a rùilear gu sgiobalta ri chèile air uachdar a deasg. Thug Miss Menzies pàipearan nan deuchainnean à cèis mhòr is coltas fìor-ghlan ùr-nodha orra, agus an uair sin thug i òrdughan sònraichte, cudromach dhi, 'Now, Màiri, write your name on the front of your paper but don't open it up till I tell you.'

Chuimhnich i sàmhchair an t-seòmair seach fuaim a' ghleoc is siosarnaich nam pàipearan is i a' feuchainn gu dùrachdach ri a h-inntinn a chumail air gach cuspair is ceist. Cunntas, leughadh le tuigse, mìneachadh fhaclan, freagairt cheistean, sgrìobhadh sgeulachd, sgrìobhadh litir. Aig deireadh feasgar an dàrna latha bha a ceann claoidhte leis agus bha e na fhaochadh nuair a dh'innis Miss Menzies dhi gu robh an deuchainn mu dheireadh seachad.

Às dèidh sin bha cùisean anns an sgoil air tilleadh chun na h-àbhaist, mar nach robh deuchainnean air a bhith idir ann. Cha b' e sgoil mhòr a bh' innte – dìreach dusan sgoilear, 's iad gan teagasg le chèile anns an aon seòmar mhòr far an robh Miss Menzies ag obair na h-aonar. Bha na deasgaichean air an seatadh a-mach ann an reangan – an fheadhainn bheaga airson na cloinne a b' òige air aghaidh agus deasgaichean clas a seachd, far an robh Màiri na h-aonar, aig a' chùl. Agus anns an t-seòmar theann sin far an robh caochladh fheumalachdan agus chomasan, dh'ionnsaich iad Beurla is Cunntais, Eachdraidh is Cruinn-Eòlas, Ealain, Ceòl agus uiread de rudan eile. Ged a bha iad a' fuireach ann an àite cho iomallach, dh'ionnsaich iad cuideachd mun t-saoghal mhòr oir bha rèidio beag aig Miss Menzies far an robh iad a faighinn 'Schools' Broadcasts' agus ag èisteachd ris na prìomh naidheachdan gach meadhan-latha. Prìomh naidheachdan mun riaghaltas no mu thìrean cèin, mun typhoid epidemic, an Cuba

Crisis is iomadh rud eile.

Dh'ionnsaich iad Gàidhlig cuideachd – ged nach do nochd i anns na deuchainnean. Bha Miss Menzies gu math dealasach mun a' chànan aice fhèin agus bha i ga theagasg le leasanan beothail, mac-meanmnach – a' gabhail a-steach leughadh no sgrìobhadh sgeulachdan no ag ionnsachadh òrain Ghàidhlig. Bha ùidh shònraichte aig Màiri anns na h-òrain – ged a bha i cheart cho measail air a' cheòl pop a bha i a' cluinntinn air Rèidio Luxembourg air an transistor aig Mem. Bha i eòlach air òrain Na Beatles agus Cliff Richard – esan a bha caol is eireachdail! Na bu tharraingiche buileach dhi ge-tà bha ceòl nan Rolling Stones – am fuaim garbh, faramach air agus an coltas cunnartach, robach orrasan a dhùisg iomadach faireachdainn an-fhoiseil, taitneach. Gach Disathairne, nuair a thigeadh bhan a' ghrosair, bhiodh i a' ceannach pacaidean bubble-gum pinc le cairtean gleansach nam broinn. Bha dealbhan sheinneadairean pop orra agus bha Màiri gan cruinneachadh gu cùramach 's gan cumail gu dìomhair na seòmar-cadail – Ringo Starr no Pòl MacArtnaidh, Cliff Richard no Peter Noone no – na b' fheàrr buileach, Mick Jagger no Brian Jones. Cha robh e ceadaichte dhi a bhith ag ithe bubble-gum ach nuair a bha i a-muigh sa bhan air maidnean samhraidh a' cosg a h-airgid air comaigean is suiteis, cha bhiodh fios aig duine dè eile a bha i a' ceannach 's iad uile ris an obair aca.

Tro làithean blàtha na teirm mu dheireadh sin lean an ùine seachad gu mall, latha teth às dèidh latha teth. Aig toiseach gach latha bhiodh Miss Menzies a' cur air an rèidio beag dubh-is-dearg agus bhiodh iad ag èisteachd ri Seirbheis na Maidne airson cairteal na h-uarach, far nach robh ach ùine airson ùrnaigh, salm agus Smuain an Latha. Dh'èist na sgoilearan uile gu dlùth ris anns an t-seòmar-sgoile shàmhach, shìtheil is solas na grèine a' dòrtadh a-steach tro na h-uinneagan mòra, a' blàthachadh an cinn. Aig toiseach agus deireadh a' phrògraim bha fonn sònraichte, an aon phìos ciùil a h-uile madainn – ceòl clasaigeach a bha a' tòiseachadh le còrdan sòlaimte, cudromach bhon orcastra shlàn is an uair sin ionnsramaid-ciùil a' cluich na aonar. Bha coltas Gàidhealach air an fhonn sin – mar sheann òran Gàidhlig, a dhùisg faireachdainnean domhainn ann an inntinn Màiri. Cha robh i cinnteach idir an e am fonn fhèin a bha a' dùsgadh nam faireachdainnean seo no an ionnsramaid a bha ga chluich – inneal le guth ìosal, tiamhaidh, cho coltach ri guth mhic-an-duine a' seinn tuireadh no a' caoidh.

Aon latha dh'innis Miss Menzies dhaibh mun phìos ciùil seo, 'That lovely piece of music is called the Largo from the 9th symphony by a composer from Czechoslovakia called Dvorak. It's said to be based on a Gaelic song tune that he heard sung by Scottish emigrants while he was in America. Largo is an Italian word – it means slow and this is the opening of the slow movement of his symphony.'

Dh'èist Màiri gu daingeann. Bha i eòlach air an ainm Dvorak mar-thà, oir bha Dadaidh ag èisteachd ri prògram ciùil clasaigeach gach Oidhche Dhòmhnaich, tro mhìosan a' gheamhraidh. Uaireannan bhiodh an t-ainm sin a' nochdadh air – ged nach cuala i am pìos seo idir.

'Please Miss,' dh'fhaighnich i, 'What's the name of the instrument that's playing all by itself?'

'It's a cor anglais, Màiri. A wind instrument with a reed in it – a bit like a chanter.'

Thionndaidh Màiri na faclan ùra seo na h-inntinn mar bhonn òr ann am bois a làimhe. Cor anglais. Ionnsramaid le guth ìosal, brònach, neo-shuidhichte. Agus largo – slow movement – a bha a' toirt na h-inntinn, ann an dòigh annasach, an ceart àm seo na beatha, a bha a' gluasad air adhart cho slaodach gu deireadh na teirm, latha teth an dèidh latha teth.

Mu dheireadh thall thàinig an naidheachd mhòr gum biodh i a' dol gu Àrd-sgoil Phort Rìgh às dèidh saor-làithean an t-samhraidh. A bharrachd air sin, bha i air àite-fuirich fhaighinn ann an ostail nan caileagan, Ostail Mairead Charnegie. An toiseach,

lìon Màiri le moit is faochadh ach an dèidh sin, dh'fhàs i an-fhoiseil
's i a' laighe na leabaidh le smuaintean dorcha a' ruith gun stad. Gu
ruige seo cha robh i air mòran smaoineachaidh a dhèanamh mu dè
thachradh às dèidh nan saor-làithean. Saoil am biodh Dadaidh slàn
fallain is air ais ag obair? Dè nam fàsadh e tinn a-rithist is ise cho fada
air falbh bhon teaghlach airson seachdainean? Agus ged a dh'fheuch
i ris na smuaintean iomagaineach a chur bhuaipe bha e gu math
duilich oir cha b' urrainn dhi an innse do dhuine sam bith – fiù 's a
màthair.

Co-dhiù, nuair a chuala a pàrantan mu na deuchainnean bha
e follaiseach gu robh iad toilichte – ged nach tuirt iad mòran rithe.
Gu dearbha cha tuirt Mem ach nach b' e iongnadh a bh' ann idir
dhìse – "'S tusa daonnan cho measail air leasanan, 'eudail…!' –
ach thuig Màiri gu robh i moiteil aiste agus nuair a chaidh i dhan
ospadal a thadhal air Dadaidh chrath e a làmh ag ràdh, 'Well done,
I'm very proud of you… and you'll be learning Latin – and French
too! Très bien, ma cherie!' mus do thòisich e ga ceasnachadh mu
chùisean aig an taigh-òsta.

Aon latha anns an sgoil 's i a' sgioblachadh preas airson Miss
Menzies, lorg i seann leabhar gràmair Laidinn. Thug i sùil air le
fìor ùidh – na liostaichean briathrachais, na gnìomhairean is na
h-ainmearan air an seatadh a-mach gu pongail is mionaideach air
gach duilleig. Nuair a dh'innis i seo do Mhem, gu h-iongantach
fhuair i a-mach gu robh ise air beagan Laidinn ionnsachadh san
sgoil aice fhèin, air an Eilean Bheag mu dheas a dh'fhàg i aig ceithir
bliadhna deug, 'O, gu cinnteach, bha sinn a' dèanamh beagan
Laidinn – b' e 'the roots of words' a bh' aig an tidsear againn air.
Chuimhnich mi crux – cross, pax – peace, insula – island.' Agus
las a h-aodann suas, 'The roots of words.' Chòrd am beachd sin ri
Màiri – freumhan – facal snog a bha co-cheangailte na h-inntinn ris
an dòigh a bha faclan a' fàs gu abairtean, seantansan, sgeulachdan,
agus gu leabhraichean.

Faisg air deireadh an Ògmhios thàinig atharrachadh air an

t-sìde. Chruinnich sgòthan mòra dorcha os cionn Beinn Sgritheall agus chualas torrann tàirneanaich fada air falbh air taobh thall Linne Shlèite. Dh'àrdaich an teas gach latha, dh'fhàs an t-adhar gu math trom ach cha tàinig uisge ceart. Dh'fhosgail Miss Menzies a h-uile doras is uinneag airson èadhar a leigeil a-steach dhan sgoil. Ann an cidsin an taigh-òsta far an robh an stòbha mòr *Esse*, dh'fhàs e cianail blàth agus tro na h-oidhcheannan bruthainneach laigh Màiri na dùisg fo mhullach cam an t-seòmar-cadail, fuaim nan traon a' tighinn thuice tron uinneig fhosgailte 's i a' feuchainn ri cadal.

Ach air an oidhche a thàinig an stoirm, cha robh fuaim no rabhadh ann ro-làimh. Às dèidh latha dùmhail blàth eile, dhlùthaich na sgòthan gu socair, sàmhach, dh'fhàs na speuran na bu duirche is an uair sin ghlaodh an tàirneanach dìreach os cionn a' bhaile. Reub an dealanaich tro na neòil, le solas eagach drilseach mus do thòisich na clachan-meallain a' bualadh air na sglèatan. Bha Màiri air a bhith na suain chadail ach dhùisg i le clisg, a cluasan làn fuaim an tàirneanaich is lasadh an dealanaich a' soillseachadh an t-seòmair. Chuir i a ceann fon aodach-leapa, a' feuchainn ri smachd a chumail air an eagal a bha a' ruith tro a corp.

"Eil thu ceart gu leòr, 'eudail?' Bha Mem air tighinn às a leabaidh fhèin is bha i na seasamh ri taobh na h-uinneige. 'Amhairc sin – nach eil e mìorbhaileach!'

Bha e do-chreidsinneach do Mhàiri dè cho measail 's a bha a màthair air tàirneanach is dealanaich – rudan a bha a' cur eagal a beatha oirrese.

'Bha mi a' coimhead air an stoirm agus 's e tha math gun tàinig e mu dheireadh thall! Bidh èadhar nas ùire againn a-nis.' Thionndaidh i bhon uinneig agus thàinig i tarsainn an t-seòmair far an robh Màiri crùbte fo na siotaichean air chrith leis an eagal, 'Trobhad a-steach dhan leabaidh còmhla riumsa. Cumaidh mise sàbhailte thu bhon tàirneanach ghrod sin!' Agus anns an leabaidh mhòr dhùbailte chuir Mem a gàirdeanan mu thimcheall oirre gus an do thòisich lasadh an dealanaich a' crìonadh agus fuaim an tàirneanaich a' gluasad air falbh.

Air an ath latha bha a' ghrian a' deàrrsadh a-rithist ach bha oiteag bheag bheòthail a' sèideadh bhon iar-dheas agus sgòthan beaga aotrom a' siubhal gu socair tarsainn an speur shoilleir-ghorm. A' tighinn sìos an rathad air a slighe dhachaigh bhon sgoil mhothaich Màiri gu robh tonnan beaga a' dannsadh air oir a' chladaich a thug togail dha cridhe. Chaidh i a-steach doras-aghaidh an taigh-òsta is sìos dhan oifis bhig airson a baga-sgoile a chrochadh suas air cùlaibh an dorais, ach stad i mus deach i ann oir dh'fhaodadh i guth Dadaidh a chluinntinn is e a' bruidhinn ri a màthair anns an dòigh fhoirmeil, shean-fhasanta àbhaisteach aige, '…well, I'm here now and I have no intention of going back.' Mhothaich Màiri am fuaim rag, diongmhalta air a chainnt agus gu h-obann dh'fhàs i iomagaineach.

'But you weren't ready! The doctor said so. Oh, it's useless trying to reason with you!' Guth a màthar cho mì-fhoighidneach, crosta.

Cha robh fhios aig Màiri dè dhèanadh i oir cha robh i airson an còrr a chluinntinn, ach aig an dearbh mhionaid dh'fhosgail an doras agus thàinig Mem a-mach is coltas gu math feargach oirre, 'Oh sin thu fhèin!' thuirt i. 'Uill tha d' athair air tilleadh ach chan eil ùine agamsa bruidhinn ris an-dràsta. Tha mi a' dol air ais dhan chidsin…' agus chaidh i sìos an trannsa gun a bhith a' tionndadh a cinn.

Gu slaodach, chaidh Màiri a-steach dhan oifis far an robh Dadaidh na shìneadh anns a' chathair mhòir is coltas claoidhte air. Bha aodann liorcach agus gu math bàn agus airson a' chiad àm thàinig e a-steach oirre gu cinnteach dè cho aosta 's a bha e.

'Daddy?'

'Oh there you are, my dear!' Thàinig fiamh-ghàire air agus shuidh e an-àirde na bu dhìrich anns a' chathair.

'Can I get you anything, Daddy – a cup of tea, maybe?'

'No thank you, nothing at all for the time being. I'll just stay here and rest awhile and then maybe I'll go up to bed…' Dhùin e a shùilean a-rithist agus thuig Màiri gum b' fheudar dhi fhàgail na thàmh fad greis. Laigh e air ais a-rithist, cha mhòr na chadal, agus ged a bha e a' coimhead cho truagh bha i air leth toilichte fhaicinn oir bha dùil aice a-nis gum biodh cùisean a' tilleadh chun na h-àbhaist. 'S mar sin, nuair a chaidh i a-steach dhan chidsin cha robh i a' tuigsinn idir beul teann is coltas diombach air aodann a màthar.

'Nach eil thu toilichte gu bheil Dadaidh air ais?' dh'fhaighnich i dhi.

'Bhithinn toilichte air fad nan robh e air tilleadh nuair a bha e buileach na b' fheàrr,' thuirt Mem. 'Ach leig e e fhèin a-mach às an ospadal ro thràth agus chan eil e fhathast slàn gu leòr airson a bhith air ais ag obair an seo!'

Chuimhnich Màiri air dè cho dòrainneach 's a bha e air a bhith dha san ospadal agus cho mì-thoilichte 's a bha e air a bhith ann, 'Nach biodh e nas sona aig an taigh, Mhem?'

'Cha bhi e sona ma tha aige ri dhol air ais airson gun do rinn e e fhèin tinn a-rithist!' Bha bus air Mem 's a sùilean a' gleansadh le fearg.

Cha robh smuain aig Màiri ach gu robh a h-athair air ais agus gu robh cùisean a' dol a bhith mar a bha iad. Mar sin b' e briseadh-dùil uabhasach a bh' ann nuair, aig ceann dà latha, a bha aig Mem ri cur a dh'iarraidh an dotair a-rithist agus b' e Gus Fitzpatrick a thug Dadaidh air ais dhan ospadal anns a' chàr aige. Dh'fhuirich Dadaidh an sin airson greiseag eile agus cha tàinig e dhachaigh a-rithist mus do dhùin an sgoil airson làithean-saora an t-samhraidh. Agus ged a bha na dotairean deiseil leis, cha robh coltas buileach ceart air fhathast. Cha do thòisich e ri obair anns a' bhàr a-rithist agus mar sin, cha do thill Gus Fitzpatrick a Shiorrachd Rois.

3

Na Cupannan Ròsach

'...AGUS, CUIMHNICHIBH, NA bithibh a' bruidhinn ri srainnsearan!'
Gach bliadhna, aig toiseach nan saor-làithean bhiodh iad uile a' faighinn rabhadh bho Miss Menzies oir bhiodh mòran luchd-turais is coigrich mun cuairt fad an t-samhraidh. Bha Màiri air fàs cho eòlach air na faclan sin nach robh i a' toirt mòran aire orra. Nach robh ise cho cleachdte ri srainnsearan co-dhiù? Ciamar a b' urrainn dhi an seachnadh is a pàrantan an sàs ann an obair aoigheachd ann an iomadach àite bho bha i glè òg?

Bha ise toilichte gu leòr a' coimhead às a dèidh fhèin tro mhìosan an t-samhraidh agus a chionn 's gu robh Dadaidh a-nis air ais bhon ospadal lean na làithean air adhart anns an dòigh àbhaisteach. Gach madainn cha nochdadh i sìos an staidhre bheag gus an crìochnaicheadh an luchd-turais am bracaist. Dhèanadh ise bracaist dhi fhèin agus an uair sin chuireadh i seachad an latha a' cluich le caraidean anns a' bhaile no a' dol air cuairtean ri taobh na tràghad far an robh an t-uabhas de rudan inntinneach ri fhaicinn. Bha daonnan ùidh air a bhith aice ann an nàdar agus na creutairean a bha a' dèanamh an àiteachan-còmhnaidh shìos air a' chladach chreagach, fheamainneach. Bu toil leatha gu h-àraid a bhith a' gabhail cuairt aig muir-tràigh, a' sporghail tro na creagan air an robh splaisean de chrotal orains is buidhe is neòineanan-cladaich a' fàs ann am badan pince. Nas fhaisge air a' mhuir, bha bàirnich air na creagan agus faochagan air an sgaoileadh am measg na feamad no thairis air a' ghainmhich liath. Bhiodh fàileadh fionnar saillte na cuinnlean agus sgreuchail nam faoileagan is feadaireachd nan trìlleachan na cluasan.

Ged a bhiodh i, mar bu trice, leatha fhèin shìos air an tràigh bha i fhathast faisg gu leòr air an taigh-òsta agus air an t-seann chidhe. B' e caladh sàbhailte a bh' ann an laimrig Eilein Iarmain agus tron t-samhradh bhiodh tòrr iataichean a' nochdadh 's na seòladairean a' tighinn gu tìr ann an geòlaichean beaga airson a dhol dhan bhàr. Bhiodh iad a' falbh a-mach a-rithist a Linne Shlèite air làn na maidne agus tron latha cha bhiodh ach aon no dhà air fhàgail. Fiù 's air làithean fliucha bha dòighean gu leòr aig Màiri airson a cumail fhèin trang – a' leughadh, ag èisteachd ris an rèidio no air uairean, a' cuideachadh an luchd-obrach a' nighe shoithichean no a' sgioblachadh sheòmraichean-cadail.

Chaidh a' chiad seachdain seachad gu taitneach dhi, gun a bhith ag èirigh tràth agus a' dèanamh dìreach mar a thogradh i fhèin. Aig toiseach na dàrna seachdaine, air feasgar a bha caran fliuch is cùisean beagan sàmhach chaidh Màiri air seachran tro na seòmraichean beaga suidhichte eadar an oifis bheag agus an cidsin. An sin bha stòr beag airson biadh agus stòr na bu mhotha far an robh Dadaidh air sgeilpichean fiodha a thogail a dh'aona ghnothach airson botail fìona agus far an robh rùm gu leòr airson iomadh seòrsa stuth eile cuideachd.

An toiseach, chaidh i a-steach dhan stòr bheag, a bha dorcha agus fionnar. Chuir i air an solas agus choimhead i mun cuairt air na bogsaichean de bhriosgaidean agus salann, pocannan mòra mine agus siùcair, croganan de shilidh agus canastairean de ghlasraich is mheasan. Bha poca sònraichte air sgeilp àrd agus bha fios aig Màiri gu robh àmonan air an cumail ann. Bha Mem gan cleachdadh airson bèicearachd no gan ròstadh is gan sgoltadh suas airson sgaoileadh air uachdar trifles no mìlsean eile. Sheas i suas air a corra-biod, chuir i a làmh dhan phoca agus thug i a-mach dòrlach dhiubh. Aon às dèidh aon, chuir i iad na beul agus thòisich i gan cagnadh. Lìon a beul leis a' bhlas neònach thioram a bha gu math tarraingeach dhi.

Fhathast a' cagnadh nan àmonan, chuir i dheth an solas a-rithist agus chaidh i an ath-dhoras dhan stòr mhòr far an robh na botail fìona a' laighe nan tàmh air an cliathaich air na sgeilpichean brèagha fiodha. Bha uinneag aig cùl an stòir agus ged nach robh mòran de sholas na grèine a' tighinn a-steach mhothaich Màiri gu robh na botail a' gleansadh fo chòmhdach de dhuslach 's an t-èadhar làn fàileadh fiodh ùr.

Choimhead i mun cuairt agus chunnaic i an uair sin am bogsa cardboard a bha na sheasamh leis fhèin anns an oisean – bogsa nach fhaca i ron a sin. Gu cùramach, chaidh i a-null thuige. Bha am bogsa leth-fhosgailte agus nuair a sheall i a-steach cha robh ri fhaicinn ach cnap mòr tissue-paper na bhroinn. Dh'fhàs Màiri beagan iomagaineach – ged nach robh fhios aice carson. Shaoil i, 's dòcha, gu robh rudeigin am falach ann. Beag air bheag, thog i am pàipear a-mach agus an uair sin dh'fhàs i làn de thoil-inntinn oir gu h-iongantach dè bha anns a' bhogsa ach soithichean – cupannan, sàsaran, truinnsearan de dh'òir-chriadh mhìn gheal 's iad uile air an sgeadachadh le ròsan beaga pince. Gan làimhseachadh gu socair is a' faireachdainn na crèadha ghrinn fo a corragan, shaoil Màiri gum b' iad na soithichean a bu bhrèagha a chunnaic i a-riamh. Chùm i oirre a' toirt a' phàipeir bho gach pìos mu seach, gus an robh an tea-set slàn a' laighe air a beulaibh – sia de gach pìos còmhla ri aon truinnsear mòr, airson cèic speisealta no ceapairean beaga cruinn.

Bha Màiri cleachdte gu leòr ri soithichean plèan is practaigeach anns an taigh-òsta. B' ann glè ainneamh a bhiodh i a' faicinn stuth mar seo – 's dòcha aig cuid de thaighean a caraidean anns a' bhaile no taighean nan antaidhean aice ann an Earra-Ghàidheal nuair a bhiodh am ministear no an dotair a' tadhal orra. No as t-fhoghar nuair a bha iad air saor-làithean air tìr-mòr agus a' dol a-mach gu tì-feasgair anns na cafaidhean spaideil no na bùthan mòra. Cha do thuig i idir carson a bha an stuth rìomhach seo anns an stòr ach bha e gu math taitneach dhi a bhith a' coimhead air is ga làimhseachadh. Chaidh deich mionaidean seachad is i a' coimhead air le meas gus an uair sin a chuir i gach pìos air ais anns a' bhogsa le còmhdach math de phàipear mun cuairt gach aon. An sin bha fiughair oirre faighinn a-mach mu na soithichean dìomhair agus chaidh i sìos dhan oifis far an robh Mem a' gabhail cupa tì à muga mòr tiugh.

'Mhem, lorg mi soithichean brèagha san stòr mhòr,' thuirt i. 'Soithichean anabarrach snog – geal le ròsan pinc orra…'

Sheall Mem oirre le gàire bheag, 'Oh, an do lorg? Uill 's e rud car dìomhair a tha sin. Gheibh thu a-mach mun deidhinn a dh'aithghearr.' Agus, ged a bha a' ghàire fhathast air a bilean bha fios glè mhath aig Màiri gu robh an cuspair a-nis dùinte.

Latha no dhà às dèidh sin, nuair a bha i san oifis is Dadaidh ag obair aig an deasg anns an oisean, thàinig Mem a-steach agus shuidh i sìos ri a taobh, 'A Mhàiri,' thuirt i,' bha Dadaidh is mise a' smaoineachadh gum biodh e math nan rachadh tu air falbh airson seachdain no dhà sìos gu deas dhan Eilean Bheag airson tadhal air na h-antaidhean. Bhiodh e math dhut,' thuirt i, 'beagan ùine a chur seachad agus saor-làithean ceart a bhith agad mus tòisich thu san àrd-sgoil. Tha mi air sgrìobhadh gu Antaidh Phemie mu thràth agus tha fiughair oirre d' fhaicinn – 's dòcha gum bi thu ann airson cola-deug.'

Rinn Dadaidh casad beag ach cha tuirt e facal.

'…agus bha sinn a' smaoineachadh, a chionn 's gu bheil thu a' fàs nad chailleig mhòir a-nis gum biodh tu ceart gu leòr a' siubhal nad aonar.'

As t-fhoghar, nuair a bhiodh Màiri 's a pàrantan a' dol air saor-làithean gu tìr-mòr, gu tric bhiodh iad a' dol dhan Eilean Bheag airson latha no dhà cuideachd. A-nis bha i air a dòigh glan oir cha robh i a-riamh air tadhal air na h-antaidhean leatha fhèin agus ged a bha beagan iongnaidh oirre thàinig faireachdainn gu math inbheach gu robh e ceadaichte dhi a-nis a dhol ann leatha fhèin.

Bha dithis pheathraichean aig Mem fhathast a' fuireach air an

Eilean – Antaidh Phemie an tè a bu shine, agus Antaidh Ròisin a bha beagan na b' òige. Ged a bha fòn aig Antaidh Phemie bhiodh Mem a' sgrìobhadh litrichean do a peathraichean fada na bu trice na fònadh. Bha deagh fhios aice gu robh iomadach cothrom air eilean beag an naidheachd às ùire fhaighinn a-mach – gu sònraichte naidheachd a bhiodh a' tighinn tron telephone exchange beag ionadail. Smaoinich Màiri le meas mu Antaidh Phemie – a bha cho spòrsail, èibhinn agus coibhneil. Bha i pòsta aig Uncail Seumas, duine mòr, còir, a bha na cheannard aig gàrraidhean an Taighe Mhòir. Cha robh ach aon bhalach aca a bha na phoileas ann an Glaschu ach bhiodh e math ùine a chur seachad còmhla ri a co-ogha, Aonghas, am balach aig Antaidh Ròisin agus Uncail Frang, oir bha esan an aon aois rithese agus e a' tòiseachadh aig Àrd-sgoil an Òbain as t-fhoghar. Bha iadsan a' fuireach na b' fhaisge air cidhe an eilein agus bha Uncail Frang na sheòladair a bha tric air falbh air bhòidsean fada.

'...agus dh'fhaodadh tu a dhol ann an t-seachdain sa tighinn,' lean a màthair.

'Ciamar a gheibh mi ann?' dh'fhaighnich Màiri.

An uair sin dh'innis Dadaidh dhi gun rachadh iad gu Armadal anns a' chàr airson a' bhàta-aiseig gu Malaig far am faigheadh ise an trèana-smùid dhan a' Ghearasdan. An trèana-smùid! Cha robh i riamh air a bhith air trèana-smùid!

'Agus,' thuirt Mem, 'an sin gheibh thu bus dhan Òban far am faigh thu am bàta-aiseig dha na h-eileanan. Chan fhaigh thu ann air an aon latha agus mar sin, tha mi air fònadh gu Mòrag Bheag agus bidh e ceart gu leòr oidhche a chur seachad anns an Òban, còmhla rithese.'

B' ise co-ogha Mem a bha air a bhith a' fuireach anns an Òban o chionn fhada. Lìon Màiri le aoibhneas, 's i a' smaoineachadh mun turas fhada inntinneach seo. Bhiodh e mar seòrsa de chuairt-dànachd, dìreach mar na leabhraichean a bha i a' faighinn bho leabharlann na sgoile no na sgeulachdan a bha i fhèin a' sgrìobhadh.

Bha fadachd oirre a-nis airson madainn Diluain nuair a bhiodh an turas a' tòiseachadh.

Chaidh an t-seachdain seachad fada ro shlaodach dhi, ach mu dheireadh thall thàinig e gu ceann. Feasgar Didòmhnaich dh'fhàg Mem a h-obair àbhaisteach is chaidh i fhèin 's Màiri suas dhan t-seòmar-cadail bheag le màileid airson aodach nan saor-làithean. Cha robh e furasta, oir nuair a sheall Mem gu ceart air aodach Màiri bha e follaiseach gu robh a' mhòr-chuid mì-fhreagarrach – ro bheag, ro theann no aosta agus robach. 'O, Mhàiri, thuirt i le gruaim is osna, 'tha thu air fàs ro mhòr, ro chlis – tha feum agad air tòrr rudan ùra agus chan eil ùine againn mìr ùr a cheannach dhut. Dè nì sinn?' Ach cha robh Mem fada fo imcheist oir bha inntinn thionnsgalach aice agus gu luath thàinig deagh smuain ioraltach thuice, 'Tha fhios 'm!' thuirt i le gàire. 'Dè mu dheidhinn stuth do bhràthar?'

Ged a bha Murchadh sia bliadhna na bu shine bha e na fhear beag, cruinn, coltach ri athair, agus bha beagan aodaich aige fhathast air fhàgail nuair a chaidh e gu muir.

'Carson nach fheuch thu na rudan seo?' thuirt Mem, a' slaodadh lèintean-t a-mach à bogsa a dh'fhàg e de stuth. 'Seall thusa riutha gus an tèid mise sìos an staidhre airson sùil a chumail air a' chidsin.' Agus dh'fhalbh i.

Chuir Màiri na lèintean-t oirre, turas mu seach. Anns an sgàthan, chunnaic i cuideigin caol, le falt goirid donn is aodann sòlaimte. Ann an aodach a bràthar cha robh i coltach ri caileag idir. Bha na lèintean-t gu math glagach an coimeas ris an fheadhainn theann ghoirid aice fhèin agus chan fhaicear idir cumadh a broillich annta. Aig bonn a' bhogsa, fhuair i seacaid àraid, Fisherman's Smock, a fhuair Murchadh a-mach à catalog air choreigin. Bha i fuasgailte, às aonais phutanan agus dèante a-mach à cotan trom dubh-ghorm. Chuir i oirre i, agus choimhead i anns an sgàthan. Ged a bha i beagan ro mhòr dhi agus a' tighinn, cha mhòr, sìos gu a glùinean, mhothaich i le meas an dòigh a bha i a' cur cuideam air a h-aodann fada, a sùilean mòra agus a casan cruinn tana.

Nuair a lìon i a' mhàileid airson a dhol air falbh air an ath latha, chuir i na lèintean-t innte ach dh'fhàg i tè shrianach agus am Fisherman's Smock a-mach airson a chur oirre madainn Diluain, còmhla ri paidhir jeans bho bhan an Fhir Innseanaich. Chaidh i sìos an staidhre a-rithist agus a-steach dhan chidsin far an robh Mem a-nis trang a' cur dìnnear-feasgair air dòigh, 'An d' fhuair thu air aghaidh ceart gu leòr?' thuirt i.

'Oh 's mi a fhuair!' thuirt Màiri gu sona. 'Fhuair mi lèintean-t snoga agus tha mi a' dol a chur a' Fisherman's Smock orm anns a' mhadainn airson a bhith siubhal!'

'Am Fisherman's Smock! Nach tusa a tha nad chaileag bheag èibhinn! A-nis, chuimhnich mi gum bi thu a' dol don eaglais còmhla ris na h-antaidhean cuideachd. Nach cuir thu an dreasa bheag shnog agus an càrdagan geal a fhuair sinn air tìr-mòr an-uiridh anns a' mhàileid cuideachd.'

Chaidh Màiri air ais dhan t-seòmar-cadail agus thug i a-mach an dreasa agus an càrdagan. Cha robh an càrdagan uabhasach glan agus bha coltas caran liath air ach phaisg i e gu cùramach air uachdar na leapa agus an uair sin chuir i dhan a' mhàileid e. Bha an dreasa gorm le spotan geala – saoil am biodh i fhathast freagarrach? Thug i dhith a h-aodach agus chuir i oirre i agus nuair a choimhead i anns an sgàthan, mhothaich i le faochadh, gu robh i fhathast ceart gu leòr.

Air an oidhche, nuair a bha Màiri na seòmar beag le fuaim nan traon a' tighinn tron fhàrlas fhosgailte, thàinig Mem a-steach mar as àbhaist airson pòg a thoirt dhi is Oidhche Mhath a ràdh rithe. ''Eil thu deiseil airson an turais a-màireach?' dh'fhaighnich i.

'Tha gu dearbh,' thuirt Màiri, 's i na laighe gu socair sona na leabaidh.

'Uill…' Stad Mem airson greiseag, a' coimhead oirre le coltas iomagaineach na sùilean. An uair sin, shuidh i sìos air oir na leapa agus mhothaich Màiri gleus eadar-dhealaichte air a guth. Thòisich i a' bruidhinn a-rithist, 'Tha thu a' fàs cho luath, a chuilein, agus 's mi tha duilich nach eil aodach freagarrach snog agad airson a dhol air saor-làithean – ach bidh fhios agad gum bi mòran eile a dhìth ort airson na h-àrd-sgoile nuair a thilleas tu, agus gun teagamh nì sinn ar dìcheall a h-uile rud ceart a bhith agad.'

'Och, tha mise coma, Mhem,' thuirt Màiri is i a' smaoineachadh gum biodh ùine gu math fada fhathast ann mus rachadh i dhan àrd-sgoil, co-dhiù.

'Uill…' Thàinig an stad a-rithist. 'Ma tha thu toilichte gu leòr, an-dràsta… ach, cha b' e sin an aon rud, a Mhàiri. Tha rudeigin eile a dh'fheumas mi a ràdh riut.' Stad eile. Tharraing Mem anail mhòr, dhomhain agus an uair sin thàinig na faclan a-mach mar steall, 'Tha thu a' fàs nad chaileig mhòir a Mhàiri, agus tha mi a' smaoineachadh gum bu chòir brassière a bhith agad mus tèid thu dhan àrd-sgoil. Gheibh sinn fear no dhà dhut nuair a cheannaicheas sinn èideadh na sgoile.'

'Oh glè mhath!' thuirt Màiri, a' meòrachadh air na bras shnoga, shnasail a chunnaic i ann an catalog JD Williams.

'Agus… rud eile…' Sheall Mem oirre gu geur a-nis, 'a bheil fhios agad mun rud sin a tha a' tachairt bho àm gu àm dhomhsa – nuair a bhios sanitary towels riatanach?'

Ged a bha i na caileig gu math neo-eisimeileach airson a h-aois, bha Màiri neoichiontach ann an iomadach dòigh. Bha fios aice mu na pacaidean sanitary towels a bha Mem a' ceannach gu cunbhalach aig a' Cho-op anns an Àth Leathann ach cha robh càil a dh'fhios aice carson. Na bu chudromaich, cha robh fhios aice gu robh i fhèin a-nis faisg air an aois far am biodh feum aicese orra cuideachd.

'Uill, bha mi dìreach airson a ràdh riut, ma thòisicheas rud sam bith nuair a tha thu air falbh, na biodh eagal ort idir. Bha mi a' dol a cheannach pacaid dhut airson a dhol air falbh ach cha robh ùine gu leòr ann agus chan eil feadhainn air fhàgail agam fhèin. Ach bidh tu ceart gu leòr, cumaidh na h-antaidhean sùil ort…'

Do Mhàiri bha e do-chreidsinneach gun tachradh seo dhìse an-dràsta – nach robh i fhathast fada ro òg? Ach ged a nochd iomadach ceist na ceann agus ged nach robh i buileach cinnteach dè bha Mem a' ciallachadh, mhothaich i gu robh e duilich dha a màthair bruidhinn mun chuspair agus cha robh i airson dragh a bhith oirre, 'Ceart gu leòr, Mhem!' thuirt i, 's i a' feuchainn ri smaoineachadh mun turas inntinneach fhada an ath latha. Nochd faochadh ann an sùilean Mem agus cha tuirt i facal eile mun chuspair. Chaidh i air falbh sìos an staidhre bheag, chumhang, air ais gu trainge is gleadhraich a' chidsin, ach bha ùine mhòr ann mus d' fhuair Màiri cadal.

4
Turas gu Deas

B' E MADAINN ghrianach a bh' ann nuair a chaidh Màiri is Dadaidh sìos a dh'Armadal anns a' chàr. Chuir iad Eilean Iarmain agus Dùisdeil Bheag air an cùlaibh, 's iad a' dìreadh Bràighe Ùird gus an ruigeadh iad Loch nan Dubhrachan, far an robh na duilleagan-bàite bàna a' fleòdraich am measg na cuilce. Air taobh thall Linne Shlèite, bha solas na maidne a' blàthachadh beanntan aonaranach fuara Chnòideirt agus na tonnan a' deàlradh fo ghathan na grèine. Fada air falbh mhothaich Màiri do thaighean beaga geala Mhalaig a' tighinn am follais. Na b' fhaide air falbh dhan iar, bha tràighean gainmhich Mhòrair agus air fàire, Rubha Àird nam Murchan a' comharrachadh crìochan Earra-Ghàidheal.

Lìon i le sonas. Madainn àlainn is turas fada inntinneach air a beulaibh. Bha Dadaidh fhèin ann an deagh thrum, 'You have a lovely day for your journey,' thuirt e 's e a' draibheadh gu cùramach, socair. 'I wish I was coming with you on the train to Fort William. It'll be a wonderful journey on a day like today!'

Uaireannan bhiodh iad a' stad 's a' feitheamh airson draibhearan eile a leigeil seachad air rathad caol Armadail. Bha Dadaidh eòlach air, cha mhòr, a h-uile duine aig an robh càr agus smèid e fhèin is Màiri riutha uile. Na b' fhaisge air Armadal, chaidh an rathad ri taobh a' chladaich far an robh na tonnan mòra a' bualadh, 's a' tilgeil suas frasan bhoinneagan saillte thairis air na creagan – fiù 's air làithean grianach samhraidh oir bha sruth làidir cunnartach a' ruith gun stad tron Linne ge b' e dè cho ciùin 's a bha an latha.

A' FÀGAIL AN EILEIN

Dh'fhàg Dadaidh an càr aig ceann a' chidhe mus deach iad dhan oifis far an do cheannaich iad tiogaidean airson a' bhàt'-aiseig a bha a' tighinn na b' fhaisge, sgòth de dh'fhaoileagan geala a' sgiathalaich air a chùlaibh. Nuair a ràinig e, thàinig sluagh de luchd-turais is càraichean às agus an uair sin chaidh Dadaidh is Màiri suas an gangway fiodha. Rinn iad an slighe dhan deic a b' àirde oir bha an latha fada ro bhrèagha airson a bhith a' suidhe a-staigh – ged a bha oiteag bheag fhionnar a' sèideadh, a dh'fhàs na bu làidire agus na b' fhuaire nuair a dh'fhàg am bàt'-aiseig an cidhe. Bha Màiri gu math taingeil gu robh am Fisherman's Smock oirre, ga cumail blàth far an robh i na suidhe ri taobh Dadaidh, 's iad a' coimhead air na beanntan air cùlaibh Mhalaig agus an sealladh a-mach dhan iar. Ann am meadhan na Linne, dh'fhàs a' ghaoth na bu làidire agus nochd cop geal air bàrr nan tonnan ach bha Màiri fhathast mothachail do bhlàths na grèine air a h-aodann agus nuair a chaidh am bàt'-aiseig a-steach gu cala Mhalaig bha a' ghaoth air falbh agus bha fìor theas anns an èadhar.

Cha robh Dadaidh uabhasach dèidheil air Malaig, 'Ugh!' thuirt e, 'What a disgusting smell!'

Dh'fheuch Màiri ri anail a ghabhail tro a beul airson fàileadh làidir an èisg a sheachnadh. Bha cala Mhalaig daonnan trang – làn bhàtaichean is iasgairean, bogsaichean èisg is cnapan mòra lìn. Bha tòrr fhaoileagan a' sgiathalaich os an cionn, cuid dhiubh a' plumadh sìos 's a' sabaid le chèile mu na criomagan èisg a bha a' laighe mun cuairt air a' chidhe. A thuilleadh air sin, bha a h-uile h-àite còmhdaichte le cac faoileig, agus bha e duilich a sheachnadh far an robh e air an làr no a' tuiteam mar shneachd salach às na speuran fhad 's a bha iad a' coiseachd dhan stèisean aig ceann a' chidhe.

Bha an trèana-smùid aig a' phlatform mu thràth le coltas air mar uilebheist mòr dubh na chadal, a' siosarnaich gu sàmhach agus sruileagan beaga uisge a' sileadh sìos air na rèilichean.

Cha robh mòran luchd-siubhail air bòrd idir ach lorg Dadaidh àite do Mhàiri ann an carbad far an robh dithis bhoireannach meadhan-aoiseach a' bruidhinn gu socair ri chèile. Chuir e a màileid shuas anns an luggage-rack os a cionn agus an uair sin, shuidh iad sìos mu choinneamh a chèile oir bha fhathast cairteal na h-uarach mus tòisicheadh an turas.

Bha tiogaidean-trèana Màiri sàbhailte am broinn a sporain agus thug Dadaidh comhairle dhi mu thiogaidean bus an Òbain agus am bàt'-aiseig dhan Eilean Bheag. Dh'èist i gu cùramach ri briathran a h-athar 's i a' smaointinn mu na cothroman mìorbhaileach ùra a bhiodh air a beulaibh. An uair sin thug Dadaidh airgead dhi airson nan tiogaidean agus beagan a bharrachd airson a dhol dhan bhuffet-car is botal liomaineud a cheannach airson a dhol còmhla ris na ceapairean a rinn Mem dhi. Nuair nach robh ach mionaid no dhà air fhàgail, leig e osna mhòr is thuirt e, 'Well, my dear, time I was away. Look after your money. Keep it on you at all times and… be careful. Keep yourself to yourself and don't speak to anyone unless it's absolutely necessary.'

Chuir e làmh air a gualainn agus an uair sin thug e pòg bheag dhi air a maoil. Chaidh Màiri a-mach dhan trannsa còmhla ris agus sheas i aig an doras fhosgailte gus an tàinig an geàrd, 's e a' dùnadh gach doras le brag bho cheann gu ceann an trèana. Fead fada agus bratach uaine a' crathadh agus an uair sin Dadaidh a' smèideadh a làimhe 's e a' fàs nas lugha agus nas lugha gus an deach an stèisean a-mach à sealladh.

Dh'fhàg an trèana stèisean Mhalaig ann an sgòthan ceòtha is fuaim. An toiseach thàinig brag uabhasach de smùid is an uair sin thòisich buille chunbhalach, shlaodach a' sìor fhàs na bu luaithe agus na bu shocraiche gus an robh an trèana a' ruith ri taobh tràighean mìn-gheal gainmhich Mhòrair.

Bhruidhinn na boireannaich gu coibhneil ri Màiri airson treiseag ach cha robh iad a' dol astar fada idir agus dh'fhàg iad an trèana aig stèisean Loch Iall. Bha Màiri air fàs acrach a-nis ach mus do thòisich i air a ceapairean chaidh i sìos an trannsa dhan bhuffet car airson liomaineud a cheannach. Air cunntair a' bhuffet bha ceapairean is cèicichean is briosgaidean agus bha na deochan air sgeilpichean air cùlaibh a' chunntair. Mhothaich Màiri gu robh deoch làidir ann cuideachd – canastairean leanna agus botail uisge-bheatha is ruma air an crochadh bun os cionn ann an optics. Bha stiùbhard ann an seacaid spaideil gheal air cùlaibh a' chunntair agus bha fear na shuidhe aig bòrd beag ri taobh na h-uinneige le glainne uisge-bheatha air a bheulaibh.

Cha tuirt e facal fhad 's a bha Màiri a' ceannach an liomaineud ach nuair a phàigh i airson a deoch, thuirt e gu taitneach rithe, "Eil am pathadh ort, 'ille?' is e a' gabhail slug mòr de dh'uisge-beatha.

Ille! smaoinich Màiri. Nach àraid gur e sin a tha e a' saoilsinn! Agus a' smaoineachadh gu robh e cianail èibhinn, dhìochuimhnich i faclan a h-athar agus fhreagair i gu dòigheil gu robh fìor phathadh oirre ceart gu leòr.

'O 's e rud uabhasach a th' ann am pathadh!' thuirt an duine. ''S bochd gu bheil an deoch cho daor, fiù 's liomaineud!'

Dh'aontaich Màiri ris gu robh e beagan daor dhi agus thuirt i gu robh i airson a h-airgead a chumail airson nan saor-làithean aice.

'O an ann air saor-làithean a tha thu, 'ille?' thuirt e gu coibhneil. 'Tha mi cinnteach gun toir Mamaidh 's Dadaidh airgead a bharrachd dhut ma tha feum air!'

Agus an uair sin dh'innis Màiri dha gun robh i a' siubhal na h-aonar. Bha an stiùbhard a-nis air falbh àiteigin agus airson tiotan bha balbhachd anns a' charbad.

'Nad aonar, 'ille?' Thàinig fiamh-ghàire air bilean an fhir, 'Agus cà' bheil thu a' dol... nad aonar?'

Dh'innis Màiri dha mun turas aice gun uallach is an uair sin – airson a bhith modhail – thuirt i, 'Ach, gabhaibh mo leisgeul ach tha sibh air mearachd a dhèanamh oir chan e balach a th' annamsa ach caileag!'

'O... an e? Nach mi bha gòrach!' Agus ghabh e slug eile de dh'uisge-beatha. 'Thig an seo ma-thà a ghràidh. Nach suidh thu còmhla rium is innis dhomh beagan mud dheidhinn fhèin.'

Chlapranaich e a' chathair ri a thaobh gu sèimh. Agus cha b' e na facail chàirdeil a thog gu h-obann an t-amharas na h-inntinn ach an dòigh a chuir e a làmh cho socair sèimh air an t-suidheachan. Gu grad chuimhnich Màiri faclan a h-athar – agus Miss Menzies – agus gu clis, thog i suas am botal bhon a chunntair, 'Tha mi duilich ach feumaidh mi falbh a-nis…' agus dh'fhàg i am buffet-car cho luath 's a b' urrainn dhi.

A' dol air ais dhan charbad aice fhèin, bha i làn eagail is a cridhe a' bualadh mar òrd na com. Dè thachradh nan tigeadh e às a dèidh? Thug i sùil thairis air a gualainn ach cha robh sgeul air. An uair sin chuimhnich i gum biodh i a' suidhe na h-aonar. Dè thachradh nan tigeadh e ga lorg? A' tighinn na bu dlùithe air a carbad mhothaich i doras an toidhleit agus chaidh i ann. Ghlas i an doras air a cùlaibh agus cha tàinig i a-mach a-rithist gus an do stad an trèana aig Banbhaidh. Dh'fhosgail i an doras gu slaodach agus sheall i suas is sìos an trannsa. Choisich i air ais dhan a' charbad aice is leth-smuain aice gum biodh an duine, 's dòcha, na shuidhe ann ach nuair a ràinig i, bha e fhathast falamh agus bha a màileid na laighe sàbhailte gu leòr anns an luggage-rack.

B' e an Gearasdan an ath stèisean agus thàinig i sìos bhon trèana 's i fhathast a' cumail sùil a-mach airson an duine – ach cha robh sgeul air. 'S ann le faochadh a ràinig i bus an Òbain far an do shuidh i sìos gu math dlùth air an draibhear. Agus às dèidh a bhith ag èirigh tràth agus a h-uile rud eile a bha air tachairt, cha b' fhada gus an do thuit i na cadal.

Bha a' ghrian a' dol fodha anns an iar nuair a chrom am bus am bruthach cas sìos dhan Òban is uaisleachd beanntan Mhuile air fàire. Bha Mòrag Bheag a' feitheamh oirre aig stèisean a' bhus agus às dèidh iasg is tiops aig cafaidh beag ann am meadhan a' bhaile thill iad dhachaigh. Ged a chuir iad beagan ùine seachad a' bleidearachd mu chùisean anns an teaghlach agus aig an taigh-òsta, cha do dh'innis Màiri dad sam bith mu na bha air tachairt dhi air an trèana.

An ath latha aig dà uair feasgar chaidh iad sìos dhan a' chidhe far an robh bàt'-aiseig an Eilein Bhig a' feitheamh airson na bhòidse sìos Linne Latharna. Bha bogsaichean-stòraidh dearga de phost is bathar air an togail thairis dhan a' bhàta le crainn, 's iad a' dèiligeadh ri càr no dhà cuideachd oir b' e sin an aon dòigh airson an cur air bòrd – no gu tìr aig cidhe an Eilein Bhig. Bha an luchd-siubhail a' tòiseachadh a' dol air bòrd mu thràth – cuid dhiubh a bha eòlach air Màiri agus a teaghlach agus a bha a' bruidhinn gu càirdeil ri Mòrag is rithe fhèin.

'Tha mi cinnteach gum bi thu ceart gu leòr air a' bhàta – tha daoine gu leòr ann a tha eòlach ort!' thuirt Mòrag rithe agus an uair sin thug i beagan airgid dhi. 'Airgead airson na holidays agad, 'eudail,' thuirt i le gàire, agus chuir Màiri e air falbh gu sàbhailte.

Chaidh i suas an gangway agus sheas i aig an rèile gus an do dh'fhàg am bàta an cidhe agus a' phuing bheag ghlas a bha a' comharrachadh far an robh Mòrag Bheag, fhathast na seasamh agus a' smèideadh a làimhe.

Nuair a fhuair i a tiogaid bho oifis a' Phursair, chuir i seachad beagan ùine na suidhe air an deic a' gabhail na grèine agus a' coimhead air na seallaidhean brèagha thairis gu Eilean Luing, Eilean Diùra agus na Garbh Eileanan. Mu cheithir uairean, chaidh High Tea a ghairm ach cha deach i a-steach dhan t-seòmar-bìdh. Fhad 's a bha càch ag ithe nam Fish Teas no Ham Salads rinn i cuairt bheag dhi fhèin, mu thimcheall nan deicichean 's i a' faireachdainn gaoth na mara air a h-aodann agus na h-oiteagan a' sèideadh tro a gruaig. Cha robh smuain na h-inntinn a-nis mu thinneas a h-athar, cùisean aig an taigh no fiù 's am fear àraid a thachair rithe air an trèana an latha roimhe. Ged a bha i a' siubhal na h-aonar airson a' chiad turas na beatha cha robh eagal no iomagain oirre oir bha an turas-bàta seo cho aithnichte dhi bhon a bha i glè òg. Bha na tonnan na bu làidire a-nis agus aon uair 's gun do dh'fhàg iad na beanntan fuara Diùrach air an cùlaibh, dh'fhàs an t-èadhar na b' fhuaire. A dh'aindeoin blàths a Fisherman's Smock, chaidh Màiri a-steach dhan Saloon far an do shuidh i aig an uinneig a' coimhead a-mach air fàire agus cumadh ìosal donn an Eilein Bhig a' dlùthachadh.

Aig ceann a tuath an Eilein chunnaic i soillearachd na Tràigh Mhòir far an robh a' ghainmheach a' slisnich na tìre mar chorran mòr òir. Rinn am bàta tionndadh an siud, a' seòladh sìos taobh an ear an Eilein, seachad air na cladaichean beaga garbha far an robh sgairbh a' sgèith is gobhair mholach dhubha a' sreap. Bha solas an fheasgair a' deàrrsadh gu ciùin nuair a thàinig iad a-steach gu Cala na Laimrig a' beannachadh an t-sreath de thaighean glasa air an taobh dheas, àrd os cionn na mara. Mu an coinneamh, nochd an eaglais gheal, an taigh-òsta agus an cidhe far an robh sluagh de dh'eileanaich a' feitheamh. Dh'aithnich Màiri gu robh Uncail Seumas, Antaidh Ròisin is Aonghas nam measg agus smèid i riutha gu toilichte 's i na seasamh air an deic le a màileid bhig na làimh.

Nuair a thàinig i sìos an gangway bha cùisean gu math trang air a' chidhe le bathar, post agus carbadan a' tighinn às a' bhàta, is daoine a' coinneachadh ri chèile. Chuala Màiri Gàidhlig bhlàth Earra-Ghàidheal mar fhonn ceòlmhor na cluasan agus thàinig faireachdainn gu robh i air ais am measg nan daoine aice fhèin.

'Hallo, 'eudail, dè mar a bha an turas?' Phaisg Antaidh Ròisin i na gàirdeanan is thug i pòg dhi. 'Nach tu tha a' fàs cho mòr!' An uair sin thug i sùil caran teagmhach air a' Fisherman's Smock. 'Agus dè an rud neònach sin a tha ort?'

Fhreagair Màiri gu toilichte agus gu neoichiontach gur e seacaid a bràthar a bh' ann.

'Oh…an e? Uill tha mi cinnteach gun cùm i blàth gu leòr thu!'

Bha Uncail Seumas, an duine còir sàmhach sin, na sheasamh gu socair, a' feitheamh gus an robh Antaidh Ròisin deiseil a' bruidhinn rithe. 'Feumaidh sinn greisinn oirnn, a Mhàiri,' thuirt e gu sèimh. 'Bidh d' Antaidh Phemie a' feitheamh oirnn aig an taigh is i air suipear gasta hama is uighean a dhèanamh dhutsa!'

A' FÀGAIL AN EILEIN

Cha robh a co-ogha, Aonghas, air tighinn ga faicinn fhathast agus mhothaich Màiri gu robh dithis chaileagan nach b' aithne dhi còmhla ris. Bha stoidhle gu math spaideil orra – jeans tana, teann, geansaidhean dubha agus sneakers agus bha iadsan is Aonghas am measg sluagh de dh'òigridh eile a bha a' cabadaich le chèile. Choimhead Màiri thairis thuca gu diùid agus rinn Aonghas gàire bheag dhi – ged nach tàinig e thairis a bhruidhinn rithe.

'Feumadh tu falbh le d' Uncail Seumas an-dràsta,' thuirt Antaidh Ròisin. 'Chì thu Aonghas is càch aig a' film anns an talla a-nochd – agus tha mi cinnteach gum bi cothrom ann planaichean a dhèanamh airson a bhith a' dol a-mach còmhla riutha sa mhadainn!'

'Film?' thuirt Màiri.

''S e. Nach tu tha fortanach! Bidh film againn leis a' Highlands and Islands Film Board a h-uile cola-deug agus 's e seo an oidhche. 'S e d' Uncail Seumas a bhios a' cur an talla air dòigh air a shon!'

Dh'fhàg iad an cidhe ann an seann chàr Uncail Sheumais. Gu dearbha chan fhaiceadh tu càraichean spaideil aig duine sam bith air an Eilean Bheag oir bha an rathad mòr gu math robach agus bha fhathast taighean is croitean ann far an robh frith-rathadan nach robh freagarrach ach do thractaran no jeeps a-mhàin. Chuir iad Cala na Laimrig air an cùlaibh agus chaidh iad suas gu tuath, far an robh an taigh mòr eireachdail, a bhuineadh do uachdaran an Eilein stèidhichte am measg gàrraidhean fhlùraichean is coilltean. Sin far an robh an taigh aig Uncail Seumas is Antaidh Phemie cuideachd, faisg air an talla-baile.

Thàinig Antaidh Phemie a-mach gan ionnsaigh, fiamh-ghàire mòr air a h-aodann, agus chuir i fàilte bhlàth chridheil air Màiri. Chaidh iad suas an staidhre agus às dèidh a màileid fhàgail an sin agus a làmhan a nighe, chaidh Màiri sìos a-rithist dhan chidsin far an robh fàileadh hama air an èadhar. Bha acras mòr air Màiri agus dh'ith i a h-uile mìr le tlachd. Fhad 's a bha i ag ithe, shuidh a h-antaidh aig a' bhòrd còmhla rithe. Dh'fhaighnich i gu h-aotrom mun turas is cò eile a bha air a bhith air a' bhàt'-aiseig, mu na deuchainnean is mun àrd-sgoil.

'Agus,' dh'fhaighnich i an uair sin, 'dè mar a tha d' athair? Dh'innis do mhàthair gu bheil e a' draibheadh a-rithist…'

Fhreagair Màiri gun dragh gu robh Dadaidh fada na b' fheàrr na bha e 's i mothachail air an fhìor thruas a nochd ann an sùilean a h-antaidh.

Nuair a thàinig an t-àm airson a dhol a-mach dhan talla, choisich i fhèin is Uncail Seumas sìos an rathad ann an solas òr, blàth an fheasgair is fuaim nan traon a' tighinn bho na h-achaidhean air gach taobh. Dh'fhosgail Uncail Seumas doras an talla agus an uair sin, thòisich e fhèin is Màiri air na cathraichean a sheatadh a-mach ann an sreathan. Thug e canastair fada meatailt a-mach à preas fon stèidse agus gu h-iongantach do Mhàiri chuir e a-mach casan caola dubha a bha paisgte gu aon taobh dheth. Nuair a dh'fhosgail e a-mach an canastair fhèin, sin an sgrìon a shìn e suas gu cùramach agus chuir e air beulaibh nan cathraichean e, deiseil airson a' film. An dèidh sin chuir e bòrd beag àrd aig cùlaibh an talla airson a' phroiseactair a bheireadh fear Bòrd Film na Gàidhealtachd leis, còmhla ri film na h-oidhche. Shuidh e sìos aig an doras airson an t-airgead a chruinneachadh nuair a thòisich na daoine a' ruighinn. Fìor mheasgachadh a bh' annta cuideachd – sean is aosta, fir is mnathan, balaich is caileagan.

Shuidh Màiri na h-aonar, a' coimhead air an t-sluagh a' dòrtadh a-steach. Bha e gu math inntinneach oir bha feadhainn ann air an robh i gu math eòlach mu thràth agus feadhainn eile air nach robh i eòlach idir – gu sònraichte am fear òg, àrd, eireachdail le gruag bhàn, dhualach agus sùilean gorma a thàinig a-steach am measg chàich. Ann an diog cha robh sùim aig Màiri dha duine sam bith eile anns an talla. Lean a sùilean far an deach e gu cathair air an taobh thall far an do shuidh e sìos. Cha robh i airson a bhith follaiseach gu robh i a' coimhead air agus mar sin dh'fheuch i ri a sùilean a chumail air dè bha tachairt mun cuairt oirre cho math 's

A' FÀGAIL AN EILEIN

a b' urrainn dhi. Ach, bha e cho doirbh oir bha togarrachd àraid na corp agus faireachdainn neònach ùr a' teannachadh a stamaig, agus bho àm gu àm rachadh a sùilean air allaban gu taobh eile an talla. Mhothaich i don t-seacaid shnasail clò-Hearaich a bha air agus don stoc fhada shrianach mu amhaich – aodach gu math inbheach. Bha coltas air cuideachd gu robh e na b' fhaisge air aois a bràthar na ise, a bha ga dhèanamh na bu tarraingiche buileach.

Fhad 's a bha i fhathast na suidhe a' feuchainn ri sùil a chumail gu dìomhair air, thàinig Aonghas a-steach còmhla ris an dithis chaileagan bhon a' chidhe agus shuidh iad uile sìos ri a taobh. Gu h-aithghearr, thòisich iad a' bruidhinn gu càirdeil rithe agus shuidh an ceathrar aca ri chèile, a' bleidearachd mu sgoil is còmhlanan-pop, a' gàireachdaich is ag ithe Opal Fruits còmhla 's iad a' feitheamh air a' film tòiseachadh.

Dh'innis na caileagan do Mhàiri gur iad co-oghaichean eile aice 's Aonghas, air saor-làithean à Glaschu, a' fuireach aig taigh an seanar faisg air a' chidhe. Bha iad beagan na bu shine na ise, san àrd-sgoil ann an Glaschu mu thràth is b' e Jan is Susie a bh' orra. Mhothaich i a-rithist dè cho snasail 's a bha iad len gruagan fada dìreach fasanta, jeans is geansaidhean teann, agus gu h-àraid, na sneakers aotrom cruinn air an casan. Cha robh ach seann bhrògan na sgoile oirrese ged a bha i air a bhith a' coimhead air sneakers iomadach uair ann an catalog JD Williams.

Airson a' chiad uair na beatha dh'fhàs Màiri mì-chofhurtail agus mì-riaraichte mun aodach luideach aice, agus gu h-obann cha robh seann lèintean-t agus Fisherman's Smock a bràthar a' faireachdainn a cheart cho freagarrach. A dh'aindeoin sin, bha an dithis chaileagan gu math snog is càirdeil dhi agus cha tuirt iad facal idir mu a h-aodach.

Mu dheireadh thall, chaidh solais an talla dheth agus dh'fhàs a h-uile duine sàmhach. Thòisich cuibhle a' phroiseactair a' tionndadh agus nochd coileach mòr air an sgrion, a' gairm Pathe News agus às dèidh cairteal na h-uarach de naidheachdan thàinig am film. B' e film èibhinn, gòrach a bh' ann agus lìon an talla le gàireachdaich. Letheach-slighe troimhe bha dàil bheag nuair a chaidh an dàrna reel a chur dhan phroiseactar agus chaidh cuid a-mach airson smoc a ghabhail. Bha na solais air a-rithist, a thug cothrom eile do Mhàiri sùil bheag a thoirt air taobh eile an talla far an robh am fear òg na shuidhe a' bruidhinn ri a charaidean. Lìon Màiri le toileachas agus nuair a dh'fhaighnich Susie dhi an robh am film a' còrdadh rithe, las a sùilean agus fhreagair i gu dìoghrasach, 'Oh tha, gu dearbh!'

Nuair a thàinig am film gu crìoch cha robh duine ann an cabhag a dhol dhachaigh. Sheas iad mun cuairt, a' bruidhinn ri chèile no a' coinneachadh ri caraidean fhad 's a bha fear a' phroiseactair agus Uncail Seumas a' feuchainn ri uidheam is cathraichean a chur air falbh. Mar sin bha ùine gu leòr aig Màiri airson planaichean a chur air dòigh le Aonghas agus na caileagan son an ath latha.

'Bha beachd againn a dhol dhan Tràigh Mhòr airson snàmh – carson nach tig thu còmhla rinn,' thuirt Susie. 'Bidh tòrr spòrs ann!'

Dh'aontaich Màiri sa bhad oir cha robh tràighean àlainn gainmhich mar an Tràigh Mhòr anns an Eilean Sgitheanach agus b' ann glè ainneamh a bha i a' faighinn cothrom a dhol anns a' mhuir. Gu dearbha, bha fiughair cho mòr oirre – is i cho sgìth aig deireadh latha fada, inntinneach – gun do dhìochuimhnich i nach robh deise-shnàimh aice no nach b' urrainn dhi snàmh.

5

'Summer Skies and Golden Sands'

B' ANN NUAIR a bha i a' coiseachd air ais còmhla ri Uncail Seumas a fhuair i an cothrom faighinn a-mach mun fhear òg a bha air a bhith anns an talla. Thuirt i ris gu neoichiontach, 'Bha an talla loma-làn de dhaoine air nach robh mi eòlach idir – tòrr luchd-turais, saoilidh mi...' Agus anns an dol seachad, fhad 's a bha iad a' bruidhinn mun luchd-turais agus mu na h-eileanaich a bha an làthair, fhuair i a-mach am fiosrachadh uile a bha a dhìth oirre – gum b' e Gilleasbaig MacÙisdein an t-ainm a bh' air, gu robh e air a' chiad bhliadhna aig Oilthigh Obar Dheathain a chrìochnachadh agus gu robh e aig an taigh airson saor-làithean an t-samhraidh. Bha sin gu leòr dhi agus chùm i am fios seo na h-inntinn mar thiodhlac prìseil dìomhair.

Nuair a chaidh i dhan leabaidh, cha b' urrainn dhi cadal oir bha a h-inntinn fhathast làn tachartasan an latha agus gu sònraichte, smuaintean taitneach mu Ghilleasbaig MacÙisdein. Lìon a ceann le ìomhaighean a ghruaig dhualaich bhàin agus a shùilean gorma 's iad a' sguabadh air falbh a h-uile smuain an-fhoiseil mu chùisean aig an taigh no na thachair air an trèana an latha roimhe. Laigh i na dùisg airson ùine mhòr ach mu dheireadh thall, thuit i ann an cadal trom.

Às dèidh bracaist an ath latha, choisich i sìos gu taigh Antaidh Ròisin leis na h-uiseagan a' ceilearadh gu h-àrd anns an speur shoilleir-ghorm os a cionn. Bha i air am Fisherman's Smock fhàgail aig an taigh 's i faireachdainn teas na grèine air a gàirdeanan. Mus do dh'fhàg i an taigh, bha Antaidh Phemie air comhairleachadh dhi beagan airgid a thoirt leatha, 'Air eagal gun tèid sibh dhan bhùth airson suiteas no rudeigin…' Agus mar sin, bha a sporan ann am pòcaid jeans an Fhir Innseanaich. Bha searbhadair aice cuideachd, air a roiligeadh suas fo a h-achlais.

    Chaidh i sìos an rathad gun smuain na ceann ach an àilleachd air gach taobh dhi agus am fear òg eireachdail a chunnaic i an oidhche roimhe. Àiteigin, air cùl a h-inntinn, bha cuimhn' aice cuideachd nach robh deise-snàimh aice ach cha robh e a' cur mòran dragh oirre 's i mothachail air briathran a màthar – gun cumadh na h-antaidhean sùil oirre agus mar sin bha i misneachail gun tigeadh fuasgladh air choreigin air an t-suidheachadh.

    Bha Aonghas ann an deagh ghleus, 's e a' cuideachadh a mhàthar a' dèanamh cheapairean airson picnic aig an Tràigh Mhòir. Thòisich Màiri gan cuideachadh agus a' dèanamh fear no dhà a bharrachd dhi fhèin, 'An urrainn dhutsa snàmh?' dh'fhaighnich i do Aonghas.

    'Oh 's urrainn gu dearbha!' thuirt esan le gàire. 'Dh'ionnsaich mi an-uiridh agus 's iomadh turas tha mi air a bhith a' snàmh aig an Tràigh Mhòir agus na tràighean beaga air an taobh seo!'

    Cha tuirt Màiri facal an toiseach oir bha cuimhne aice gun robh Mem agus an ginealach aice air a bhith gu math dèidheil air snàmh nuair a bha iad a' fàs suas. Abair gu robh iad fortanach is cothroman gu leòr aca failceadh air tràighean gainmhich an Eilein Bhig, anns a' mhuir a bha fada na bu bhlàithe na cladaichean creagach fuara an Eilein Sgitheanaich.

    'Chan urrainn dhomhsa,' thuirt i gu mall. 'Ach is fìor thoil leam a dhol anns a' mhuir agus chan eil eagal sam bith orm!'

    'Och uill, 'eudail,' thuirt Antaidh Ròisin gu coibhneil, 'tha mi cinnteach nach eil na h-aon chothroman agad anns an Eilean Sgitheanach. Mas math mo chuimhne chan eil mòran thràighean freagarrach an sin agus chan eil ach gainmheach shalach ghlas agaibh ann an Eilean Iarmain!'

    'Chan eil,' thuirt Màiri, 'ach bidh mi a' dol anns a' mhuir bho àm gu àm – ma bhios e blàth gu leòr.'

'Seadh,' thuirt a h-antaidh. 'A-nis, sin na ceapairean deiseil. Dh'fhaodadh sibh a dhol dhan bhùth a-nis airson botal liomaineud. Tha mi a' faicinn gu bheil searbhadair agadsa a Mhàiri – a bheil mìr eile a dhìth ort?'

B' ann an sin a dh'innis i do Antaidh Ròisin nach robh deise-shnàimh aice, '...ach bidh e ceart gu leòr a chionn 's gum bi mi a' dol anns a' mhuir na mo dhrathais aig an taigh. Faodaidh mi sin a dhèanamh an-diugh cuideachd!'

Thòisich Aonghas ri gàireachdaich agus ged a rinn Antaidh Ròisin gàire cuideachd, sheall i oirre an uair sin le gruaim bheag, ''Eudail,' thuirt i, 'chan eil mi a' smaoineachadh gum bi sin freagarrach idir. Tha thu a' fàs nad chaileig mhòir a-nis – ro mhòr airson a bhith a' failceadh às aonais deise-shnàimh cheart.'

Thàinig tonn nàire thairis air Màiri agus airson an dàrna turas bhon a ràinig i an t-eilean dh'fhairich i mì-thoilichte mu a h-aodach. Airson diog no dhà bha sàmhchair eadar an triùir aca. B' e Aonghas a fhuair am beachd a chuir fuasgladh air an t-suidheachadh aig a' cheann thall, 'Tha fios am!' thuirt e. 'Carson nach tèid thu gu bùth Fay Fhriseil oir bidh sinn a' dol gu bùth a' ghrosair an ath-dhoras co-dhiù. Tha mi cinnteach gum bi deiseachan-snàimh aicese!'

'Bùth Fay Fhriseil?'

'Seadh. Tè a thàinig à tìr-mòr o chionn beagan bhliadhnaichean. Tha seòrsa de bhùth bheag aice na taigh far am bi i a' reic gheansaidhean, blobhsaichean, stocainnean 's rudan eile den t-seòrsa sin. Bidh stuth ùr aice airson saor-làithean an t-samhraidh.'

'Oh, agus tha airgead agam an seo,' thuirt Màiri le faochadh. 'Tha min dòchas gum bi gu leòr agam!'

'Mura h-eil,' thuirt a h-antaidh, 'abair ri Fay gun toir mise dhi na tha a dhìth oirre. 'S e boireannach snog a th' innte agus bidh tu ceart gu leòr.'

Agus b' e sin a rinn iad. Chaidh i fhèin is Aonghas sìos dhan a' chidhe airson coinneachadh ri Jan is Susie an toiseach. Bha iadsan ann an deagh shunnd agus na bu shunndaiche buileach nuair a fhuair iad a-mach gun robh iad a' dol a thadhal air bùth bheag Fay Fhriseil. Mar Aonghas, bha na deiseachan-snàimh aca orrasan fo an aodach. 'S ann de bhri-nylon a bha iad air an dèanamh agus nuair a thog iad suas na lèintean-t airson an sealltainn dha Màiri, bha coltas gu math grinn orra.

"'S dòcha gum bi feadhainn mar sin aig Fay Fhriseal!' thuirt i gu dòchasach.

'Tha mi cinnteach gum bi,' thuirt Aonghas. 'Nach tuirt mi riut gum bi stuth ùr aice airson saor-làithean an t-samhraidh!'

Chaidh an triùir aca suas gu bùth a' ghrosair far an do cheannach iad suiteis is botal limeade, agus an uair sin an ath dhoras gu taigh Fay Fhriseil far an do threòraich i iad gu seòmar a bha làn bhogsaichean, 'Nise,' thuirt Fay, 'cò nur measg a bhios ag iarraidh na deise-shnàimh?'

Nuair a thuirt Màiri gu modhail gum b' ise a bh' ann thug Fay teip-tomhais a-mach agus ged a bha beagan nàire oirre leig i le Fay a chur timcheall a broillich, 'Hmm,' thuirt i, 'chì mi nise dè th' agam nad mheud.' Dh'fhosgail i bogsa agus thug i a-mach deise-shnàimh bhrèagha bri-nylon, 'Dè mu dheidhinn na tè seo?' Ach nuair a dh'innis i dè a' phrìs a bh' air na deiseachan-snàimh bri-nylon bha e follaiseach gum biodh iad uile fada ro dhaor. Dh'fhàs Màiri sàmhach agus ged a thuirt Aonghas, 'A Mhàiri, 'eil cuimhne agad dè thuirt mo mhàthair riut?' cha robh i deònach airgead a h-antaidh a chosg.

'Uill,' thuirt Fay, 'tha rudeigin eile agam an seo a dh'fhaodadh tu fhaighinn airson leth-phrìs air sgàth 's gur e seann stoc a th' ann,' agus thug i deise-shnàimh eile a-mach à drathair aig cùl an t-seòmair. Deise-shnàimh shean-fhasanta chotain le uèirichean aig a bhroilleach. 'Bidh i beagan ro mhòr dhut ach bidh i ceart gu leòr. Carson nach fheuch thu i.'

Thug Màiri an deise-shnàimh a-steach dhan taigh-bheag agus chuir i oirre i. Ged a bha i beagan ro mhòr ceart gu leòr, mhothaich i an dòigh a bha na uèirichean a' toirt cumadh snog air a broilleach agus rinn i co-dhùnadh sa bhad. Bha i a' faireachdainn gu math inbheach a' ceannach deise-shnàimh dhi fhèin agus bargan fhaighinn cuideachd oir, nuair a phàigh i air a son, thug Fay beagan a bharrachd far na prìse.

An uair sin chaidh iad suas an rathad dhan Tràigh Mhòir a' cabadaich 's a' gàireachdaich ri chèile gus an d' ràinig iad na cnocan-gainmhich air oir na tràghad. Thug iad dhiubh am brògan agus ruith iad cas-rùisgte thairis air nan cnocan a' faireachdainn na gainmhich blàth mu òrdagan an casan, agus a' seachnadh a' mhurain bhioraich.

'Nach eil seo a cheart cho coltach ris an òran sin a bhios na h-Overlanders a' gabhail?' thuirt Jan nuair a thàinig iad gu stad ri taobh na mara.

'Seadh,' thuirt Aonghas, 'an dearbh òran!' Agus ruith an ceathrar aca air ais do na cnocan-gainmhich ga sheinn aig àrd an claiginn. Bha Aonghas is Susie is Jan gu math clis gan deisealachadh fhèin airson a dhol dhan mhuir oir bha na deiseachan-snàimh orra mu thràth ach b' fheudar do Mhàiri a h-uile nì a chur dhith mus do chuir i oirre an deise-shnàimh chotain, agus ged a bha na caileagan eile uabhasach spaideil anns na deiseachan bri-nylon aca thuirt iad rithe gu coibhneil gu robh i a' coimhead glè shnog.

Ruith iad sìos dhan a' mhuir a-rithist leis a' ghainmhich chruaidh air iomall na mara fo an casan.

''S fheàrr dhuinn dìreach a dhol ann gun stad!' dh'èigh Aonghas is e a' ruith a-mach far an robh an t-uisge a' tighinn suas gu a mheadhan, 'Brrrrrrrrr... nach e tha fuar!' Agus an uair sin dhaibhig e fon uisge, a' dol a-mach à sealladh airson tiotan mus do nochd e a-rithist le a ghruaig bog-fliuch is boinneagan uisge a' sruthladh sìos a chom. 'Chan eil e cho dona nuair a tha thu ann!' dh'èigh e gu sona. 'Siuthadaibh!'

Bha Jan is Susie is Màiri air a bhith a' coiseachd a-mach gu slaodach, len casan a' sìor fhàs na b' fhuaire, ach le brosnachadh

Aonghais dhaibhig an triùir aca anns na tonnan beaga agus thòisich Jan is Susie ri snàmh còmhla ris. Chùm Màiri a ceann os cionn an uisge agus a casan air grunnd gainmhich na mara a' feuchainn ri cumail suas ri càch agus às dèidh a' chiad chlisg thòisich i a' fàs na bu bhlàithe. Cha robh an fheadhainn eile fada air falbh bhuaipe agus ged nach robh i a' snàmh gu ceart chòrd e rithe a bhith a' leum agus a' gluasad anns an uisge. Às dèidh trì-chairteal na h-uarach dh'fhàs iad uile acrach agus thàinig iad a-mach às an uisge a-rithist. Ged a bha e seachad air meadhan-latha agus a' ghrian a' boillsgeadh sìos orra, thòisich iad ri crith 's iad a' dèanamh air na cnocan-gainmhich a-rithist. Shuidh iad an sin paisgte ann an searbhadairean ag ithe ceapairean càise is ag òl turas mu seach bhon bhotal limeade.

An uair sin laigh iad ann am fasgadh nan cnocan gainmhich agus dh'fhairich Màiri teas na grèine air a h-aodann agus a casan, le oiteag gaoithe a' sèideadh gainmheach mhìn thairis oirre agus fuaim nam faoileagan na cluasan. Dh'fhàs i cadalach agus thàinig neul orra, leth-shlighe eadar cadal is dùsgadh. Thàinig faclan an òrain a-rithist na ceann is nochd dealbh dhi fhèin is Gilleasbaig na h-inntinn, làmh ri làimh is iad a' ruith le chèile cas-rùisgte air a' ghainmhich.

Chaidh cairteal na h-uarach seachad agus cha do mhothaich i gu robh Aonghas is Jan is Susie a-nis air ais air an tràigh, a' sgrìobhadh ainmean chòmhlanan-pop air le maide a fhuair iad am measg na feamad. 'A Mhàiri!' Thàinig an guthan na cluasan air oiteag shaillte na mara, mar ghairm nam faoileagan àiteigin a-mach à sealladh. Shuidh i an-àirde gu slaodach, a' sguabadh na gainmhich bho a casan 's a corp, agus chaidh i sìos thuca far an robh iad fhathast a' cleasachd leis a' mhaide. Bha a' ghainmheach timcheall còmhdaichte a-nis le ainmean agus cumaidhean. Bha Jan a' sgrìobhadh ainm a peathar am broinn cridhe mòr is Susie a' feuchainn ris a' mhaide a thoirt air falbh bhuaipe, 'Sguir dhe sin, Jan!' dh'eigh i.

Bha Jan a' gàireachdaich is a' tòiseachadh air ainm eile a sgrìobhadh am broinn a' chridhe.

'Coinneach,' leugh Màiri a-mach. 'Cò e, Susie? An e do leannan a th' ann?'

Dh'fhàs aodann Susie gu math pinc agus cha d' thuirt i facal.

'Oh chan e...fhathast!' thuirt Jan, 's i a' cur loidhne xxx fo ainm Choinnich. 'Ach tha nòisean mòr aig Susie dha, nach eil?'

'Chan eil mi a' dol a dh'innse!' thuirt a piuthar agus ruith i air falbh, air ais dhan a' mhuir far an robh Aonghas a' snàmh a-rithist.

'A bheil leannan agadsa, Jan?' dh'fhaighnich Màiri.

'Oh chan eil an-dràsta!' fhreagair i le gàire. 'Bha mi a' dol a-mach còmhla ri cuideigin as t-earrach ach bhris sinn suas aig deireadh na teirm. Dè mud dheidhinn fhèin, a Mhàiri?'

Stad Màiri airson diog no dhà mus do fhreagair i oir b' e seo a' chiad turas a-riamh a chaidh a' cheist seo a chur oirre, 'Uill, chan eil leannan agamsa an-dràsta nas motha ach tha cuideigin ann...' Cha do chuir i crìoch air an t-seantans ach bha coltas ann gun do thuig Jan an dearbh rud a bha i a' ciallachadh. Ghnog i a ceann gun fhacal agus aig an dearbh mhionaid dh'fhairich Màiri gun robh seòrsa de dhàimh ùr air fàs eadar i fhèin agus na caileagan eile.

Aig meadhan an fheasgair, 's a' mhuir-làn a-nis a' tighinn a-steach, dh'fhàg an ceathrar aca an Tràigh Mhòr agus choisich iad sìos an rathad a-rithist len searbhadairean fliucha agus am botal limeade falamh. Dh'fhàg Màiri an fheadhainn eile aig ceann a rathaid fhèin às dèidh planaichean a chur an cèill airson coinneachadh a-rithist air an ath latha agus chaidh i air ais gu taigh Antaidh Phemie is Uncail Sheumais far an robh dìnnear a' feitheamh oirre.

Nuair a dh'innis i dhaibh mu mar a thachair dhi aig bùth Fay Fhriseil thòisich iad ri gàireachdaich, 'Nach tu tha èibhinn, a Mhàiri!' thuirt a h-uncail, 'a' smaoineachadh gun dèanadh do dhrathais a' chùis!'

Às dèidh dìnnear, dh'iarr a h-antaidh oirre an deise-shnàimh chotain a' sgoladh a-mach fo ghoc a' chidsin agus an uair sin chroch i suas e còmhla ris an t-searbhadair fhliuch air an loidhne-nigheadaireachd, far an do chrath iad gu socair ann an solas an fheasgair.

'A-nis, ma tha nigheadaireachd sam bith eile agad fhad 's a tha thu an seo, dìreach thoir dhomhsa i,' thuirt Antaidh Phemie nuair a thàinig i a-steach a-rithist is i a' dèanamh a slighe dhan a' phreas-leabhraichean anns an t-seòmar-suidhe. Bha i air aithneachadh mu thràth gu robh cuid de na nobhailean aig Mary Stewart is Georgette Heyer ann – ùghdairean air an robh i gu math measail. Thog i a-mach 'Wildfire at Midnight' le Mary Stewart agus chrùb i suas air an settee agus thòisich i ga leughadh.

Cha do mhothaich i idir na h-uairean a' dol seachad gus an do rinn Antaidh Phemie cupan tì dhi airson a suipeir. Aig leth-uair an dèidh naoi chaidh i suas dhan t-seòmar-cadail ach cha do chuir i dheth an solas airson uair a thìde no dhà eile. Shuidh i an-àirde na leabaidh leis an uinneag fosgailte ri a taobh, a' leughadh gun stad is fuaim nan traon a' tighinn thuice air èadhar blàth na h-oidhche samhraidh.

6

An Toiseach

CHA ROBH MÒRAN cothruim airson am Fisherman's Smock a chur oirre anns na làithean a lean oir nochd gach latha gu soilleir, blàth, gun neul san speur. Thòisich craiceann a h-aodainn a' fàs òr-dhonn agus dh'innis na h-antaidhean dhi gu robh i a' coimhead fada na b' fheàrr na bha i nuair a ràinig i an t-eilean an toiseach, ''S tu bha bàn, 'eudail!' thuirt Antaidh Phemie rithe.

'Tha mi a' creidsinn gu bheil an t-èadhar blàth an seo a' dèanamh feum dhut – tha na h-eileanan mu thuath cho fuar. A-nis, dè tha thu dol a dhèanamh an-diugh – a bheil thu a' dol sìos a dh'fhaicinn Aonghais is càch?'

Bha a h-uile latha bhon a thàinig i air a bhith loma-làn de spòrs is cleasachd, a' failceadh aig an Tràigh Mhòir no a' dol air chuairt thairis air na monaidhean. Air an latha roimhe, bha i fhèin agus a caraidean air a dhol leis a' phost thairis air fadhail gu eilean beag eile far an robh làrach seann mhanachainn Augustinianach. Chuir iad latha seunta seachad an sin, a' sealltainn air na clachan-cinn snaighte agus a' dol air iomrall am measg nan seann bhallachan is thrannsaichean. Aig deireadh an fheasgair chaidh iad a thadhal air bean chòir an tuathanaich a thug tì is sgonaichean dhaibh mus deach iad air ais thairis air an fhadhail air cùlaibh tractair. Choisich iad an sin na còig mìltean dhan bhaile agus b' ann glè sgìth a bha Màiri an oidhche ud.

An-diugh bha i fhathast a' faireachdainn gu math sgìth. Bha Aonghas is càch a' dol a chuideachadh air a' chroit le trusadh an fheòir agus bha iad air cuireadh a thoirt dhi a thighinn còmhla riutha ach a-nis cha robh i cho cinnteach dè dhèanadh i. Gu h-iongantach bha seòrsa de chianalas àraid air tighinn oirre cuideachd. Bha a h-uile smuain èiginneach, iomagaineach mu shuidheachadh a pàrantan is slàinte a h-athar air tilleadh agus cha robh i ann an trum math idir nuair a nochd i anns a' chidsin caran anmoch. Ged a bhruidhinn Antaidh Phemie rithe gu taitneach cha tuirt Màiri ach glè bheag. Nuair a chuir i crìoch air a bracaist, dh'iarr a h-antaidh oirre am bòrd a sgioblachadh is beagan obair-taighe a dhèanamh ach fhreagair Màiri gu crosta gu robh i ro sgìth airson a leithid agus gu robh i a' dol a dhèanamh dìreach mar a thogradh i fhèin.

An dearbh mhòmaid a thuit na briathran mosach às a beul, mhothaich Màiri an coltas imcheisteach agus am briseadh-dùil a thàinig air aodann Antaidh Phemie. Thàinig deòir na sùilean oir cha b' urrainn dhi mìneachadh do a h-antaidh dè bha ceàrr 's i a' faireachdainn cho an-fhoiseil is mì-thoilichte.

'Uill, uill,' thuirt Antaidh Phemie gu socair, 'mas ann mar sin a tha cùisean, bu chòir dhut a dhol a-mach airson sràid gus do cheann a chur ceart. 'S dòcha gum bi thu a' faireachdainn nas fheàrr nuair a thilleas tu.'

Gun fhacal, dh'fhàg Màiri an cidsin agus chaidh i a-mach do na gàrraidhean mòra far an robh an t-èadhar fionnar agus beagan tais am measg nan craobhan agus nam preasan àrda. Ri taobh lochan beag lorg i being mheatailt shnaighte far an do shuidh i sìos. Bha a smuaintean troimh-a-chèile agus cha b' urrainn dhi ciall a dhèanamh idir às a' bhrochan a bha a-nis na ceann. Saoil an robh Dadaidh ceart gu leòr? Ciamar a bhiodh fios aice 's i cho fada air falbh bhon taigh-òsta? 'S dòcha gun iarradh i air Antaidh Phemie bruidhinn ri a pàrantan air a' fòn? Ach bha i air a bhith mì-mhodhail rithe agus gu cinnteach bhiodh i crosta a-nis. Agus nach biodh Mem is Dadaidh ro dhripeil airson bruidhinn rithe air oidhcheannan trang an t-samhraidh is am bàr 's an cidsin a' dol gun stad? Nach biodh e na b' fheàrr nan rachadh i dhachaigh?

'S an uair sin chuimhnich i air a caraidean ùra, an spòrs uile a bh' aca agus dè cho mòr 's a bhiodh i gan ionndrainn nan rachadh i air ais dhan Eilean Sgitheanach. Mean air mhean thòisich a smuaintean ri socrachadh sìos a-rithist. B' ann an sin a thòisich i ri smaoineachadh mu Ghilleasbaig MacÙisdein 's i a' meòrachadh air cho snog 's a bhiodh e nan robh iad còmhla an seo. 'S docha gun toireadh e pòg dhi cuideachd...

Chaidh an t-àm seachad gu tlachdmhor dhi na suidhe anns a' ghrèin, a sùilean dùinte is faireachdainn chadalach a' tuiteam thairis oirre. 'S mathaid gun do thuit i ann am fìor chadal airson treiseag oir nuair a dh'fhosgail i a sùilean a-rithist bha faireachdainn oirre gu robh i air a bhith ann airson uairean a thìde. Thug i sùil air a h-uaireadair agus mhothaich i gu robh e faisg air àm dìnnearach a-nis. Sheas i an-àirde bhon a' bheing agus thòisich i air an t-slighe air ais.

Aig an taigh bha Antaidh Phemie anns a' chidsin a' cur biadh meadhan-latha air dòigh. 'Ah, sin thu fhèin, a Mhàiri!' thuirt i. 'Dè mar a tha thu a' faireachdainn a-nis? Tha mi an dòchas gu bheil thu ann an trum fada nas fheàrr na bha thu a' chiad char sa mhadainn!'

''S mi a tha!' thuirt Màiri, is ìomhaigh Ghilleasbaig fhathast soilleir na h-inntinn. 'Agus tha mi duilich gu robh mi cho gruamach!'

'Ceart gu leòr,' thuirt a h-antaidh. 'Uaireannan bidh sinn uile a dìochuimhneachadh dè dìreach cho òg 's a tha thu fhathast! A-nis, bidh do dhìnnear deiseil a dh'aithghearr. Carson nach tèid thu suas an staidhre an-dràsta airson d' aodann is do làmhan a ghlanadh?'

Mar sin chaidh Màiri suas dhan t-seòmar ionnlaid airson an toidhleat a chleachdadh agus a làmhan a nighe.

B' ann nuair a thug i sìos a drathais a mhothaich i an fhuil orra – dìreach spot beag ach gu cinnteach, b' e fuil a bh' ann. Agus ged nach robh Mem air mìr innse dhi mu dè bha a' tachairt gach mìos dhi fhèin, thàinig e a-steach air Màiri sa bhad dè bha seo a' ciallachadh. Dè dhèanadh i? Shuidh i an sin a' coimhead sìos air an spot bheag dhearg-dhonn 's i a' strì le caochladh smuaintean. Am bu chòir dhi innse do Antaidh Phemie? Ach dè chanadh i rithe –ciamar a b' urrainn dhi mìneachadh dè bha air tachairt? 'S dòcha gu robh Mem air rudeigin a ràdh ma dheidhinn ri a piuthar mu thràth ach 's dòcha nach robh – ciamar a bhiodh fios aice? Nach robh an spot sin glè bheag co-dhiù! Ma dh'fhaodte nach biodh e a' ciallachadh mòran. Carson a chuireadh i dragh air a h-antaidh mura biodh feum air? Aig a' cheann thall, chuir i roimhpe cùisean fhàgail an-dràsta gun mhìr a ràdh ma dheidhinn. Thog i suas a drathais a-rithist, sgol i an toidhleat agus nigh i a làmhan.

''Eil thu ceart gu leòr?' dh'fhaighnich Antaidh Phemie nuair a ràinig i. 'Bha thu uabhasach fada anns an toidhleat.'

'Oh tha mi ceart gu leòr gu dearbha,' fhreagair Màiri, a' feuchainn ri sùilean a h-antaidh a sheachnadh.

Agus aig deireadh an latha nuair a chaidh i dhan leabaidh bha i cinnteach gun do rinn i an rud a b' fheàrr oir cha robh comharrachadh eile air a bhith ann gu robh mìr às an àbhaist air tachairt.

Ach air an ath latha dh'iarr Antaidh Phemie aodach sam bith a bha feumach air a nighe agus am measg na drathaisean is stocainnean is lèintean-t a thug i dhi, bha an drathais a bha air a bhith oirre air an latha roimhe. Bha Antaidh Phemie air tòiseachadh air an nigheadaireachd, na seasamh aig an t-sinc mhòr dhùbailte, pacaid Lux Flakes ri a taobh, an cop-siabainn suas gu a h-uileannan, nuair a thàinig Màiri a-steach dhan chidsin a-rithist.

'Oh, sin thu fhèin a Mhàiri! Cà' bheil thu a' dol an-dràsta?'

'Bha dùil 'm a dhol sìos a dh'fhaicinn Aonghais is càch!' fhreagair Màiri, gu dòigheil.

'Uill, feumaidh mi bruidhinn riut mus tèid thu ann. Nach suidh thu sìos airson mionaid no dhà.' Thionndadh a h-antaidh bhon t-sinc agus thiormaich i a làmhan. Bha Màiri na suidhe aig a' bhòrd is fuaimean na maidne a' tighinn a-steach tro dhoras fosgailte a' chidsin.

Thàinig Antaidh Phemie a-null chun a' bhùird agus shuidh i ri a taobh, 'A Mhàiri,' thuirt i gu slaodach, 'a bheil period agad an-dràsta?'

Cha robh fhios aig Màiri dè chanadh i.

''S e dìreach, 'eudail, gun do mhothaich mi gu robh beagan fala air do dhrathais.'

Dh'fhairich Màiri tonn mòr de thàmailt a' sguabadh thairis oirre. Dè a b' urrainn dhi a ràdh?

'Uill, na gabh dragh idir. Dh'innis do mhàthair dhomh gum biodh teans ann gun tachradh e fhad 's a bha thu an seo. A-nis, a bheil sanitary towels gu leòr agad?'

An uair sin dh'aidich Màiri nach robh gin aice.

'Oh, nach duilich sin!' Thàinig gruaim air aodann sona Antaidh Phemie, 'Tha do mhàthair air innse dhut mu thràth mu na rudan seo, nach eil?'

Cha tuirt Màiri facal ach dh'fhairich i a gruaidhean a' fàs teth.

Chrath a h-antaidh a ceann is rinn i osna bheag, 'Oh uill, ceart gu leòr. Fuirich thusa an sin gus an cuir mi crìoch air an nigheadaireachd agus an uair sin thèid sinn suas an staidhre agus gheibh mi na tha dhìth ort. Dè mu dheidhinn cupan tì a dhèanamh an-dràsta.'

Fhad 's a bha Antaidh Phemie a' crìochnachadh na nighead-aireachd, lìon Màiri an coire agus rinn i tì dhan dithis aca. Bha e balbh anns a' chidsin gun fhuaim ach splaiseadh an uisge anns an t-sinc agus an uair sin gluganachd a' choip a' dol sìos an drèana. Chuir a h-antaidh an nigheadaireachd fhliuch ann am basgaid air an ùrlar. An uair sin shuidh iad le chèile aig a' bhòrd. Bha sàmhchair an-fhoiseil eatarra agus nuair a thòisich Antaidh Phemie a' bruidhinn bha gleus caran teagmhach air a cainnt. 'Tha mi cinnteach... gu bheil mòran a' dol aig an taigh-òsta an-dràsta agus gu bheil do mhàthair uabhasach fhèin trang. Cha bhi ùine cheart aice airson bruidhinn riut mu pheriods is rudan mar sin.'

'Tha,' fhreagair Màiri, 's i fhathast a' faireachdainn mì-chofhurtail. Ged a bha i a' tuigsinn gur e an fhìrinn a bh' ann cha robh i airson aideachadh. Mar sin, cha tuirt i ach, 'agus tha tòrr luchd-turais ann – mar as àbhaist!'

'Chuala mi gun robh thu fhèin gu math cuideachail nuair a bha d' athair cho bochd san ospadal, co-dhiù!' Rinn Antaidh Phemie fiamh-ghàire dhi.

'O bha sin a' còrdadh rium! B' e deagh spòrs a bh' ann!' Bha faochadh aig Màiri a-nis, 's i a' smaoineachadh gu robh an cuspair air atharrachadh.

'Agus, a bheil Dadaidh buileach slàn a-nis?'

Cha robh Màiri cinnteach idir dè chanadh i ach thuirt i gu dùrachdach, 'Tha mi an làn dòchas gu bheil. Uill, tha e a' draibheadh a-rithist agus tha e ris a' mhòr-chuid den obair uile a b' àbhaist dha, seach a bhith a' giùlan stuth trom. Bidh Gus Fitzpatrick ga chuideachadh le sin.'

Ged nach robh i air mìr innse dhan antaidh aice roimhe bha e coltach gu robh ise eòlach air an ainm sin, 'Seadh. Gus Fitzpatrick.' Sheall i air Màiri airson diog no dhà agus an uair sin thòisich i a-rithist, 'Agus, an do dh'innis do phàrantan dhut fhathast…' ach, an uair sin, sguir i. Smaoinich Màiri gur dòcha gum b' e rudeigin eile mu Ghus Fitzpatrick a bha Antaidh Phemie a' dol a dh'innis ach cha tuirt i ach, 'Och uill, mar a thuirt mi, bidh an dithis aca uabhasach trang an-dràsta. Agus tha mi cinnteach nach biodh adhbhar sam bith ann airson a bhith iomagaineach mu d' athair!' Chuir i crìoch air a tì. 'Ceart gu leòr, 'eudail. Thèid sinn suas an staidhre a-nis.'

Anns an t-seòmar-cadail, dh'fhosgail Antaidh Phemie an drathair a b' ìsle anns a' chiste-dhràthraichean. Thog i a-mach pacaid bhog ùr de sanitary towels agus thug i iad do Mhàiri.

'Tha mi cinnteach gum bi gu leòr dhut an sin. A-nis, bidh feum agad air seo cuideachd.' Thog i a-mach bogsa beag, 'Seo agad sanitary belt, a Mhàiri. Tha fhios agad dè th' ann – a bheil?'

Ged a bha i air a leithid fhaicinn ann an drathair a màthar còmhla ri a pacaidean thubhailtean, chrath i a ceann agus dh'fhàs a gruaidhean teth a-rithist, 'Uill, tha seòrsa de bheachd agam...'

'Seallaidh mise dhut, ma tha.'

Dh'fhosgail Antaidh Phemie am bogsa agus thug i a-mach crios air a dhèanamh à pìos eileastaig fada geal. Chunnaic Màiri gu robh dà dhubhan beag air a cheangal ris.

'Tha na dubhain sin a' dol tro lùban nan tubhailtean. A-nis, fàgaidh mi an seo thu agus cuiridh thusa tubhailt ort fhèin. Bidh mi shìos anns a' chidsin ma tha thu ag iarraidh cuideachadh!'

Choimhead Màiri air an stuth a dh'fhàg a h-antaidh air an leabaidh. Bha a ceann na thuainealaich mun t-suidheachadh ùr, neònach seo. Thug i tubhailt a-mach às a' phacaid agus sheall i air. Bha coltas cho glan, cho ùr agus cho neoichiontach air. Gu cùramach, chuir i na lùban tro na dubhain air a' chrios agus an uair sin sheall i air gu teagmhach. Abair contraption! Ciamar, fo shealbh, a b' urrainn dhi cothachadh le sin a bhith oirre fad làithean – 's gun fhios aice cia mheud latha nas motha. Agus dè mu dheidhinn a dhol anns a' mhuir?

Chuir i dhith a jeans agus a drathais agus gu slaodach chuir i oirre an tubhailte. Bha an crios fada ro mhòr dhi agus bha a h-uile rud a' faireachdainn gu math fuasgailte agus mì-thèarainte ach mhothaich i gum b' urrainn a rèiteachadh aig a' mheadhan agus mar sin thug i dhith e gus beagan teannachaidh a dhèanamh. Às dèidh sin bha e faireachdainn nas tèarainte agus chuir i oirre a drathais is a jeans a-rithist. A-nis bha i mothachail gun robh pasgan mòr uabhasach eadar a dà shliasaid a chuireadh bacadh air a coiseachd agus a bhiodh gu cinnteach, follaiseach dhan a h-uile duine. Ghabh i ceum no dhà mu thimcheall an t-seòmair, agus gu h-iongantach fhuair i a-mach nach robh e duilich idir a bhith a' coiseachd leis a leithid stuth na drathais. Chaidh i dhan sgàthan agus sheall i gu dlùth oirre fhèin, a' coimhead a-mach airson comharra sam bith a shealladh gu robh sanitary towel oirre. Thionndadh i i fhèin mun cuairt air beulaibh an sgàthain ach cha b' urrainn dhi mìr fhaicinn a-mach às an àbhaist.

'A Mhàiri? A bheil thu a' faighinn air aghaidh ceart gu leòr?'

Chuala i guth a h-antaidh is i a' tighinn suas an staidhre a-rithist. Thog i a' phacaid bho uachdar na leapa agus dh'fhosgail i an doras, 'Oh 's mi tha, Antaidh Phemie!' Dh'fheuch i ri a guth a chumail aotrom oir cha robh na faclan aice airson bruidhinn mu dè bha air tachairt agus ciamar a fhuair i air adhart.

'Glè mhath! Ma tha thu ceart gu leòr a-nis dh'fhaodadh tu an stuth sin a chumail gus am bi do pheriod seachad.'

Cha tuirt i facal mu dè cho fada 's a bhiodh sin agus cha robh Màiri airson faighneachd oir bha i air a nàireachadh gu leòr mu thràth mu cho aineolach 's a bha i. Agus, ged a bha an latha cho brèagha, soilleir, grianach cha deach i sìos dhan a' bhaile airson Aonghais is càch fhaicinn. Às dèidh biadh meadhan-latha, chaidh i air ais dha na gàrraidhean mòra le leabhar Georgette Heyer agus chuir i seachad am feasgar a' leughadh agus a' coiseachd na h-aonar, 's i a' feuchainn ri faighinn cleachdte ris an t-suidheachadh ùr aice.

Bha leisg oirre a dhol sìos dhan a' bhaile air an ath latha cuideachd, ach aig meadhan-latha nochd Aonghas is Jan is Susie aig an doras, le ceapairean is limeade 's iad air an t-slighe dhan Tràigh Mhòir. Nuair a dh'iarr iad oirre a thighinn còmhla riutha cha b' urrainn dhi diùltadh 's iad uile cho coibhneil agus laghach. Cha mhòr nach do dhìochuimhnich i gu robh period aice agus tubhailt ghrànda na drathais. Chaidh i a-steach dhan chidsin airson innse do Antaidh Phemie far an robh i a' dol.

'Glè mhath ma-tà,' thuirt i. 'Ach cuimhnich nach urrainn dhutsa a dhol anns a' mhuir an-diugh, fhad 's a tha do pheriod agad!'

Chaidh Màiri air ais dhan doras far an robh a càirdean a' feitheamh oirre, le faclan a h-antaidh fhathast na cluasan. Na h-inntinn, cha robh an latha a' coimhead a cheart cho soilleir a-nis – fiù 's fhad 's a bha iad a' coiseachd sìos dhan Tràigh Mhòir is an fheadhainn eile a' còmhradh 's a' seinn fo sholas na grèine mar as àbhaist. Laigh imcheist gu trom air Màiri mar sgàilean dubh. Ciamar a dh'innseadh i nach b' urrainn dhi a dhol san uisge còmhla riutha?

Air oir nan cnocan-gainmhich ruith Aonghas is Susie air thoiseach a' seinn aig àrd an claiginn, 'Summer skies and golden sands...' Chaidh iad a-mach à sealladh air cùlaibh nan cnocan agus bha Màiri is Jan air fhàgail a' coiseachd gu slaodach ri chèile, 'Tha thu caran sàmhach an-diugh, a Mhàiri,' thuirt Jan rithe. 'A bheil dad ceàrr?'

'Oh... chan eil. Ach, uill... 's e dìreach nach bi mi a' dol san uisge an-diugh...' Dh'fhairich i a gruaidhean a' fàs teth a-rithist.

'Oh,' thuirt Jan, 'tha do pheriod agad, a bheil?' Thuirt i seo ann an dòigh a bha cho sìmplidh, dìreach, mar gum b' e rud gu tur nàdarra, àbhaisteach a bh' ann agus dh'fhairich Màiri na b' fheàrr sa bhad. 'Sin e dìreach,' thuirt i le faochadh. 'Tha mo pheriod agam!'

'Nach tu tha mì-fhortanach – bha period aig Susie dìreach mus do ràinig sinn an seo – agus ma bhios mi fortanach, cha tig am fear agamsa gus an till sinn dhachaigh.'

Agus, airson an dàrna turais ann an seachdain, dh'fhairich Màiri dàimh eadar i fhèin is na caileagan eile – dàimh ùr nach robh ceangailte ri teaghlach no càirdeas.

Nuair a ràinig i fhèin is Jan na cnocan-gainmhich far an robh Aonghas is Susie gan deisealachadh fhèin airson a dhol dhan uisge, thuirt i gun uallach riutha nach biodh i a' dol ann an-diugh. Laigh i sìos air searbhadair air a' ghainmhich le teas na grèine air a h-aodann 's a corp, mar làmh shèimh a' suathadh a h-uile uallaich is imcheist air falbh. Nochd iomadh smuain thaitneach na ceann. A caraidean ùra. Cùisean a' dol gu ceart aig an taigh-òsta is Dadaidh slàn fallain. Gàirdeanan Ghilleasbaig MhicÙisdein mu thimcheall oirre is e a' toirt pòg dhi... Dh'fhàs i cadalach an sin, le fuaim nan tonn na cluasan agus oiteag na mara a' sèideadh mar thàladh thairis oirre.

7

Deireadh nan saor-làithean

BHA TÒRR RUDAN taitneach air fàire do Mhàiri air nach do chuir a period bacadh sam bith. Ann an latha no dhà dh'fhàs i cleachdte ris na tubhailtean agus cha robh aice ri bruidhinn tuilleadh mun deidhinn ri Antaidh Phemie – seach gach madainn nuair a dh'fhaighnich a h-antaidh dhi gu prìobhaidich an robh 'dad aice airson losgadh' anns an teine mhòr am broinn an stòbha anns a' chidsin. Cha do dh'fhuiling i pian no tinneas sam bith leis agus an ceann ceithir làithean bha a h-uile rud seachad.

Bha fhathast àm air fhàgail dhi airson a dhol dhan tràigh agus a dhol anns a' mhuir, agus air an oidhche Shathairne mu dheireadh bha dannsa ann an talla a' bhaile. Gu duilich, cha robh aig Màiri airson a chur oirre ach a seann dreasa. Bha e na bhriseadh-dùil mòr nach robh airgead gu leòr air fhàgail dhi airson nylons a cheannach bho bhùth Fay Fhriseil na bu mhotha.

'Na gabh dragh idir,' thuirt Antaidh Phemie rithe. 'Nighidh mise na stocainnean geala agad agus nì iad an dearbh chùis – tha mi cinnteach gum bi caileagan eile ann às aonais nylons! Chan eil suspender-belt agad airson an cumail suas co-dhiù!'

Nuair a thàinig Màiri sìos an staidhre, na dreasa bheag agus a stocainnean geala, choimhead a h-antaidh oirre gu dòigheil, 'Nach tu tha a' coimhead snog anns an dreasa sin, a Mhàiri! 'S math d' fhaicinn ann an èideadh beagan eadar-dhealaichte bho na jeans robach is lèintean-t do bhràthar! Nise, dè mu dheidhinn beagan lipstick?'

Chaidh an dithis aca suas an staidhre agus a-steach gu seòmar-cadail a h-antaidh. Thug Antaidh Phemie lipstick ròs-phinc dhi 's an uair sin chuir Màiri beagan air a bilean. Sheall i oirre fhèin anns an sgàthan. Bha a gruag air fàs beagan na b' fhaide is i a' laighe gu cruinn mu a h-amhaich 's a' gleansadh ruadh-dhonn. Gu mì-fhortanach, mhothaich i cuideachd gu robh guirean no dhà air nochdadh ri taobh a sròine. Rinn i gruaim bheag.

'Dè mu dheidhinn beagan pùdair cuideachd?' dh'fhaighnich Antaidh Phemie. 'Ged a tha tan cho math agad, bhiodh beagan pùdair air do shròn gu math iomchaidh!' Thug i a-mach compact-pùdair agus chuir Màiri còmhdach math dheth air a sròn. Cha robh na guireanan cho follaiseach a-nis.

'Nise, deur beag perfume agus bidh tu deiseil!' Thog Antaidh Phemie botal beag dubh bho uachdar na ciste-dhràthraichean agus thug i e do Mhàiri. 'Seo a-nis! *L'aimant* – perfume àlainn Frangach! Cuir dileag no dhà air caol do dhùirn agus dileag no dhà eile air do naipeagan!'

Rinn Màiri mar a dh'iarr a h-antaidh agus an uair sin chaidh an dithis aca sìos an staidhre.

'Tha mi cinnteach gum bi deagh oidhche agad! Bidh fadachd orm cluinntinn a h-uile nì ma dheidhinn nuair a thilleas tu!'

Chuir Màiri a seann chàrdagan oirre agus chaidh i a-mach na h-aonar airson coiseachd sìos dhan talla. Bha am feasgar blàth agus ciùin is bha na gobhlanan-gaoithe ag itealaich gu h-ìosal thairis air na h-achaidhean is fuaim nan traon a' dol gun stad.

Nuair a chaidh i a-steach, mhothaich i sa bhad gur i an aon tè le stocainnean geala oirre agus cho snasail is fasanta is a bha Jan is Susie len dreasaichean dìreach goirid, nylons is brògan le kitten-heels. Bha fiù 's Aonghas air oidhirp mhòr a dhèanamh ann am briogais theann is lèine ghlan. Sheall i sìos air a stocainnean agus a seann bhrògan sgoile agus dh'fhairich i gu math mì-riaraichte. Shuidh an ceathrar aca air aon taobh dhen talla, a' coimhead air na daoine eile a bha a' tighinn a-steach. Dh'fhairich Màiri caran diùid oir bha an triùir eile na b' eòlaiche air càch na ise ach bha i gu math taingeil a bhith na suidhe an sin nuair a nochd Gilleasbaig MacÙisdein 's e a' smèideadh gu càirdeil riutha. Cha mhòr nach do stad a cridhe – 's dòcha gun toireadh e danns dhi! Dhìochuimhnich i a dreasa sheann-fhasanta teann, na stocainnean geala agus na brògan sgoile agus cha robh na ceann ach smuaintean taitneach mun fhear òg eireachdail a bha a-nis na shuidhe air taobh eile an talla ann an teis-mheadhan buidhne de dheugairean eile.

Thòisich an dannsa le turas no dhà de 'Phaul Jones' far an d' fhuair a h-uile duine cothrom dannsadh le companach eadar-dhealaichte. Chòrd seo gu mòr ri Màiri 's i làn dòchais gum faigheadh i danns le Gilleasbaig, ach gu mì-fhortanach, cha do thachair sin idir. An uair sin thòisich na dannsaichean àbhaisteach – an Gay Gordons, am Boston Two-Step agus an Saint Bernard's Waltz. Nuair a chaidh a' chiad danns a ghairm shuidh Màiri gu dùrachdach, a druim ris a' bhalla, a cridhe a' bualadh mar dhruma 's i a' coimhead air na gillean a' coiseachd tarsainn an ùrlair. Ach cha do dh'iarr balach sam bith oirrese dannsadh agus fhad 's a bha Jan a' dannsadh le fear òg àrd agus Susie a' dannsadh còmhla ri Aonghas bha ise air a fàgail na h-aonar, 's i an aon tè gun chompanach. Thachair seo a-rithist airson nan dannsaichean a lean cuideachd agus thòisich i ri fàs mì-chofhurtail 's i fhathast na suidhe na h-aonar ri taobh a' bhalla. Bha sin a' toirt ùine gu leòr dhi airson sùil a chumail air Gilleasbaig ge-tà, agus mhothaich i gu robh e a' dannsadh gu tric leis an aon tè – caileag chaol le tòrr maise-ghnùis oirre, dreasa gu math goirid, is falt dìreach, fada, bàn.

Mu dheireadh thall fhuair i danns bho aon de na caraidean-sgoile aig Aonghas agus beagan às dèidh sin, bho fhear òg ciallach a bha ag obair anns na gàrraidhean còmhla ri Uncail Seumas.

'Dh'iarr d' uncail orm sùil a chumail ort!' thuirt e rithe gu modhail, ged nach robh Màiri cinnteach an e sin a bha i ag iarraidh idir is an talla làn bhalach èasgaidh, Gilleasbaig MacÙisdein nam measg.

Aig àm tì, chuidich i fhèin agus a caraidean le bhith a' toirt a-mach cupannan. Dh'fhàs a h-aodann dearg nuair a thug i cupa do Ghilleasbaig a bha a-nis na shuidhe leis an tè bhàn ri a thaobh.

'Mòran taing, a Mhàiri bheag!' thuirt e, a shùilean gorma a' gleansadh. Leum a cridhe na com. Bha e air bruidhinn rithe! Dh'fhàs a h-aodann na bu ruaidhe, thàinig stad air a teanga agus cha b' urrainn dhi facal a ràdh ris.

B' e Ladies Choice a' chiad danns às dèidh àm tì. Sheall Màiri gu farmadach air na caileagan eile a' coiseachd gun uallach a dh'ionnsaigh nan gillean is an uair sin na cupaill a' seasamh còmhla ri chèile air an ùrlar a' feitheamh airson a' chiùil tòiseachadh a-rithist. Aig an aon àm mhothaich i gu robh Gilleasbaig gun chompanach ged a bha e fhathast na shuidhe leis an tè bhàn a bha a' cabadaich ris gun stad. Is b' ann an sin a thàinig an smuain bhras, mhì-reusanta thuice. Carson nach rachadh i fhèin a dh'iarraidh air dannsadh? Lìon i le misneachd fhiadhaich, neo-chùramach agus ann an diog bha i air a casan a' dol tarsainn an ùrlair gun smuain na ceann ach a bhith dannsadh gu dlùth ris.

Bha Gilleasbaig fhathast a' bleadaireachd is a' gàireachdaich agus cha do thog e a cheann gus an d' ràinig Màiri air a bheulaibh. Nuair a sheall e oirre mu dheireadh thall bha gàire beag air a bhilean, 'Uill, uill 's tu fhèin a th' ann, a Mhàiri bheag!' thuirt e. 'Dè nì mi dhut?'

'Am bu toil leat dannsa?' Dhòirt na faclan a-mach, a gruaidhean a' sìor rudhadh. Rinn a' chaileag ri a thaobh snot-ghàire agus thuirt Gilleasbaig, 'Duilich, a Mhàiri, ach tha mi caran trang an-dràsta!' 's e a' cur a ghàirdein mu thimcheall na tè bhàin. 'Uaireigin eile, 's dòcha?'

Agus ged a bha a bhriathran snog is aotrom gu leòr, mhothaich i an coltas slìogach, sàsaichte air aodann na caileig ri a thaobh is i a' teannadh dlùth ri a ghualainn. Thàinig e a-steach oirre sa bhad gu robh i air mearachd mhòr a dhèanamh. Thionndaidh i gu luath agus chaidh i air ais gu taobh eile an talla air a droch mhaslachadh is a cridhe gu math goirt. An sin dh'fheuch i ri suidhe cho nàdarra is cho sona 's a b' urrainn dhi, gun a bhith a' coimhead air an taobh thall fhad 's a bha i a' feuchainn ris a' bhriseadh-dùil uabhasach a chur bhuaipe. Cha mhòr nach do thòisich i ri caoineadh, ach ann an ùine ghoirid bha an Ladies Choice seachad agus thàinig Aonghas ga h-ionnsaigh airson an ath dhannsa. 'Nach tu bha treun, dol a dh'iarraidh Gilleasbaig airson an Ladies Choice is Peigi Ghòrdan a' feuchainn ri grèim a chumail air!' thuirt e le gàire. 'Chuala mi gu bheil ise gu math fast, a Mhàiri – cha bhiodh teans sam bith aig do leithid-sa an sin!' Agus ged a bha briseadh-dùil oirre fhathast thug briathran truasail a co-ogha togail dha a cridhe.

Às dèidh sin bha cothroman gu leòr aice na dannsairean eile fhaicinn bho a suidheachan ri taobh a' bhalla – ach cha robh sgeul air Gilleasbaig is Peigi Ghòrdan a-nis. Bho àm gu àm bha Jan no Susie nan suidhe còmhla rithe cuideachd ach bha e gu math follaiseach dhi gu robh iad a' faighinn dhannsaichean fada a bharrachd oirrese. Smaoinich i às ùr mu a stocainnean geala agus a seann bhrògan agus thàinig faireachdainn àraid thuice gu robh i fhathast beagan ro òg airson tachartas mar seo – ged a bha Aonghas an aon aois rithe-se agus bha esan a' dannsadh gun stad! Dh'fhàs an talla gu math teth agus an uair sin chaidh na dorsan agus na h-uinneagan fhosgladh. Thàinig gathan solais òir an fheasgair a-steach agus eadar gach danns chuala i fuaim nan eun fhathast a' ceilearadh gu sunndach.

Mu leth-uair an dèidh deich chaidh an danns mu dheireadh a ghairm. Waltz slaodach, sean-fhasanta. Bha cha mhòr a h-uile duine suas air an ùrlar ach bha Màiri na suidhe ris a' bhalla mar as àbhaist. Gu fortanach cha robh companach aig Susie na bu mhotha agus shuidh an dithis aca le chèile, a' coimhead air càch. Bha cupall no dhà a' dannsadh gu math dlùth len gàirdeanan teann mu thimcheall a chèile. Aig crìoch chùisean thàinig Jan is Aonghas air ais far an robh Màiri is Susie agus chaidh iad a-mach còmhla ann an solas ciùin far an robh nan gobhlanan-gaoithe fhathast ag itealaich gu h-ìosal air na h-achaidhean. Bha an fheadhainn eile a' tighinn às an talla a-nis cuideachd – cuid dhiubh a' dèanamh air càraichean le tòrr gàireachdainn is fealla-dhà agus cupaill eile a' coiseachd sìos an rathad làmh ri làimh. Airson tiotan, dhìochuimhnich Màiri mu Ghilleasbaig, a seann aodach agus na dannsaichean a chuir i seachad às aonais companach 's i a' faireachdainn na mòmaid seo reòite ann an tìm, ceart coltach ris na seachdainean mu dheireadh aice sa bhun-sgoil.

Mus deach i air ais dhan taigh, chuir i fhèin 's a caraidean planaichean air dòigh airson an ath latha. An sin chaidh i suas an rathad na h-aonar, a' coiseachd gu slaodach anns a' chiaradh.

Latha no dhà às dèidh sin agus deireadh a saor-làithean a' tighinn na b' fhaisge, bha Màiri na suidhe aig dìnnear meadhan-latha nuair a thuirt Antaidh Phemie rithe, 'Thàinig litir bho do mhàthair an-diugh. Feumaidh mi bruidhinn riut ma deidhinn.' Bha Màiri a' smaoineachadh gur dòcha gum b' e òrdughan mu a turas dhachaigh a bhiodh innte agus dh'èist i cho sona agus cho neoichiontach nach do mhothaich i idir gu robh aodann a h-antaidh air fàs gu math sòlaimte. Cha do smaoinich i na bu mhotha carson a bha a màthair a' sgrìobhadh litir an àite a bhith cleachdadh a' fòn.

'A Mhàiri, 'eudail, tha do mhàthair ag innse gu bheil sibh uile a' dol a dh'fhàgail an taigh-òsta an ceann cola-deug às dèidh dhut tilleadh dhan Eilean Sgitheanach. Tha do phàrantan air àite-fuirich eile fhaighinn a tha gu math faisg air an taigh-òsta fhèin – am Bothan Beag? A bheil thu eòlach air?'

Bha e duilich do Mhàiri creidsinn na bha a h-antaidh ag innse dhi is i air a bhith an làn dùil tilleadh dhachaigh dha a dòigh-beatha àbhaisteach. Gu grad lìon a h-inntinn le ìomhaigh an taighe bhig robaich a bha faisg air ceann rathad Eilean Iarmain, 'Oh 's mi tha!'

'Uill sin far a bheil sibh a' dol. Tha do phàrantan air cùisean a chur air dòigh fhad 's a tha thu air a bhith an seo agus bidh sibh uile deiseil airson a dhol ann a dh'aithghearr. Mar sin bidh sibh stèidhichte ann mus tèid thu dhan àrd-sgoil ann am meadhan an Lùnastail. 'S e Gus Fitzpatrick agus a bhean a bhios an ceann gnothaich aig an taigh-òsta nan àite…'

Cha tuirt Màiri facal.

"Eil thu ceart gu leòr, a Mhàiri? Tha mi cho duilich seo innse dhut is fios agam nach e naidheachd uabhasach math a th' ann.'

Thionndaidh Màiri na cathair agus sheall i gu dìreach air a h-antaidh, 's i a' feuchainn ri cothachadh leis an naidheachd dhraghail ùir seo, 'Bidh a h-uile rud ceart gu leòr, Antaidh Phemie. Tha Mem is Dadaidh gu math cleachdte ri imrich – gu dearbh tha sinn air gluasad iomadach turas bhon a bha mi glè òg. Cha bhiodh an seo ach imrich eile.'

Rinn a h-antaidh gàire bheag, 'Uill, nach mi tha toilichte gu bheil thu cho socrach mun a h-uile rud! Tuigidh tu nach bi obair aig do phàrantan… airson greis co-dhiù…'

Ach leis an fhìrinn innse cha robh Màiri a' tuigsinn idir. Gu dearbha bha e do-chreidsinneach nach biodh cùisean mar a b' àbhaist oir cha robh e comasach dhi smaoineachadh mu a pàrantan gun obair air choreigin. Cha tàinig e a-steach oirre na bu mhotha gu robh tinneas a h-athar air buaidh mhòr a thoirt air suidheachadh an teaghlaich.

'Ach gheibh iad obair ùr, gu dearbha!' thuirt Antaidh Phemie gu dùrachdach.

'Carson nach fhaigheadh – nach eil Dadaidh buileach slàn a-nis?' Cha tuirt Antaidh Phemie an còrr. Ann an sàmhchair a' chidsin cha robh ri chluinntinn a-nis ach fuaim a' ghleoc mhòir air a' bhalla a' sìor chunntadh nan diogan, nam mionaidean, nan uairean agus nan làithean mus rachadh i dhachaigh dhan t-suidheachadh ùr neo-aithnichte seo.

An oidhche mus do dh'fhalbh i fhuair i cuireadh gu suipeir aig taigh Antaidh Ròisin còmhla ri Jan is Susie. Bha i air spaghetti bolognese a dhèanamh dhaibh agus bha coltas gu math snasail air a' bhòrd le anart-bùird dearg is geal agus truinnsearan làn pasta is feòil. Bha coca cola ann ri òl agus reòiteag is sùbhan-làir airson mìlseag agus às dèidh na dìnneir shuidh Màiri gu cofhurtail a' bruidhinn ri càch mu na saor-làithean agus an sgoil – a bha air fàire dhan a h-uile duine aca a-nis.

Bha taigh Jan is Susie gu math dlùth don àrd-sgoil ann an Glaschu 's mar sin b' ann a' bruidhinn mu na tidsearan ùra agus a' coinneachadh a-rithist ri caraidean a bha iad. Dh'innis Aonghas mu thòiseachadh aig Àrd-sgoil an Òbain far nach biodh e a' faighinn dhachaigh ach aig saor-làithean a-mhàin. Ged a bha esan air bhioran ma dheidhinn, mhothaich Màiri gu robh Antaidh Ròisin air fàs gu math sàmhach.

'Dè mud dheidhinn-sa, a Mhàiri?' dh'fhaighnich Aonghas dhi. 'Dè cho fada 's a tha Eilean Iarmain bho Phort Rìgh agus dè bhios a' tachairt mura h-eil thu a' fuireach san taigh-òsta a-nis?'

'Oh cha dèan sin diofar sam bith!' thuirt i. 'Bidh mi fhathast a' faighinn dhachaigh airson deireadh seachdain aon turas gach cola-deug agus bidh bus na sgoile fhathast gam fhàgail aig ceann an rathaid!'

Nuair a chaidh Antaidh Ròisin dhan chidsin a dhèanamh cupan tì dhaibh, dh'fhaighnich Jan dhi mu a turas dhachaigh dhan Eilean Sgitheanach, 'Nach tu tha fortanach, a Mhàiri,' thuirt i gu farmadach, ''s tu a' faighinn cothrom a bhith a' siubhal nad aonar air trèana-smùid! Chan fhaigheadh Susie 's mi fhèin air sin a dhèanamh idir – bidh Dad a' tighinn dhan Òban leis a' chàr airson ar toirt dhachaigh a Ghlaschu. Tha e fhathast a' smaoineachadh gu bheil e ro chunnartach dhuinn a bhith a' siubhal air trèana nar n-aonar – ach tha mi a' dol a dh'innse dha gun do rinn thusa an dearbh rud agus gu robh thu sàbhailte gu leòr!'

'Oh 's e deagh spòrs a th' ann, a bhith a' siubhal nad aonar, ged a thachair rudeigin dhomh air an trèana ris nach robh dùil agam...' Bha Màiri a' cuimhneachadh an fhir ris an do thachair i anns a' bhuffet-car.

A' FÀGAIL AN EILEIN

'Ooo… inntinneach! Siuthad – innis dhuinn dè thachair!' thuirt Jan.

Dh'èist an triùir eile gu dlùth fhad 's a dh'innis Màiri mun an duine, a' mhearachd a rinn e mu a gnè agus an dòigh mhìthaitneach a bhean e ris a' chathair ri a thaobh. Thòisich Aonghas is Susie ri gàireachdaich ach thuirt Jan, "'S tu bha fortanach nach deach e às do dhèidh, a Mhàiri, oir is e sin an dearbh adhbhar gu bheil Dad a' tighinn anns a' chàr airson ar toirt dhachaigh gu sàbhailte. Thoir an aire ort fhèin air an t-slighe dhachaigh – na bi a' suidhe nad aonar, uair sam bith! Tha daoine àraid is bodaich shalach ann an iomadach àite.'

'Bodaich shalach?' dh'fhaighnich Màiri.

'Seadh – dirty old men!' Thòisich Aonghas is Susie a' braoisgeil ri chèile. "'S dòcha gu robh Desert Disease air cuideachd,' thuirt Aonghas 's e a' feuchainn ri aghaidh a chumail stòlda, '…is wandering palms aige!'

Thòisich an ceathrar aca ri gàireachdaich gun stad ged a bha Màiri làn eòlach a-nis air dè dìreach a bha Miss Menzies a' ciallachadh nuair a thug i rabhadh dhaibh mu shrainnsearan, agus carson a bha a h-athair air innse dhi a bhith a' diùltadh dhaoine air nach robh i eòlach air an trèana.

Nuair a thàinig Antaidh Ròisin air ais don t-seòmar dh'atharraich iad an cuspair sa bhad agus thill an còmhradh a-rithist gu cuspairean sgoile is tidsearan. Mu dheireadh thall chaidh Jan is Susie air falbh, a' gealltainn do Mhàiri gum biodh iad air a' chidhe anns a' mhadainn còmhla ri Aonghas airson soraidh slàn fhàgail aice.

Mus deach i fhèin suas an rathad ghabh Antaidh Ròisin i na gàirdeanan agus thug i pòg dhi. 'Cha bhi mise shìos aig a' chidhe a-màireach, 'eudail. Thoir an air' ort fhèin agus tha min dòchas gun obraich cùisean a-mach gu math dhut anns an taigh ùr agus aig an àrd-sgoil!'

Anns a' mhadainn, thug Uncail Seumas lioft dhi fhèin agus

Antaidh Phemie sìos chun a' chidhe. Bha a màileid beagan na bu làine oir bha na bha air fhàgail de na sanitary towels a-nis na broinn, còmhla ris an deise-shnàimh ùr. B' e madainn cheòthach a bh' ann agus bha Màiri air am Fisherman's Smock a chur oirre, airson a dhol dhachaigh. Bha sluagh de luchd-turais a' dol air a' bhàta còmhla ri fear no tè às an eilean fhèin.

'Bidh daoine gu leòr ann a chumas sùil ort!' thuirt Antaidh Phemie. 'A-nis, gura math a thèid leat, 'eudail, is nach can thu ri do mhàthair gum bi mi a' sgrìobhadh thuice a dh'aithghearr!'

Sheas Màiri aig an rèile fhad 's a bha na seòladairean a' dèanamh deiseil agus a' togail suas an gangway. Choimhead i sìos air a' chidhe far an robh Jan is Susie is Aonghas, a h-antaidh agus a h-uncail nan seasamh le chèile.

'Gura math a thèid leat, a Mhàiri!' dh'èigh Susie.

'Beannachd leat! Soraidh slàn…'

Thòisich iad uile air smèideadh rithe is an guthan ag èirigh àrd os cionn fuaim nan einnsean agus sgreuchail nam faoileagan. Gu slaodach, dh'fhàg am bàta an cidhe agus thionndaidh i a sròn a-mach ris a' mhuir. Chaidh Màiri suas air an deic a b' àirde agus sheas i an sin, a' coimhead air an Eilean Bheag. Bha iad a' seòladh seachad air a' bhaile a-nis agus ged a bha e fhathast caran ceòthach b' urrainn dhi taigh Antaidh Ròisin fhaicinn. Gu h-obann nochd cumadh soilleir ri taobh an taighe agus thàinig e a-steach oirre gu robh a h-antaidh na seasamh an sin, 's i a' crathadh searbhadair mòr geal. Thog i a làmh agus smèid i air ais cho cruaidh 's b' urrainn dhi.

8

Am Bothan Beag

BHA MÒRAG BHEAG gu sònraichte coibhneil nuair a chuir Màiri seachad an oidhche còmhla rithe anns an Òban air a turas dhachaigh, 'Abair àm duilich a tha seo dhut, a Mhàiri, 's tu a' gluasad gu taigh ùr agus a' tòiseachadh san àrd-sgoil aig an aon àm,' thuirt i 's i a' toirt pìos cèic a bharrachd dhi.

'Ach bidh mi a' fuireach anns an ostail!' fhreagair Màiri gun uallach. 'Bidh mi a' faighinn dhachaigh aig ceann gach cola-deug!'

'Aidh,' thuirt Mòrag Bheag gu slaodach, ''s math gu bheil ostail ann. Bidh do cho-ogha Aonghas anns an ostail an seo cuideachd agus tha min dòchas gum bi e toilichte ann – oir cha bhi esan a' faighinn dhachaigh a cheart cho tric!'

Air an ath latha thòisich an turas fada air ais dhan Eilean Sgitheanach. Bha stèisean a' Ghearasdain a' cur thairis le luchd-siubhail agus mar sin cha robh e duilich do Mhàiri àite fhaighinn ann an carbad a bha gu bhith làn. Bha Mòrag Bheag air ceapairean is deoch a thoirt dhi cuideachd 's mar sin cha robh adhbhar aice idir a dhol dhan bhuffet-car na h-aonar. Cha b' fhada gus an do dhìochuimhnich i buileach mu na daoine eile a bha nan suidhe mun cuairt oirre agus chuir i seachad na h-uairean a' cuimhneachadh air a h-uile nì a bha air tachairt rithe air an Eilean Bheag. Ruith na smuaintean na ceann còmhla ri ruitheam cuibhlichean na trèana-smùid air na rèilichean eadar an Gearasdan 's Malaig.

A' dol anns a' mhuir... a' dol anns a' mhuir...

Gilleasbaig MacÙisdein…Gilleasbuig MacÙisdein…
Na gàrraidhean mòra…na gàrraidhean mòra…
Tarsainn na fadhla… tarsainn na fadhla…
Susie is Jan… Susie is Jan…
Chaidh na mìltean seachad is na facail seo a' dannsadh gun stad na ceann mar phort-à-beul, a' sìor sguabadh air falbh smuaintean sam bith mun àm ri teachd.

Bha Dadaidh a' feitheamh aig stèisean Mhalaig is coltas gu math sgìth air. Chuir e fàilte oirre le pòg bheag agus thog e suas a màileid. Fhad 's a bha iad a' coiseachd a-mach chun a' chidhe, chuir e ceistean oirre mun turas is mu na saor-làithean, cho sàmhach 's cho modhail 's a b' àbhaist ach cha do fhreagair e idir na ceistan aig Màiri, 'Not now, my dear. We'll sit down with your mother when we get back and you'll find out all about it…'

Cho luath 's a ràinig iad an taigh-òsta mhothaich Màiri gu robh faireachdainn gu math eadar-dhealaichte ann. Ged a chuir an luchd-obrach uile fàilte bhlàth oirre, sheachain iad a sùilean le seòrsa de nàire agus cha robh gin aca airson feitheamh a bhruidhinn rithe. A' dol seachad air a' chidsin is an doras leth-fhosgailte chuala i guth nach b' aithne dhi. Guth boireann is gleus cruaidh air, 'An e sin an tè bheag air ais a-nis? Smaoinich! A' siubhal na h-aonar aig a h-aois-se. Coltas caran neònach oirre nam bharail-sa! Tha i nas coltaiche ri balach! Am faca sibh an t-seacaid àraid sin a bh' oirre cuideachd? Ach 's dòcha gu bheil i cho cracte ris a' bhodach. 'S math nach deach a chur gu Creag Dunain!' 'S an uair sin rinn am boireannach gàire shuarach, fhanaideach agus ged nach fhaca Màiri cò bha a' bruidhinn thuig i sa bhad gur e bean Gus Fitzpatrick a bh' ann.

Bha deagh fhios aice dè bha 'Creag Dunain' a' ciallachadh – an t-ospadal-inntinn mòr ud, faisg air Inbhir Nis. B' ann glè ainneamh a chualas an t-ainm ge-tà oir mar bu trice bhiodh daoine a' seachnadh bruidhinn ma dheidhinn – no an seòrsa thrioblaidean is thinneasan a bh' air na h-euslaintich a rachadh ann.

Chaidh Màiri sìos dhan oifis, is na faclan àmhgharach, mosach sin fhathast na cluasan. Bha i cho troimh-a-chèile, cha b' urrainn dhi bruidhinn idir ri Mem is Dadaidh a bha a' feitheamh oirre an sin, 'What's the matter, Màiri?' dh'fhaighnich a h-athair gu socair. 'You were in such fine fettle on the way home!' Dh'fheuch i ri a briathran a chur an cèill mu cho draghail 's a bha i – gu seachd àraidh mu shlàinte Dadaidh. An toiseach bha a pàrantan làn truais 's iad a' feuchainn ri fois-inntinn a thoirt dhi agus thuirt a h-athair, 'I'm getting stronger every day! I just need a bit of a break before we get a new job...' Ach nuair a dh'fhaighnich Mem an robh dad eile a' cur dragh oirre, dh'innis i dhaibh mu na chuala i aig doras a' chidsin. Dhòirt na faclan a-mach ann an tuil agus thòisich i ri caoineadh.

Bha Dadaidh na thost ach thàinig coltas feargach air aodann a màthar, 'A-nis, cha leig sinn a leas bodraigeadh leis a' bhoireannach fhaoin, aineolach sin. Ged a tha Dadaidh air a bhith a' fulang beagan le nearbhs is e caran lag is frionasach às dèidh a bhith san ospadal cha robh guth idir air a thoirt gu Creag Dunain! Abair breugan olca! Fuirich thusa an seo le d' athair agus dèiligidh mise rithese!'

Dh'fhalbh i sìos an trannsa. Às dèidh còig mionaidean chualas doras a' chidsin a' dùnadh le brag àrd, làidir agus nuair a thill Mem bha coltas riaraichte air a h-aodann, 'Sin ise na h-àite a-nis. Chuir mi na cuimhne gur e mise a bhios fhathast an ceann gnothaich an seo gus am falbh sinn agus mar sin gum bu chòir dhi a teanga a chumail!'

An uair sin, mhìnich a pàrantan do Mhàiri barrachd mu dè a bha air tachairt. Gu robh iad air a bhith a' deasbad le sealbhadairean an taigh-òsta agus aig a' cheann thall bha iad air co-dhùnadh gum biodh e na b' fheàrr an taigh-òsta fhàgail. Nach robh Dadaidh buileach slàn agus gum bu chòir dha àm fois fhaighinn airson a bhith a' fàs fallain a-rithist. Gu robh iad air cead fhaighinn beagan de sheann àirneis is uidheam-taighe fhaighinn bhon taigh-òsta oir cha robh mìr air a bhith anns a' Bhothan Bheag.

''S math nach eil mòran stuth againn co-dhiù!' thuirt Mem le gàire. 'Agus bidh sinn deiseil a dhol ann an t-seachdain-sa – bidh sin a' toirt ùine gu leòr airson fàs cleachdte ris mus tòisich thu aig an àrd-sgoil!'

Bha e doirbh do Mhàiri creidsinn carson a bha a h-uile rud air tachairt cho luath, 'Ach,' thuirt i, 'dh'innis Antaidh Phemie dhomh gum bi cola-deug ann mus ghluais sinn.'

''S fheàrr dhuinn falbh a Mhàiri. Tha cruaidh fheum aig d' athair air fois fhaighinn.'

Air an ath latha, chaidh an triùir aca suas an rathad anns a' chàr airson sealltainn do Mhàiri ciamar a bha cùisean anns a' Bhothan Bheag. Cha robh duine air a bhith a' fuireach ann o chionn fhada agus nuair a dh'fhosgail Mem an doras-aghaidh thàinig fàileadh muthachd a dh'ionnsaigh an cuinnlean. 'Fuirich thusa a-nis, 'eudail, gus am faic thu dè cho snog 's a tha a h-uile rud!' thuirt i gu h-aotrom. 'Bidh sinn gu math cofhurtail is seasgair an seo!'

Bha Dadaidh fhathast trang a' giùlan bhogsaichean beaga às a' chàr 's mar sin cha b' e ach an dithis aca a chaidh sìos an trannsa bheag dhan chidsin. Bha leabaidh dhùbailte ris a' bhalla aig cùlaibh an t-seòmair is bòrd ri taobh na h-uinneig. Dreasair fiodha air aon taobh agus seann stòbha air an taobh eile le dà chathair-gàirdeanach mu choinneamh. Mhothaich Màiri nach robh brat-ùrlar ann ach gu robh cùirtearan dathach aig an uinneig 's iad air an crochadh suas air sreang.

'An toil leat na cùirtearan?' dh'fhaighnich Mem. 'B' e mi fhèin a rinn iad! Nach eil an stuth sin brèagha – agus cumaidh iad na h-oiteagan uile a-mach. Agus, amhairc, 'eudail, an sgàil-lampa shnog a fhuair sinn bhon taigh-òsta!' Chuir i air an suidse ri taobh an dorais agus las an solas a bha crochte air uèir fhada bho mhullach an t-seòmair. 'Nach eil e math gu bheil dealan anns a h-uile seòmar againn!'

Thàinig Dadaidh a-steach dhan chidsin agus chuir e na bogsaichean air a' bhòrd mus do shuidh e sìos le osna.

'Oh, a Mhàiri, nach cuidich thusa le a bhith a' cur an stuth sin air falbh anns an dreasair?' thuirt Mem.

'Cuidichidh, gu dearbha!' fhreagair Màiri agus thòisich i air a' chiad bhogsa, a' toirt a-mach truinnsearan is bobhlaichean sgàinte airson an cur ann. Ach cha b' e seann shoithichean robach a bha anns an dàrna bogsa – bogsa a dh'aithnich Màiri nuair a thug i sùil cheart air. Am broinn a' bhogsa sin, am measg còmhdach math de phàipear tissue fhuair i na cupannan ròsach – na cupannan dìomhair a fhuair i o chionn ghoirid anns an stòr mhòr. Thug i a-mach iad, còmhla ris na sàsairean is truinnsearan gus mu dheireadh thall cha robh air fhàgail anns a' bhogsa ach an truinnsear mòr cruinn. Bha Mem air a bhith cumail sùil oirre gu sàmhach ach nuair a thàinig an cupa mu dheireadh a-mach às a' bhogsa, thuirt i, 'Bidh fhios agad a-nis carson a bha an stuth sin air falach anns an stòr! Bha fhios aig Dadaidh 's agam fhèin gum biodh sinn a' gluasad tràth anns an àm ri teachd agus ged a bha sinn an dòchas gum faigheadh sinn uidheam gu leòr bho shealbhadairean an taigh-òsta airson ar cumail a' dol, bha mise a' smaoineachadh gum biodh e math nan robh rudeigin snog againn fhèin a thoirt leinn.'

'Oh tha iad dìreach àlainn!' thuirt Màiri gu toilichte, a' làimh-seachadh na crèadha mìne tana. Feumaidh sinn a bhith gu math faiceallach leotha air eagal 's gum bris sinn iad – gu sònraichte nuair a tha sinn gan nighe!'

Rinn Dadaidh casad beag.

'Ah uill a Mhàiri, sin rud eile...' Sheall Mem oirre gu dìreach, ged a bha stad na cainnt, 'Chan eil sinc... no amar... no fiù 's toidhleat anns an taigh seo oir chan eil pìoban uisge ann. Chan eil againn ach pìob-uisge air an taobh a-muigh aig ceann an taighe far am faigh sinn bucaidean làn uisge gach latha. Bidh sinn ga theasachadh air an stòbha airson a h-uile rud – nigheadaireachd, còcaireachd, ar glanadh fhèin...'

'Oh!' Cha robh Màiri air smaoineachadh air sin mu thràth. 'Ach… dè mu dheidhinn an toidhleat?'

Rinn Dadaidh casad beag eile.

'Oh bidh sin furasta gu leòr!' thuirt Mem le gàire. 'Tha Elsan againn – 's e toidhleat ceimigeach a tha sin! Tiugainn suas an staidhre agus seallaidh mi dhut!'

Chaidh iad suas an staidhre bheag chas aig cùlaibh an trannsa. Bha dà sheòmar eile shuas an sin – seòmraichean le fàrlasan meirgeach is tarsannan lom. Anns an fhear os cionn a' chidsin bha leabaidh shingilte agus dh'fhaodadh Màiri fhaicinn gu robh an stuth aicese ann an sin cuideachd.

'Seo an seòmar agadsa. Seòmar gasta tioram – agus bidh tu blàth gu leòr ann, 's an leabaidh agad cho dlùth ri similear a' chidsin!'

'Agus an toidhleat?'

'Tha sin anns an t-seòmar eile.'

Seachad air a' cheann-staidhre bha doras eile. Dh'fhosgail Mem e agus sheall i fhèin is Màiri a-steach. Thàinig fàileadh muthachd a-rithist agus mhothaich Màiri gu robh smalan dorcha air na tarsannan agus mun cuairt an fhàrlais. Ann am meadhan an t-seòmair, air an ùrlar lom bha seòrsa de chanastair meatailt na sheasamh – mar dhruma-ola mòr uaine. Bha mullach dùinte air agus nuair a dh'fhosgail Mem e thàinig fàileadh eile gu cuinnlean Màiri – fàileadh geur ceimigich.

'Seo e, 'eudail! A-nis, nuair tha feum ort, tha e sìmplidh gu leòr. Dìreach dèan do ghnothach ann mar thoidhleat àbhaisteach ach bi cinnteach gun dùin thu am mullach a h-uile turas oir sin an rud a bhios a' cuideachadh an stutha cheimigich ag obair!' Bha Mem a' feuchainn ri bhith cho aotrom is aighearach ma dheidhinn ach cha robh Màiri cinnteach idir dè chanadh i agus ged a bha ceistean gu leòr aice dh'aithnich i nach robh taghadh ann ach cur suas ris an rud ghrod seo. Bha i gu math toilichte nuair a dh'fhàg iad an seòmar agus a chaidh iad sìos a-rithist dhan trannsa.

'Dè mu dheidhinn an t-seòmair eile sin?' dh'fhaighnich Màiri a' comharrachadh an dorais aig ceann eile an trannsa.

'Oh, tha an seòmar sin uabhasach fliuch,' fhreagair Mem. 'Cha bhi sinn ga chleachdadh idir. Chì thu, bidh sinn ceart gu leòr anns na seòmraichean eile – gu h-àraidh nar cadal cho faisg air an stòbha agus an similear! Nise, dè mu dheidhinn srùbag às na cupannan brèagha ùra againn.'

B' iad na làithean àraid, troimh-a-chèile anns na seachdainean a lean. Dh'imrich iad dhan Bhothan gu math clis dìreach mar a dh'innis a pàrantan agus thòisich iad air dòigh-beatha ùr a bha gu tur eadar-dhealaichte bhon a h-uile rud a rinn iad a-riamh roimhe. Gu fortanach bha an t-sìde fhathast soilleir agus blàth agus cha robh e ro dhoirbh do Mhàiri cadal anns an t-seòmar bheag lom fo na tarsannan. Gach latha bhiodh a màthair a' glanadh is a' lasadh an stòbha agus bhiodh ise ga cuideachadh a' giùlan bucaidean uisge bhon ghoc aig ceann an taighe airson an teasachadh. Bhiodh Mem trang fad gach maidne, a' glanadh, a' còcaireachd no a' nigheadaireachd ann am mias aig bòrd a' chidsin. Dh'fhàs Màiri cleachdte ri bhith ga nighe fhèin ann am mias ach cha do dh'fhàs i cleachdte idir ris an toidhleat cheimigeach agus b' e cruaidh-dheuchainn a bh' ann a h-uile turas a chaidh i a-steach dhan an t-seòmar mhuthach fhliuch ud. B' e an dà chuid – am fàileadh agus am fuaim a chuir an t-uabhas gràin oirre. Am fàileadh neònach geur sin agus am fuaim a thàinig nuair a thuit steall mùin – no eile – sìos anns an stuth cheimigeach falaichte am broinn an toidhleat. Agus, duilich 's gu robh e tron latha bha e na bu mhiosa buileach nuair a bha feum aice a dhol ann tron oidhche is coltas eagalach air an t-seòmar fhaileasach lom.

Ged a bha e follaiseach gu robh e fhathast caran lag is ìosal, chùm Dadaidh e fhèin cho trang 's a b' urrainn dha agus gu tric bhiodh e gan draibheadh dhan Àth Leathann airson biadh a cheannach. Gach feasgar bhiodh e a' dol na leabaidh airson uair a thìde no dhà, agus nan robh an t-sìde freagarrach bhiodh Màiri is Mem a' dol a-mach airson chuairtean le chèile. Uaireannan eile bhiodh iad a' leughadh, taobh ri taobh air beulaibh an stòbha fhad 's a bha Dadaidh na chadal anns an leabaidh mhòr dhùbailte ri taobh a' bhalla.

Bha an t-àm a' tighinn dlùth a-nis airson tòiseachadh san àrd-sgoil. Cha robh sgeul air a bhith ann fhathast mu èideadh no uidheam air a son ach aon latha, nuair a bha Dadaidh na chadal thug Mem a-mach pacaid de stuth fon leabaidh, 'Nise, a Mhàiri, thoir sùil air seo –beagan stuth a fhuair mi dhut bho chatalog JD Williams.'

Anns a' phacaid fhuair Màiri drathais is stocainnean geala le fàileadh glan ùr bhuapa.

'Dìreach airson toiseach-tòiseachaidh dhut! Gheibh sinn a h-uile mìr eile a tha dhìth ort ann an Stewarts Outfitters ann am Port Rìgh a-màireach – bidh Dadaidh gar draibheadh suas anns a' mhadainn, gheibh sinn ar diathad anns a' Chaley agus bi deagh latha againn!'

An uair sin dh'iarr i air Màiri rud sònraichte a dhèanamh, 'Nach toir thu sùil air na bogsaichean uile de stuth is aodach a th' agad shuas an staidhre? 'S e cothrom math a bhios ann beagan sgioblachaidh a dhèanamh an-dràsta, mus tèid thu air falbh oir chan eil mòran rùm againn an seo airson stuth a stòradh.'

Na h-aonar shuas an staidhre, cha robh e duilich co-dhùnaidhean a dhèanamh mu dè a chumadh i agus dè nach cumadh oir cha robh mòran ann co-dhiù. Rinn i dà chruach air an ùrlar – aonan airson a jeans, a geansaidhean iomadh-dhathte, an deise-shnàimh chotain agus leabhar no dhà aice fhèin. Air a' chruach eile thilg i am Fisherman's Smock, lèintean-t a bràthar agus an dreasa bheag ghoirid. Aig bonn a' bhogsa fhuair i na cairtean gleansach às na pacaidean bubble-gum agus chuir i iad gu cùramach air mullach na ciad chruaich.

Dh'fhàg iad Am Bothan Beag tràth anns a' mhadainn airson a dhol a Phort Rìgh. Faisg air na taighean-tughaidh aig Luib, ghabh iad an rathad ùr thairis air Druim nan Cleòc, am measg nam beanntan àrda far an robh an ceò a' sruthladh sìos nan guailnean. Thairis air Sgonnsar is seachad air Loch Sligeachain thòisich an speur ri soillearachadh agus eadar Sligeachan is Gleann Barragill chunnaic iad binneanan an Stòir fada air falbh air fàire 's iad nan seasamh cho dìreach ri saighdearan.

Nuair a ràinig iad am baile dh'fhàg Dadaidh an càr ann an Ceàrnag Shomhairle agus choisich iad sìos sràid Wentworth, seachad air bùth Fraser MacIntyre, Café a' Chaley agus an Corner Shop. Mus deach iad tarsainn an rathaid gu Stewarts Outfitters, thuirt Dadaidh, 'I'll leave you here just now – I'll get a paper and go and have a seat down on the harbour.'

Bha Màiri air bhioran a' dol dhan a' bhùth tro na dorsan dùbailte glainne. Air a' chiad làr bha cunntairean mòra fiodha, is reangan de dhràthraichean air an cùlaibh – 's cò aige a bha fios dè na mìorbhailean a bhiodh annta. Bha fàileadh aodach ùr anns an èadhar.

'Ceart gu leòr,' thuirt Mem, 'chì sinn dè th' aca de bhrassières nad mheud!'

Bha Màiri a' faireachdainn gu math moiteil ag innse gu robh fhios aicese mu thràth dè a meud oir bha cuimhne aice air dè fhuair Fay Fhriseal a-mach leis a teip-tomhais air an Eilean Bheag. Ann an ùine ghoirid bha trì bras snog cotain aice agus ged nach robh iad a cheart cho snasail ri bras rìomhach JD Williams bha i coma.

'Nise, bidh feum againn air sanitary towels cuideachd,' thuirt Mem ris an tè-fhrithealaidh, 'agus sanitary belt airson na nighinn agam.'

Chuir i na pacaidean air falbh gu clis na baga agus ged nach tuirt i facal eile mun deidhinn cha robh Màiri a' faireachdainn nàire sam bith.

An uair sin chaidh iad suas an staidhre far an d' fhuair i èideadh na h-àrd-sgoile – blobhsaichean gorma, sgiorta liath agus taidh is bleusar dorcha-dearg. Briogais-ghoirid, lèine-t shònraichte is plimsoles airson clasaichean PT.

Bha tòrr bhagaichean stuth aca nuair a choinnich iad ri Dadaidh a-rithist aig doras-aghaidh a' Chaley, 'I see you've been busy!' thuirt e. 'I hope you got everything you needed!'

Agus cha do smuainich Màiri air na rudan a bha fhathast a dhìth – brògan ùra, baga-sgoile, sliopairean, pyjamas is iomadach rud eile. Cha robh na ceann ach gu robh an triùir aca le chèile anns a' bhaile air latha grianach 's iad a' dol airson diathad bhlasta aig bòrd formica anns a' chafaidh as spaideile air an Eilean.

9

Mairead Charnegie

CHUIR MÀIRI A cùl ri a pàrantan agus choisich i le druim dìreach agus cas-cheuman clis, eadar geataichean mòra ostail Maireid Charnegie.

Bha iad air a bhith ann na bu thràithe san latha, airson coinneachadh ris a' bhana-cheannard, Miss Oswald, agus airson a màileid fhàgail ann an Dòrm a dhà. Às dèidh sin bha iad air a dhol sìos dhan a' Chaley airson diathad – anns an t-seòmar-bìdh air a' chiad làr far an robh sealladh sìos Sràid Wentworth, is fuaim nam Beatles, nam Byrds is Jim Reeves a' tighinn thuca bhon juke box anns a' chafaidh shìos an staidhre.

Bha sàmhchair air a bhith sa chàr 's e a' dìreadh a' bhruthaich a-rithist suas dhan ostail, agus faireachdainn àraid ann am brù Màiri letheach-slighe eadar sùileachadh is eagal, mar rudeigin ag itealaich air sgiathan meanbha na broinn is cha b' urrainn dhi smaoineachadh idir mu dè bha air thoiseach oirre. An uair sin bha i air cuimhneachadh mu dè cho misneachail 's a bha i nuair a rinn i an turas dhan Eilean Bheag na h-aonar, agus b' ann mar sin a thàinig e a-steach oirre gum bu chòir dhi an ath cheum a ghabhail anns an aon dòigh. Aig ceann a' bhruthaich, dh'iarr i air a h-athair an càr a stad astar beag air falbh bhon ostail agus dh'innis i dha a pàrantan gum biodh i a' coiseachd leatha fhèin an còrr den t-slighe.

"Eil thu cinnteach?" dh'fhaighnich Mem, gruaim bheag iomagain oirre.

'Well, if you're quite sure…' Bha Dadaidh caran teagmhach.

"'S mi tha!' fhreagair Màiri gu dàna agus le pòg bheag dhan

dithis aca, leum i a-mach às a' chàr agus chaidh i suas an rathad gun a bhith a' tionndadh a cinn.

    Nuair a bha iad air a bhith san ostail na bu thràithe, cha robh sgeul idir air sgoilearan eile. A-nis bha coltas ann gu robh an t-àite fhathast falamh oir cha robh fuaim sam bith ri chluinntinn is solas deàlrach an fheasgair a' dòrtadh sìos an staidhre agus a' lìonadh nan trannsaichean fada balbh. Ann an Dòrm a Dhà bha a màileid agus a bleusar nan laighe air an leabaidh chruaidh iarainn a bha i air a thaghadh dhi fhèin fon uinneig shìos aig ceann thall an t-seòmair. Bha ochd leapannan uile gu lèir ann, dà chiste-dhràthraichean leathann agus preas-aodaich mòr fiodha. Shuidh Màiri air an leabaidh, dh'fhosgail i a màileid is thug i a-mach a stocainnean geala agus a drathais ùr. Chuir i iad ann an ciad dhrathair na ciste a bha na seasamh ri taobh a leapa. Bha Mem air na blobhsaichean sgoile aice a phasgadh suas gu cùramach agus chroch i iad anns a' phreas-aodaich còmhla ris an sgiorta sgoile.

    Cha d' fhuair i pyjamas ùr fhathast ach bha Mem air seann phaidhir a chàradh dhi. Chuir i iad fo a cluasaig agus an uair sin chuir i a baga-toidhleit beag plastaig air falbh. Bhiodh i a' cleachdadh an t-seòmar-nighe mhòir còmhla ri càch gach madainn agus bha iad air an àite seo fhaicinn na bu thràithe cuideachd 's e làn shioncaichean is toidhleatan airson nan trì dòrmaichean shìos an staidhre. Cha robh i air smaoineachadh ge-tà dè cho doirbh 's a bhiodh e ga nighe fèin air beulaibh sluagh de chaileagan eile.

    Cha robh air fhàgail a-nis anns a' mhàileid ach pacaid sanitary towels. Thog i a-mach iad agus chuir i iad gu cùramach aig fìor chùlaibh an drathair. Às dèidh sin, chaidh i air ais chun an doras-aghaidh far an robh àite airson còtaichean is brògan taobh a-muigh a ghleidheadh. An sin chroch i a bleusar agus chuir i a brògan ùra air falbh. Bha iad beagan ro bheag dhi oir bha Mem air tuairmse a dhèanamh mun mheud nuair a dh'òrdaich i iad bho chatalog JD Williams – a bha beagan na bu shaoire na bùth nam brògan anns a' bhaile. Gu mì-fhortanach cha robh ùine air a bhith ann airson an cur air ais airson meud na bu mhotha fhaighinn ach bha iad cofhurtail gu leòr an-dràsta agus bha Mem an dòchas gun dèanadh iad a' chùis airson mìos no dhà co-dhiù.

Cha d' fhuair i sliopairean fhathast na bu mhotha agus mar sin bha i na suidhe casa-gobhlach air a leabaidh 's gun ach stocainnean air a casan nuair a thòisich càch ri ruighinn Dòrm a Dhà. B' ann lem màthraichean a thàinig a' mhòr-chuid, fo stiùir Miss Oswald – ged nach do dh'fhuirich ise fada às dèidh dhaibh leabaidh a thaghadh. Bhruidhinn Màiri gu càirdeil is gu modhail ris a h-uile duine, 's i a' faireachdainn moiteil a' sealltainn dhaibh càite an robh an seòmar-nighe agus càite am b' urrainn dhaibh an cuid aodaich a chur air falbh. Bha i eòlach air tè no dithis dhiubh mu thràth cuideachd – Peigi Nic Ille Bhrath is Dolina Stiùbhart, dithis chaileagan à Slèite a chunnaic i uaireannan aig cèilidhean ann an talla-bhaile Àrd a' Bhàsair no aig na bùthan anns an Àth Leathann. B' ann à ceann a tuath no taobh siar an Eilein a bha càch agus ged a bha iad uile gu math diùid an toiseach, cha b' fhada gus an robh iad trang a' còmhradh gu sona ri chèile.

Nuair a bha muinntir Dòrm a Dhà uile an làthair is am màthraichean air falbh, nochd tè à clas a trì dom b' ainm Ciorstag Nic a' Phì a dh'innis dhaibh gum b' e a dleastanas an toirt air cuairt bheag mu na seòmraichean eile shìos an staidhre. B' e caileag bheag thapaidh a bh' innte 's i gu math càirdeil is dìcheallach, 'Okay, a h-uile duine, thèid sinn sìos dhan Studaidh, dhan t-seòmar-bìdh is dhan Rec, is an uair sin nì sinn ceilidh beag air Dòrm a h-Aon is Dòrm a Trì. Tiugainn ma-thà, agus innsibh dhomh ma tha ceist sam bith agaibh, na bithibh diùid!'

Chaidh iad sìos an trannsa fhada agus seachad air an doras-aghaidh far an robh caileagan eile a' ruighinn a-nis lem màileidean is bagaichean is a' mhòr-chuid a' dol suas an staidhre. B' iadsan na caileagan na bu shine, coltas misneachail orra is cuid le sgiortaichean goirid is maise-gnùis orra cuideachd. Aig deireadh na trannsa lìon an t-èadhar le fàileadh còcaireachd agus chuala iad fuaimean deisealachadh bùird bhon t-seòmar-bìdh. Shìos trannsa bheag eile bha seòmar mòr leathann làn bhòrd beaga. Bha dà chathair aig gach bòrd, bòrd na bu mhotha leis fhèin anns an oisean agus sgeilpichean làn leabhraichean ri aon taobh. Air an taobh thall bha uiread de phreasachan beaga.

'Seo an Studaidh!' thuirt Ciorstag, gu cudromach, 'agus sin na locairean againn!' – is i a' sealltainn dhaibh na preasachan beaga.' Bidh sibh uile a' faighinn aon dhiubh airson ur leabhraichean a ghleidheadh, agus bidh sibh anns an Studaidh fad dà uair a thìde gach oidhche tron t-seachdain – ach oidhche Haoine.'

Dà uair a thìde. Cha b' urrainn do Mhàiri creidsinn dè bhiodh i a' dèanamh airson dà uair a thìde ach cha tuirt i facal.

Aig ceann trannsa eile aig fìor chùl an togalaich, bha seòmar mòr is uiread de chathraichean ris a' bhalla, bòrd teanas-bùird is bòrd beag le cluicheadair-chlàran is cruinneachadh chlàran air sgeilp bheag. 'Seo an seòmar-spòrs!' thuirt Ciorstag. 'Ach 's e an Rec a th' againn air. Bidh ùine againn a thighinn an seo gach oidhche às dèidh suipear airson coinneachadh is cabadaich agus èisteachd ri clàran.'

Airson a' chiad àm air an turas bhruidhinn Màiri, 'Dè seòrsa chlàran a th' agaibh? Ceòl pop?'

'O gu dearbha,' fhreagair Ciorstag. 'Bidh sinn a' cruinneachadh beagan airgid gach mìos airson dà chlàr ùr a cheannach agus tha e an urra ri cuid den fheadhainn as sine na clàran a thaghadh is fhaighinn.'

Smaoinich Màiri gum biodh e math ceòl a bhith aca aig deireadh gach latha ged nach tàinig e a-steach oirre nach biodh taghadh idir aicese.

Chaidh iad an uair sin air ais airson cèilidh air caileagan na dàrna bliadhna ann an Dòrm a h-Aon. Ged nach robh iad ach bliadhna na bu shine bha iad uile a' coimhead gu math misneachail is eòlach an coimeas ri caileagan beaga Dòrm a Dhà. Bha Dòrm a Trì an ath-dhoras. Sin far an robh caileagan clas a trì gan giùlan fhèin mar fhìor bhoireannaich òga. Chunnaic Màiri an lipstick is am mascara a bh' air cuid dhiubh, briogais chaol theann no sgiortaichean goirid agus thàinig Susie is Jan na cuimhne. Mhothaich i cuideachd na nylons, na brògan fasanta agus na sliopairean spaideil molach. Sheall i sìos air a seann jeans is a stocainnean geala a bha a' fàs beagan salach air am buinn agus dh'fhairich i misneachd an tràth-fheasgair a' crìonadh air falbh.

Chuala Màiri glag na h-ostail airson a' chiad uair aig sia uairean feasgar. Chaidh muinntir Dòrm a Dhà sìos an trannsa mar bhuidheann airson taic is spionnadh a thoirt dha càch a chèile oir bha sluagh mòr a' dèanamh an slighe dhan t-seòmar-bìdh a-nis – bho Dòrm a h-Aon is a Trì, a bharrachd air an fheadhainn eile a' dòrtadh sìos an staidhre bho na seòmraichean gu h-àrd. Bha caochladh cumadh is coltas nam measg. Caileagan àrda is caileagan beaga. Cumaidhean seanga is cumaidhean reamhar. Aodannan cumhang is aodannan cruinn. Sùilean càirdeil gleansach, sùilean ciùine neoichiontach, sùilean seòlta, carach.

Aig doras an t-seòmar-bìdh bha bileag a' seallltainn càite am biodh a h-uile duine a' suidhe agus nuair a chaidh an doras fhosgladh, choisich iad a-steach gu h-òrdail airson na h-àiteachan a lorg. Chuidich cuideigin Màiri le a h-àite fhaighinn agus shuidh i sìos gu sàmhach aig bòrd fada. Thug i sùil mu thimcheall an t-seòmair agus mhothaich i gu robh a caraidean ùra bho Dòrm a Dhà sgapte air feadh nam bòrd eile. Aig a' bhòrd aicese bha measgachadh à clas a trì is a ceithir air nach robh i eòlach agus b' e tè à clas a sia a bha aig ceann a' bhùird. Bha càch eòlach air a chèile mu thràth agus 's i an aon tè aig an robh feum air a h-ainm is a h-eachdraidh aithris, a dh'fhàg i diùid is mì-chofhurtail. An uair sin thuirt an tè aig a' cheann gu coibhneil gu robh i eòlach air a bràthair agus dh'fhairich i beagan na b' fheàrr.

Nuair a thàinig Miss Oswald a-steach dhan t-seòmar còmhla ri dithis bhoireannach eile thuit sàmhchair fhad 's a ghabh i an t-altachadh. Às dèidh sin thòisich a h-uile duine ri còmhradh a-rithist agus anns an dol-seachad fhuair Màiri a-mach gu robh an dithis thidsearan eile a' fuireach làn-ùine san ostail airson cuideachadh le sùil a chumail air na sgoilearan.

Bha fìor acras oirre a-nis agus nach i bha toilichte gu robh am biadh cho math, cho blasta agus cho pailt. B' e faochadh a bh' ann nuair a thàinig e cuideachd oir fhad 's a bha i ag ithe cha robh barrachd feum aice air bruidhinn. Nuair a bha iad uile deiseil is na soithichean air an cliaraigeadh, sheas Miss Oswald suas airson fàilte a chur orra agus airson innse mu riaghailtean is clàr-ama na h-ostail. Dh'èist Màiri gu dlùth ris a h-uile facal 's i ag ionnsachadh mu na glagan cunbhalach a bha a' riaghladh gach latha, a' tòiseachadh aig seachd uairean sa mhadainn nuair a bu chòir don a h-uile duine a bhith air an cois gus a bhith deiseil airson bracaist aig 7.45m is an uair sin a-mach air an doras airson coiseachd dhan àrd-sgoil aig 8.30m.

Gu h-àbhaisteach, bhiodh glag ann às dèidh dìnnear aig 6.45f airson toiseach àm studaidh is fear eile aig 8.45f aig an deireadh. Bhiodh iad a' dol dìreach dhan t-seòmar-bìdh airson suipear agus an uair sin bhiodh beagan ùine aca anns an t-seòmar-spòrs. Bu chòir don fheadhainn a b' òige, ann an Dòrm a h-Aon is a Dhà, a bhith deiseil airson na leapa mu 10.00f nuair a bhiodh glag eile a' seirm.

Dh'ionnsaich i cuideachd nach robh ruith ceadaichte anns na trannsaichean agus gum bu chòir don a h-uile duine a bhith sìtheil, sàmhach nan leapannan às dèidh a' ghlag mu dheireadh. Bhiodh an oidhche sa diofraichte ged-tà, oir b' e toiseach na teirm ùire a bh' ann agus bhiodh ùine shaor aca às dèidh na dìnneir an àite a bhith a' dol dhan Studaidh.

Cha do chreid Màiri dè cho clis is a chaidh a' chiad fheasgar sin seachad. Tacan às dèidh tilleadh dhan dòrm, thàinig caileagan na bu shine a chèilidh orra 's e gu math follaiseach fiù 's do chuideigin cho neoichiontach ri Màiri gu robh iad airson faighinn a-mach uiread 's a b' urrainn dhaibh mu eachdraidh nan caileagan ùra is iad gan ceasnachadh gun stad. Aig an aon àm dh'ionnsaich ise mòran cuideachd – mu na peanasan airson cus fuaim a dhèanamh às dèidh lights out no airson ruith anns na trannsaichean, mu na h-àiteachan a b' fheàrr airson smoc a ghabhail gu dìomhair, agus nas inntinniche buileach, mun fheadhainn a bha cleachdte ri bhith a' sreap a-mach air na h-uinneagan air an oidhche airson coinneachadh ri balaich a' bhaile, 'Bi faiceallach, a Mhàiri bheag,' thuirt cuideigin rithe, ''s an leabaidh agadsa cho faisg air an uinneig! Gu math feumail airson sreapadairean clas a ceithir!' agus thòisich càch ri gàireachdaich. Dh'fhàg seo faireachdainn neònach, tarraingeach oirre – mar gu robh i a' faighinn sealladh air saoghal ùr, saoghal toirmisgte is beagan cunnartach, na laighe fo shaoghal làitheil àbhaisteach na h-ostail 's e cho làn riaghailtean is ghlagan cunbhalach.

Cha robh e follaiseach cò air idir a bha iad a-mach 's Dòrm a Dhà a-nis a' cur thairis leis an fheadhainn mhòra nan suidhe air a h-uile leabaidh no nan seasamh sa h-uile h-àite. Mar sin cha do ghabh i mòran sùim mun dithis a nochd fhad 's a bha i na suidhe gu socair leatha fhèin airson mòmaid fois fhaighinn bho na ceistean is an ceasnachadh. Shuidh iad sìos ri a taobh air an leabaidh, 'An e thusa Màiri à Eilean Iarmain?' dh'fhaighnich aon dhiubh, 's i a' tabhann Opal Fruit dhi gu càirdeil. 'Is nach robh d' athair glè bhochd o chionn ghoirid? Tha min dòchas gu bheil e buileach nas fheàrr a-nis.'

Nach iadsan a tha snog smaoinich Màiri ged a bha i faireachdainn beagan nearbhach mun dithis seo, len rosgan làn mascara dorcha-dubh, sgiortaichean goirid a bha fada os cionn an glùinean is gruag air a cìreadh gu h-àrd. Dh'fhairich i fàileadh blàth ceò siogarait bhuapa cuideachd, 'An ann leatsa a tha an leabaidh seo, a Mhàiri?' dh'fhaighnich an tèile.

'Oh 's ann!' fhreagair i. 'B' e mise a' chiad tè a thàinig sa mhadainn – 's mar sin fhuair mi cothrom leabaidh sam bith a thaghadh dhomh fhìn!'

Rinn an dithis gàire bheag, 'Uill, nach math gun tàinig thu cho tràth!' thuirt a' chiad tè. 'Tha mi a' smaoineachadh gun do thagh thu an t-àite as fheàrr san dòrm. Tha mi cinnteach gum bi thu ceart gu leòr anns an leabaidh seo!' Thòisich iad ri gàireachdaich a-rithist agus rinn Màiri gàire còmhla riutha oir bha i a' smaoineachadh gun robh iad air a bhith cianail laghach is coibhneil rithe. Bha e na fhaochadh cuideachd nach do chuir iad ceistean a bharrachd oirre agus nach do dh'fhan iad ach ùine ghoirid às dèidh sin oir bha i a' fàs sgìth leis a h-uile ceasnachadh a fhuair i mu thràth. Mar sin cha do mhothaich i nach do bhruidhinn iad ri duine sam bith eile anns an dòrm. Cha tàinig e a-steach oirre na bu mhotha nach robh fhios aice dè na h-ainmean a bh' orra.

Bha ceann Màiri na thuainealaich le ainmean is aodannan ùra nuair a sheirm an glag aig 8.45 airson suipear. Às dèidh sin chaidh a h-uile duine suas dhan Rec far an do chluich na caileagan a bu shine clàran agus thòisich cuid a' dannsadh ri chèile. Thàinig Ciorstag Nic a' Phì a bhruidhinn ri muinntir Dòrm a Dhà a bha nan suidhe le chèile 's iad a' coimhead ri càch, 'Ciamar a chaidh dhuibh 's a' chiad latha agaibh san ostail gu bhith deiseil? An d' fhuair sibh tro 'Àm nan Ceistean' ceart gu leòr? Bidh sibh gu math sgìth a-nis! Agus, mus dìochuimhnich mi…' thàinig stad beag na guth, 'a Mhàiri, mhothaich mi gun tàinig Sandaidh Curtis is Meg Stiùbhart a bhruidhinn riut…' bha coltas iomagaineach air aodann sona Ciorstaig. 'Uill… bha mi dìreach airson a ràdh riut a bhith faiceallach mun dithis sin. Bidh iad tric ann an trioblaid…'

'Bha iad gu math càirdeil rium!' thuirt Màiri. 'Cò às a tha iad, co-dhiù?'

'Oh 's ann à Port Rìgh a tha iad bho thùs, 's na h-athraichean aca ri coilltearachd faisg air a' bhaile, ach ghluais an teaghlaich gu tìr-mòr o chionn ghoirid. Fhuair iad àiteachan anns an ostail a chionn 's gum bi iad sia bliadhna deug a dh'aithghearr is a' fàgail na sgoile aig àm na Càisge.'

Lìon an seòmar le guth blàth sèimh Jim Reeves, 's e a' seinn 'This

World is not my Home'. Dhùin Màiri a sùilean 's i a' faireachdainn cianail sgìth a-nis agus bha faclan an òrain fhathast a' ruith na ceann nuair a chaidh i fhèin 's a caraidean sìos dhan dòrm airson a dhol dhan leabaidh.

Thàinig stad beag mì-chofhurtail ann an Dòrm a Dhà nuair a sheall na caileagan uile gu diùid air a chèile 's iad a' smaoineachadh mun cuid aodaich a thoirt dheth air beulaibh chàich airson a' chiad uair. Mu dheireadh thall thòisich iad a' tionndadh an cùil airson seasamh cho dlùth 's a b' urrainn dhaibh rin leapannan gus am pyjamas a chur orra. Às dèidh sin cha robh air fhàgail ach a dhol sìos dhan t-seòmar-nighe airson aodannan is fiaclan a ghlanadh. Nuair a sheirm an glag aig 10.00f bha a h-uile duine nan laighe gu sàmhach nan leapannan 's iad a' feitheamh airson Miss Oswald a thighinn airson na solais a chur dheth.

Anns an dorchadas, laigh Màiri aig fois cho math 's a b' urrainn dhi anns an leabaidh chruaidh iarainn. Bha a ceann làn smuaintean is ìomhaighean an latha. Chuimhnich i am Bothan Beag fhàgail gu math tràth sa mhadainn, aodach-sgoile fhathast a dhìth oirre is Mem an dòchas am faighinn ann an Stewarts Outfitters mus rachadh iad suas dhan àrd-sgoil airson coinneachadh ris a' cheannard, Mgr Mac an Tòisich. Aig a' cheann thall, bha rudan ann nach d' fhuair i fhathast – sliopairean, baga-sgoile, geansaidh sgoile ach bha na rudan bunaiteach eile a dh'fheumadh i aca agus cha do smaoinich i mòran mun stuth eile. Co-dhiù bha Mem air gealladh a thoirt dhi geansaidh ùr fhighe agus dè am feum air sliopairean is an ostail cho blàth? Nach biodh am baga mòr plastaig a b' àbhaist a bhith aig Mem airson nam bùthan a cheart cho freagarrach ri baga-sgoile cosgail ùr? Air a' chiad oidhche ud cha robh uallach sam bith oirre mu na rudan sin oir bha i fhathast aineolach mu ostail làn deugairean far an robh a h-uile caileag a' strì a bhith cho coltach ri càch 's a b' urrainn dhi.

An uair sin chuimhnich i mar a chaidh i fhèin 's a pàrantan a-steach gu oifis Mhgr Mhic an Tòisich agus cho càirdeil 's cho coibhneil 's a bha e. Dh'fhaighnich e le ùidh mu a bràthair is ciamar a bha cùisean a' dol leis aig muir agus rinn e iomradh cuideachd air dè cho soirbheachail 's a bha ise air a bhith anns na deuchainnean aice, 'Tha mi cinnteach, a Mhàiri, gur e Clas 1A an t-àite ceart dhutsa!' thuirt e le gàire. Thuit faireachdainn sìtheil thairis oirre agus chaidh i a chadal gu furasta 's gun fhios aice gu robh cuid eile ri a taobh a bha fhathast nan dùisg a' crith le eagal no a' caoineadh leis a' chianalas.

10

Dòigh-beatha ùr

THÒISICH BEATHA GU tur ùr do Mhàiri a-nis ged a bha e na chuideachadh gu robh a h-uile caileag ann an Dòrm a Dhà air a' chiad bhliadhna agus anns an aon chlas, 's iad ag ionnsachadh iomadach rud ùr le chèile. Thàinig Ciorstag Nic a' Phì a chèilidh orra gu cunbhalach airson faighinn a-mach an robh taic no fios sam bith a dhìth orra agus gu h-iongantach do Mhàiri bha Sandaidh Curtis is Meg Stiùbhart daonnan càirdeil cuideachd is iad a' cantainn 'Haidh, a Mhàiri!' rithe anns an dol seachad, a' dol sìos Rathad an t-Sruthain dhan sgoil no anns an Rec aig deireadh an latha. 'S dòcha, smaoinich i, nach robh iad a cheart cho dona 's a bha Ciorstag ag ràdh.

Ged a b' e faochadh a bh' ann a bhith air falbh bhon Elsan ghrod agus ga nighe fhèin aig bòrd a' chidsin sa Bhothan Bheag, chaidh e gu duilich leatha a dhol dhan t-seòmar-nighe gach madainn còmhla ri sluagh de chaileagan is gun prìobhaideachd sam bith ann. Aig toiseach na ciad seachdain, chaidh liosta a chur suas a' sealltainn cuin a bhiodh cothrom ann amar a ghabhail anns na seòmraichean-ionnlaid beaga fa leth. Mhothaich Màiri gu robh aon amar gach seachdain ceadaichte airson an fheadhainn nach deach dhachaigh a h-uile ceann-seachdain agus bha i taingeil fiù 's airson sin oir cha robh amar sam bith air a bhith aice bhon a dh'fhàg i an taigh-òsta.

Dh'fhàs i cleachdte ri òrdugh àbhaisteach na h-ostail clis gu leòr ge-tà – ag èirigh tràth, ga nighe fèin cho math 's a b' urrainn dhi agus a' suidhe gu sàmhach, modhail aig bòrd bracaist a' cumail cluas ri claisneachd. Mar sin fhuair i a-mach mu na tidsearan a bu chruaidhe, na balaich a b' eireachdail no cò bha air diet. Tro na ciad sheachdainean sin dh'fhairich i gu robh i a' feuchainn ri snàmh ann am muir dhomhainn a' strì ri a ceann a chumail os cionn nan suailichean. Bha gach latha làn thidsearan is chuspairean ùra – is feum air uidheam sònraichte airson mòran dhiubh. Laideann, Fraingis, Ailseabra is Geoimeatraidh, Ealan, PT, Ceòl, Fiosaig is Ceimigeachd, Saidheans Dachaigheil, Eachdraidh, Cruinn-Eòlas, Beurla. Leabhraichean is leabhrain-sgrìobhaidh sònraichte airson gach cuspair air an robh feum air còmhdaichean pàipeir a chur orra. Obair-dachaigh shònraichte ri dhèanamh le peann-inc gach cola-deug. Gu fortanach bha set-squares is protractairean is combaistean ri fhaighinn san sgoil ach càite am faigheadh i pàipear airson a leabhrain-sgrìobhaidh a chòmhdachadh no peann-inc? B' e Ciorstag a dh'innis dhaibh uile mu bhùth Fraser MacIntyre air Sràid Wentworth far an robh iomadh seòrsa stuth-sgrìobhaidh is pàipearachd ri fhaighinn. Sin far an d' fhuair i pacaid pàipear donn agus peann-inc beag saor a chleachd i aig àm-studaidh gach oidhche a' chiad sheachdain ud airson a h-ainm a sgrìobhadh air na leabhraichean a chòmhdaich i. Ann an ùine glè ghoirid bha càrn mòr de leabhraichean is leabhrain-sgrìobhaidh anns an locair aice.

An toiseach bha àm-studaidh fhèin na annas ach gu luath dh'fhàs e gu bhith na phàirt àbhaisteach den latha òrdail aice. Dh'fheumadh a h-uile duine a bhith nan suidhe aig na bùird bheaga, an t-uidheam is na leabhraichean a bha a dhìth orra air am beulaibh mus seirmeadh an glag aig 6.45. Cha robh e ceadaichte idir am bòrd fhàgail airson dà uair a thìde gus an tigeadh an t-àm crìochnachaidh aig 8.45 agus bu chòir dhan a h-uile duine a bhith trang agus sàmhach fad na h-ùine. B' e tè à clas a ceithir a bh' aig a' bhòrd còmhla ri Màiri – tè gu math dìcheallach is dùrachdach ag obair gun stad gun a bhith a' togail a cinn, agus mar sin cha robh cothrom idir ann airson bruidhinn ri duine sam bith. Co-dhiù, bhiodh tidsear na suidhe anns an oisean 's i a' dèanamh na h-obrach aice fhèin fhad 's a bha i a' cumail sùil air cùisean. Bho àm gu àm bhiodh i a' seasamh agus a' coiseachd mu thimcheall an t-seòmair. Corra uair chuala Màiri i a' trod ri cuideigin nach robh ri obair no ris an fheadhainn a bha a' cagarsaich ri chèile no a' cur notaichean beaga gu caraidean aig bùird eile.

Dh'fhàs i cleachdte cuideachd ri a leabhraichean is uidheam a chur air dòigh airson an ath latha, a rèir a' chlàr-ama a fhuair iad aig toiseach na ciad seachdain, agus chuidich sin le riochd is òrdugh a chumail air na làithean àraid ùra ud. Ged nach robh baga-sgoile ceart aice bha baga plastaig a màthar mòr is làidir gu leòr airson a h-uile leabhar is leabhran-sgrìobhaidh agus bha siop air cuideachd a chùm a h-uile rud sàbhailte is tioram na bhroinn. Bha rùm ann airson a stuth PT cuideachd – lèine-t, briogais-ghoirid is brògan boga. Bha i air bhioran mun chiad chlas PT ged a chuala i gu robh Miss Bridges, an tidsear, gu math cruaidh.

Choinnich Miss Bridges iad aig dorsan an talla-spòrs, 's i àrd is caol, gruag ghoirid is track-suit oirre, 'All right girls, straight into the changing room, get into your gym kit as quickly as possible and no chattering. Then sit on the benches quietly till I come back!'

Às dèidh a bhith ann an dòrm is seòmar-nighe le uiread de chaileagan eile, cha robh e duilich do Mhàiri a h-aodach a chur dhith is a stuth PT a chur oirre.

'Right, I expect you all to get ready like this every time you come here. From next week, you'll be taking a shower at the end of the lesson too and that will give you even less time to get ready!'

Fras! Abair iongnadh do Mhàiri oir cha robh sgeul air a bhith air a leithid roimhe. B' ann an sin a chunnaic i na cubacailean beaga le cùirtearan plastaig aig cùl an t-seòmair.

'So, remember, toilet bags, soap and a towel for next week, please!'

Ann an inntinn Màiri b' e rud gu math eagsotaig a bh' ann am fras. Bha i air leughadh gu robh iad cumanta ann an Ameireaga far am biodh daoine gan gabhail gach latha. Gu ruige seo chan fhaca i fear sam bith, ach na h-inntinn b' e an rud a bu chudromaich buileach gum biodh i a' dol ann na h-aonar far am faigheadh i fois i fhèin a nighe gu h-iomlan air cùlaibh a' chùirteir phlastaig.

Às dèidh na naidheachd mhìorbhailich mu na frasan, bha PT fhèin beagan na bhriseadh-dùil oir bha Miss Bridges a' riaghladh a clasaichean gu math teann agus cha robh an spòrs a bha dùil aig Màiri annta idir. Co-dhiù nuair a ghabh i fras airson a' chiad àm 's i na seasamh fo shruth uisge làidir teth, chaidh a h-uile smuain dhuilich throimh-a-chèile air falbh agus thàinig faireachdainn shìtheil, ghlan.

B' e aon de na caileagan a bu shine a dh'fhaighnich gu slìogach dhi anns an t-seòmar-bìdh an robh Miss Bridges air dad a ràdh fhathast mu 'Òraidean'.

'Òraidean?' dh'fhaighnich Màiri. 'Dè th' annta?'

Thòisich an tèile ri gàireachdaich, 'Gheibh thu a-mach a dh'aithghearr! Òraidean sònraichte – periods, foghlam feise… an stuth àbhaisteach sin!'

'An stuth àbhaisteach!' – nach i bha socrach ma dheidhinn! Rinn Màiri gàire bheag, ged a bha i a' faireachdainn òg is caran aineolach.

'Oh an e dìreach sin a th' annta,' is i a' feuchainn ri bhith cho socair ri càch.

Ged nach robh guth air a bhith ann mu òraidean fhathast, bha tòrr eile ri ionnsachadh anns na seachdainean tràtha sin. Chòrd Laideann is Fraingis rithe cho mòr 's gun do dhìochuimhnich i am briseadh-dùil a bh' oirre nuair a fhuair i a-mach nach fhaodadh i Gàidhlig a dhèanamh cuideachd. Ann an Saidheans Dachaigheil thòisich iad a' fuaigheal aparanan airson nan clasaichean còcaireachd a bhiodh aca nas fhaide air adhart, agus anns na clasaichean Geoimeatraidh rinn iad modailean mòra dodecahedronan a-mach à paipear, a chaidh a chrochadh suas air mullach an t-seòmair. Ann an Eachdraidh dh'ionnsaich iad mu Skara Brae – taighean bho linn na cloiche ann an Arcaibh – agus mu na Lochan Mòra Canaidianach anns na clasaichean Cruinn-Eòlais. B' e dèanamh phàtranan airson pàipear-balla a bh' aca ann an Ealain agus anns na clasaichean Saidheans dh'ionnsaich iad iomadach rud mu bhunsen-burners is pipettes, magnaitean is dealan. Ach mar a b' àbhaist dhi, b' e Beurla is Ceòl na clasaichean a b' fheàrr leatha. Chòrd beairteas cànain Uilleam Shakespeare rithe gu mòr nuair a thòisich iad air Aisling Oidhche Meadhan Samhraidh agus leugh iad iomadh leabhar is dàn inntinneach eile. Nuair a fhuair iad moladh leabharlann na sgoile a chleachdadh rinn Màiri sin gu dìcheallach, 's i a' cumail liosta nan leabhraichean uile a leugh i aig cùl a leabhran obair-dachaigh.

Rinn iad tòrr seinn anns na clasaichean ciùil a bharrachd air èisteachd ris a' phìos ciùil clasaigeach 'Peter and the Wolf' far an do dh'ionnsaich iad mu chaochladh ionnsramaidean-ciùil. Bha Mrs Kyle, an tidsear, air ùr-thighinn dhan sgoil 's i gu math snog is spòrsail. Air a' chiad latha thuirt i riutha gu robh dùil aice còisir a thòiseachadh a dh'aithghearr, 'It'll be a Junior Choir, just for the First and Second Year…so I'll be listening very carefully to you all while you're singing and then I can choose who will be in it from this class. I think that'll be fairer than making you sing on your own!'

Bha e air còrdadh gu mòr ri Màiri a bhith a' seinn anns a' chòisir bhig aig a' bhun-sgoil agus bha fadachd oirre a bhith anns a' chòisir ùir seo. Mar sin sheinn i cho binn 's cho dùrachdach 's a b' urrainn dhi.

A h-uile madainn bha clas-clàraidh ann airson an latha a chur air chois. B' ann bho iomadach ceàrn den eilean a thàinig Clas 1A, còmhla ri sgoilearan bho sgìre Phort Rìgh fhèin aig nach robh feum air fuireach ann an ostail. Ann an sùilean Màiri bha coltas soifiostaigeach air sgoilearan Phort Rìgh 's iad a' fuireach cho faisg air a h-uile goireas a bha ri fhaighinn anns a' bhaile. B' ann orrasan a bha an t-aodach agus stoidhlichean-gruaige as spaideil is fasanta – ged a bha i a' smaoineachadh nach robh na balaich idir cho tarraingeach ri Gilleasbaig MacÙisdein a bha fhathast na cuimhne. A chionn 's gum b' e deireadh an t-samhraidh a bh' ann agus na làithean fhathast blàth, bha briogais-ghoirid fhada liath air a' mhòr-chuid dhiubh is stocainnean tiugha snàith suas gu an glùinean. Nuair a chuimhnich i mun t-seacaid chlò-Hearaich, na jeans teann is stoc srianach an oilthighe a bh' air Gilleasbaig, bha balaich na ciad bliadhna a' coimhead gu math leanabail. Airson nan sgoilearan a thàinig às na ceàrnaidhean iomallach bha deireadh a' chiad seachdain sònraichte oir bha busaichean a bharrachd air an cur air dòigh a thug an cothrom dhaibh a dhol dhachaigh. Bha fios aig Màiri gum b' e seo an aon àm a thilleadh i dhachaigh às dèidh seachdain, oir mar bu trice cha bhiodh busaichean Shlèite ann ach aig ceann cola-deug a-mhàin. Bha i air bhioran fad Dihaoine a' feitheamh gu mì-fhoighidneach airson a' ghlag mu dheireadh agus an t-àm airson a dhol air a' bhus dhachaigh. Nuair a sheirm an glag ruith i sìos bruthach na sgoile, am baga plastaig na làimh làn leabhraichean agus san làimh eile a màileid bheag làn nigheadaireachd shalaich. Fhuair i àite air a' bhus, dlùth ri Peigi is Dolina, agus chunnaic i Ciorstag is a caraidean à Clas a Trì nan suidhe faisg air a' chùl 's iad a' tilleadh a dh'Ealaghol. Bha i claoidhte, 's i na suidhe gu sàmhach ri taobh na h-uinneige gun sùim air na seallaidhean eireachdail air gach taobh. Smaoinich i nach robh an turas aithnichte seo riamh air a bhith cho fada. Chaidh an ùine seachad cho slaodach 's iad a' stad gu cunbhalach airson sgoilearan eile a leigeil dheth gus an d' ràinig iad An t-Àth Leathann far an do dh'fhairich i gu robh sgiathan air tighinn air a' bhus 's iad a' sgeith sìos rathad Shlèite. Ann an ùine ghoirid nochd taigh-solais agus cala Eilein Iarmain agus b' urrainn dhi Dadaidh fhaicinn 's e a' feitheamh aig ceann an rathaid airson a stuth a ghiùlan sìos dhan Bhothan Bheag.

Bha fàileadh hama is uighean a' lìonadh an èadhair anns a' chidsin agus bha Mem air am bòrd a sheatadh le anart-bùird breac agus na soithichean ròsach. Shuidh an triùir aca le chèile aig a' bhòrd is Màiri a' bruidhinn gun stad, 's i cho dealasach is deònach a h-uile mìr mun sgoil innse do a pàrantan. Às dèidh suipear, thug i a-mach na leabhraichean a bha i air toirt dhachaigh leatha airson sealltainn dhaibh 's i ag innse gu pròiseil mun dòigh a chòmhdaich i fhèin iad agus dè cho mòr 's a bha a h-uile cuspair a' còrdadh rithe. Bha ùidh shònraichte aig Dadaidh anns na clasaichean Fraingis, 'Comment allez vous?' dh'fhaighnich e, a shùilean a' gleansadh gu spòrsail.

'Tres bien, merci!' fhreagair i gun teagamh, a' feuchainn ri blas ceart a chur air na faclan.

'Well done! We'll be able to have a proper conversation before too long!'

Agus ged a bha a ceann a' fàs sgìth dh'aithnich i cho toilichte 's a bha a pàrantan mu a deidhinn 's iad nan suidhe còmhla rithe air beulaibh an stòbha. Àiteigin domhainn na h-inntinn chuir i roimhpe a dìcheall a dhèanamh san sgoil agus anns an ostail oir bha an fhaireachdainn air tilleadh thuice gur e seòrsa de dhleastanas a bh' ann. Cha robh i cinnteach idir cò às a thàinig an fhaireachdainn seo ach dìreach gu robh e coltach ann an dòigh caran àraid ris an aon seòrsa dleastanais a bh' aice anns na làithean a chuir i seachad a' tadhal air Dadaidh anns an ospadal.

Cha do rinn iad mòran air a' chiad deireadh-sheachdain ud. Dh'fheuch Mem ris a h-uile pìos nigheadaireachd a thug Màiri dhachaigh a dhèanamh anns a' mhias aig bòrd a' chidsin. Chaidh drathais is blobhsaichean, stocainnean is lèine-PT, a chrochadh suas air ròp eadar na craobhan taobh a-muigh a' Bhothain far an do thiormaich iad gu furasta anns an èadhar bhlàth oiteagach.

'O, a Mhàiri, 'dh'fhaighnich Mem, 's i a' tilleadh a-steach a-rithist, 'carson a bha buinn do stocainnean cho salach?'

Cha robh Màiri ann an cabhag innse dhi ach an uair sin thuirt i, 'Ged a tha ùrlaran na h-ostail cho gleansach is glan bidh fhathast beagan dust orra, agus a chionn nach eil sliopairean agam fhathast…' Cha do chuir i crìoch air oir mhothaich i nach robh Mem a' coimhead cho toilichte.

Ghabh a màthair osna mhòr, 'Tha fios agad nach eil an còrr airgid air fhàgail an-dràsta – sin as coireach gu bheil stuth sgoile fhathast a dhìth! Carson nach cuir thu ort do bhrògan PT – nach dèan iadsan a' chùis? 'S dòcha gum faigh thu sliopairean ùra aig àm na Nollaige.'

Ghnog Mhàiri a ceann ged nach fhaca i tè sam bith anns an ostail le brògan PT oirre. Chuimhnich i gu sònraichte na mules molach fasanta aig a' mhòr-chuid, fiù 's caileagan Dòrm a Dhà.

Chùm Mem oirre 's bha fiamh-ghàire oirre a-rithist, 'Ach bidh mi a' tòiseachadh air geansaidh sgoile fhighe dhut an dearbh sheachdain sa! Fhuair mi snàth liath gu math saor anns a' Cho-op agus fuirich gus an seall mi dhut am pàtran air leth freagarrach a nochd anns a' Pheople's Friend o chionn ghoirid!'

Dh'fheuch Màiri ris a' bhriseadh-dùil a chumail am falach oir bha fios aice gu robh fhathast ceithir mìosan ri dhol seachad mus tigeadh an Nollaig agus cha robh i cinnteach idir mu gheansaidh air fhighe le pàtran às a' Pheople's Friend le snàth saor a' Cho-op. Mar sin cha do ghabh i mòran ùidh anns a' phàtran nuair a sheall Mem e dhi 's cha tuirt i ach gum biodh e ceart gu leòr.

Ach nach e bha math a bhith saor bho ghlagan na sgoile is na h-ostail. Madainn Disathairne laigh i fada na leabaidh, ceilearadh nan eun a' tighinn thuice tron fhàrlas fhosgailte. Feasgar, chaidh iad dhan Àth Leathann airson biadh a cheannach agus air an oidhche dh'èist iad ri ceòl-dannsa Albannach is an uair sin dealbh-cluich air an rèidio.

Cha robh an aon fhaireachdainn ann Didòmhnaich. Dh'fhairich Màiri an t-àm a' dol seachad aig astar a' sìor fhàs na bu luaithe oir bha Mem a-nis a' feuchainn ri a stuth sgoile a dheisealachadh airson na h-ath mhadainn nuair a dh'fheumadh i èirigh tràth airson a' bhus aig ceann an rathaid. Chuidich i a màthair le a h-aodach iarnaigeadh, 's iad a' cur bòrd a' chidsin gu feum a-rithist mar bhòrd-iarnaigidh, is an uair sin, nigh i a falt agus shuidh i cho faisg 's a b' urrainn dhi dhan stòbha airson a thiormachadh. Nuair a chaidh i suas dhan leabaidh tràth is Dadaidh fhathast ag èisteachd ri prògram ceòl clasaigeach air an rèidio, chuala i fuaim fann a' chiùil a' tighinn tro chlàran-ùrlair loma an lobhta. Gu h-obann chuala i còrdan aithnichte 's iad a' comharrachadh an Largo le Dvorak agus laigh i san dorchadas ag èisteachd ri guth brònach, an-fhoiseil a' chor anglais a' gabhail an fhuinn. Is an uair sin thàinig e a-steach oirre nach robh cinnt sam bith aice mun àm ri teachd.

11

Foghlam Eadar-dhealaichte

'DÈ GHABHAS SIBH, a chaileagan? Cofaidhean geala, mar as àbhaist?'

Bha 'Mr Tambourine Man' a' cluich air an juke box is grian na Dàmhair a' blàthachadh uachdar formica a' bhuird far an robh Màiri na suidhe còmhla ri a caraidean. Feasgar Disathairne, An Caley làn deugairean is fuaim àrd an guthan òga a' gàireachdaich 's a gobaireachd. Sguab am fuaim thairis oirre far an robh i na suidhe gu cofhurtail anns an oisean ri taobh Peigi is Dolina. Bha cuid eile nach deach dhachaigh an ceann-seachdain sa aig an ath bhòrd agus bha grunnan bhalach Ostail Eilginn nan suidhe na b' fhaisge air an doras. Dh'fhosgail dorsan glainne a' chafaidh agus thàinig sluagh òigridh a' bhaile a-steach, feadhainn dhiubh air a' chiad bhliadhna còmhla rithe. Ged a smèid i riutha gu dòigheil bha farmad oirre 's i a' seallltainn air an aodach fhasanta aca oir cha robh fhathast aicese ach a seann jeans is lèine-t. Aig fìor chùl a' chafaidh bha buidheann òigridh na bu shine nan suidhe dlùth ri chèile, smùid ceò shiogaireatan a' fleòdraich os an cionn. Dh'aithnich Màiri gu robh caileagan na bu shine bhon ostail ann an sin cuideachd is aodannan Meg is Sandaidh nam measg.

'Okay, Bùth Fraser MacIntyre a-nis?' dh'fhaighnich Dolina nuair a chuir iad uile crìoch air na cofaidhean. 'Agus mas math mo chuimhne, 's e an turas agadsa Jackie a cheannach an t-seachdain sa, a Mhàiri!'

Bhiodh iad a' dol sìos am baile le chèile gach feasgar Disathairne nuair nach deach iad dhachaigh. Bha e fhathast caran àraid a bhith a' dùsgadh 's gun ach an triùir aca air fhàgail san dòrm, ach às dèidh seachdain no dhà bha seòrsa de rian a' tighinn air na ceann-seachdainean sònraichte ud. Bhiodh an latha a' tòiseachadh le bracaist beagan na b' anmoiche is an uair sin nigheadaireachd na seachdaine ann an taigh-nighe na h-ostail. Às dèidh sin bhiodh an nigheadaireachd uile air a crochadh suas air ullagan fiodha airson an tiormachadh mus rachadh an iarnaigeadh feasgar Didòmhnaich. Bha e na fhaochadh an obair dhòrainneach sin fhaighinn seachad agus a bhith a' coiseachd gu dòigheil sìos Sràid Wentworth a choinneachadh len caraidean às a' bhaile, airson cofaidh òl agus èisteachd ri clàran air an jukebox.

'Saoil cò bhios a' nochdadh ann an Jackie an t-seachdain-sa?' dh'fhaighnich Peigi, 's iad a' fàgail a' Chaley. 'Paul MacArtnaidh? No Mick Jagger, 's dòcha?'

'Cò am fear as fheàrr leatsa, a Mhàiri? 'S beag ormsa Mick Jagger 's e cho grànda 's a bhilean cho mòr agus tiugh! Tha aodann cianail cute air Paul MacArtnaidh ged-tà...'

Nuair a smaoinich Màiri mu Mhick Jagger cha b' e a bheul a' chiad rud a thàinig na h-inntinn idir. Corra uair bha i air fhaicinn air Top of the Pops air an Tbh priobach dubh is geal aig nàbaidh agus cha b' e idir an coltas a bh' air aghaidh a thug buaidh oirre ach an dòigh sheòlta' a ghluais e a ghobhal agus a shliasaidean sùbailte. 'Oh 's fheàrr leamsa Mick Jagger,' thuirt i gu cinnteach, 'ged as e Brian Jones am fear às na Stones as fheàrr leam buileach!'

Gu cinnteach bha iris Jackie loma-làn stuth tarraingeach – artaigilean mu mhaise-gnùis is fasan, dealbhan is fèin-eachdraidhean sheinneadairean no chòmhlanan pop, sgeulachdan romansach is horoscopes. Air ais ann an Dòrm a Dhà bhiodh iad ga leughadh turas mu seach is an uair sin a' gearradh a-mach iomadach dealbh de sheinneadair no còmhlan airson prìneadh suas air clàran sònraichte air na ballachan. Ach do Mhàiri, b' e duilleag 'Cathie is Claire' an tè gu sònraichte inntinneach oir sin far an robh na litrichean a bha a' sireadh comhairle mu thrioblaidean pearsanta. Anns na litrichean ud – agus gu h-àraidh anns na freagairtean coibhneil aig Cathie is Claire – fhuair i an seòrsa fiosrachaidh a thug oirre smaoineachadh gu robh i ag ionnsachadh tòrr a bharrachd mun inbheachd na fhuair i a-riamh.

Ged a bha e fhathast beagan duilich a bhith cho fada air falbh bho a pàrantan gach dàrna ceann-seachdain bha e a' tighinn thuice beag air bheag nach robh roghainn sam bith eile aca. Co-dhiù, bha Disathairne cho trang nach robh ùine air fhàgail airson a' chianalais a dh'fhàg i cho brònach a' chiad àm nach deach i dhachaigh. A bharrachd air clàr-ama nas socraich anns an ostail, an Caley is iris Jackie, bha cuairt mu thimcheall bùthan baile Phort Rìgh daonnan inntinneach. Stewarts Outfitters no bùth nam brògan airson coimhead air na stoidhlichean cosgail as ùire. Cuchullin Handloom Weavers no an Corner Shop far an robh iomadach tiodhlac beag snog – no bùth bhèicearachd Mhic Coinnich is i làn fàileadh aran ùr. Cha b' fhada gus an robh bùth a' cheimigeir 's na sgeilpichean maise-gnùis a' glacadh an aire cuideachd. Cola-deug air ais bha iad air panstick is bogsa beag masacara dubh a cheannach eatarra. Bhiodh iad gan cur gu feum a-nis gach oidhche Shathairne nuair a rachadh iad a-mach dhan Drill Hall oir bha an Highlands and Islands Film Board a' frithealadh baile Phort Rìgh 's bha cead aig sgoilearan na h-ostail a dhol ann.

'Bheil thu deiseil leis a' mhascara, a Pheigi?'

''S mi tha! Niste, dè tha sibh a' smaoineachadh – an do chuir mi cus orm?'

Bha an dithis aca aig an sgàthan ann an Dòrm a Dhà, na dealbhan gleansach a-mach à Jackie air am prìneadh suas os an cionn. Choimhead Màiri air a caraid 's i mothachail air a falt air a chìreadh suas gu h-àrd agus am panstick air a h-aodann agus a bilean. Bha còmhdach tiugh mascara dubh air a rosgan, 'Oh tha thu a' coimhead dìreach fab!' thuirt i is fadachd oirre a h-aodann fhèin a sgeadachadh a-nis.

Bha Dolina na suidhe air uachdar a leapa 's i deiseil mu thràth, "'S fìor thoil leam cho bàn 's a tha do bhilean, a Pheigi! Nach eil am panstick ud cho feumail – cheart cho math ri lipstick sam bith! Niste, a Mhàiri, greas ort – chan eil sinn ag iarraidh toiseach a' film a chall!'

Às dèidh am panstick a chur oirre, dh'fhosgail Màiri am bogsa beag mascara agus thog i a-mach a' bhruis bheag a bha na bhroinn. Chuir i smugaid air agus shuath i e air a' bhloc bheag dhubh mascara mus do shlìob i e air a rosgan. An uair sin sheas i fhèin is a caraidean còmhla a' coimhead orra fhèin anns an sgàthan, le aodannan is bilean bàsmhor bàn, rosgan dorcha-dubh is an gruag air a chìreadh suas gu h-àrd. Coltas gu math iomchaidh orra smaoinich i – 's i a' meòrachadh air na caileagan eile a bhiodh san Drill Hall 's iad uile air oidhirp shònraichte a dhèanamh mun coltas is aodach.

Anns an talla, chaidh Màiri 's a companaich a shuidhe còmhla ri an caraidean às a' bhaile. Lìon an t-àite le fuaim beòthail òigridh mus deach na solais a chur dheth. Bha cuid de na balaich is caileagan nan suidhe gu math dlùth ri chèile mu thràth – gu h-àraidh aig a' chùlaibh agus nuair a thòisicheadh am film bha fios aig Màiri gum biodh iad na bu dlùithe buileach is uaireannan bhiodh iad a' pògadh cuideachd. Chaidh Meg is Sandaidh seachad oirre 's iad air an slighe gu cùl an talla is balaich mhòra a' bhaile, 'Haidh a Mhàiri bheag!' thuirt Sandaidh le gàire cham. 'An dòchas gun còrd am film riut!'

Chaidh na solais dheth is shocraich Màiri sìos anns an dorchadas bhlàth. Airson uair a thìde gu leth cha bhiodh air a h-inntinn a-nis ach na tachartasan tarraingeach mac-meanmnach air an sgrìon. Bhiodh cothrom ann bleidearachd ri a caraidean letheach-slighe troimhe ach bha e cheart cho math a bhith na suidhe aig fois a' coimhead air a' film. Nuair a thàinig e gu crìoch cha bhiodh ùine ann airson feitheamh san talla oir dh'fheumadh iad tilleadh dhan ostail cho luath 's a ghabhas. An sin bhiodh

Miss Oswald a' feitheamh aig an doras le sùil gheur airson a bhith cinnteach gun d' ràinig iad uile gu sàbhailte oir bhiodh cuid a' coiseachd suas Rathad dorcha an t-Sruthain làmh ri làmh le balach. A bharrachd air sin bha Màiri air fathannan a chluinntinn mun fheadhainn a bha a' falbh gu dìomhair, am measg nan craobhan aig taobh an rathaid is iad a' ruighinn na h-ostail às dèidh chàich.

An coimeas ri togarrachd Disathairne bhiodh Didòmhnaich gu math diofraichte ach eadar eaglais is iarnaigeadh is obair-dachaigh, bhiodh e a' dol seachad luath gu leòr. Bha feasgar Didòmhnaich daonnan fada dhaibh uile ge-tà is iad a' feitheamh ri toiseach na seachdain ùire is an caraidean a' tilleadh dhan sgoil an ath mhadainn. Ach bha Màiri mothachail gum biodh daonnan litir a' tighinn bho Mhem air an dàrna seachdain 's i a' comharrachadh nach robh ach latha no dhà a-nis mus rachadh i dhachaigh. Bha e cho math an ostail a ruighinn aig àm diathaid is litir a' feitheamh oirre, 's i làn tachartasan beaga làitheil a pàrantan, air a sgrìobhadh ann an stoidhle aotrom, èibhinn a màthar.

Bha i air fàs cleachdte ri clàr-ama òrdail na sgoile cuideachd – gus an tàinig an latha nuair a thug Miss Bridges rabhadh dhan a' chlas mun latha nuair nach biodh an leasan PT àbhaisteach aca, 'You will be learning about human reproduction next week,' thuirt i gu dùrachdach riutha, 'so there will be no need for your PT kit.'

'Human Reproduction' – bha e na iongnadh do Mhàiri an dòigh is a thuirt i seo cho nàdarra, gun nàire oir cha robh duine a b' aithne dhìse a' bruidhinn mu na rudan sin ann an stoidhle cho dìreach, fiù 's air an duilleig 'Cathie and Claire'. Bha i air fealla-dhà salach gu leòr a chluinntinn thairis air na bliadhnaichean, nach robh i buileach a' tuigsinn agus bha i eòlach cuideachd air na bha air tachairt eadar bò is tairbh is beathaichean eile ach cha b' e cuspair a bha sin airson còmhradh idir.

Latha nan òraidean shuidh caileagan 1A air ùrlar an gym air beulaibh nan wall-bars is faireachdainn fhiughaireach anns an èadhar. Chroch Miss Bridges dealbh mòr de na pàirtean prìobhaideach boireann suas air a' bhalla agus thòisich i ri mìneachadh a h-uile pàirt dhiubh. Do Mhàiri, a bha daonnan air a bhith cho measail air faclan agus fiosrachadh àraid bha e mar gu robh i ag ionnsachadh cànan ùr. 'Vulva' is 'vagina', 'uterus' is 'fallopian tubes' – faclan nach cuala i riamh roimhe a bha a' cur ris an stòr eòlais a bh' aice mu thràth. An uair sin mhìnich Miss Bridges ciamar agus carson a bha periods (no 'menstruation' mar a bh' aice orra) a' tachairt a h-uile ceithir seachdainean. Àiteigin domhain na h-inntinn thàinig e a-steach air Màiri gu robh fada air sin air a dhol seachad bhon a thachair a' chiad pheriod aicese ach bha i cho ghlacte san eòlas ùr seo nach do smaoinich i mòran ma dheidhinn.

An uair sin chuir Miss Bridges suas dealbh de na pàirtean fireann agus bha uiread fhaclan eile ri ionnsachadh. An trup seo, cha robh sgeul air periods ach mhìnich i gu dìreach, ann am faclan sìmplidh, dè bha a' tachairt airson human reproduction gabhail àite.

'Now, girls,' thuirt i mu dheireadh thall, 'does anyone want to ask any questions?' Laigh an t-sàmhchair gu trom air Clas 1A agus cha tuirt duine facal. 'Very well then, here is a little booklet for you to show to your mothers.' Chaidh leabhran beag gleansach a sgaoileadh. Bha Màiri an dòchas gum biodh tòrr a bharrachd fiosrachaidh ann oir bha ceistean gu leòr a' snàmh na h-inntinn nach robh i deònach faighneachd air beulaibh chàich. Ach nuair a thug i sùil air, chunnaic i nach robh ach fiosrachadh bunaiteach mu pheriods is sanitary towels ann.

Chaidh Clas 1A a-mach às an gym gu math ciùin 's cha do bhruidhinn iad idir mu na dh'innis Miss Bridges dhaibh ach nuair a bha Màiri na suidhe aig a' bhòrd aig àm diathaid dh'fhaighnich cuideigin dhi ciamar a chaidh na h-òraidean agus an d' fhuair i clisgeadh leis na fhuair i a-mach. Dh'fheuch i a bhith socrach ma dheidhinn agus cha tuirt i ach gu robh a h-uile rud air a bhith 'ok' agus nach robh e air a bhith na iongnadh sam bith dhi.

    Feasgar cha robh iomradh air na h-òraidean idir am measg caileagan Clas 1A ach nuair a bha muinntir Dòrm a Dhà nan leabaidh an oidhche ud fo phlangaid shàbhailte an dorchadais, thòisich iad ri deasbad 's ri gàireachdaich mu na thuirt Miss Bridges – is Peigi a' feuchainn ri guth foirmeil, pongail an tidseir a chleachdadh, 'Every month, when menstruation takes place…' Bha Peigi a' strì ri a guth a chumail sòlaimte is braoisgeil a' tighinn às gach leabaidh mun cuairt oirre, 'And, now girls… this is called the penis and these… these are…' Bha guth Peigi a' crith a-nis agus a h-uile caileag san dòrm a' gàireachdaich gu h-àrd is gun stad. Aig an dearbh mhionaid, dh'fhosgail an doras agus chaidh an solas a chur air. Sheas Miss Oswald air an stairsnich, gruaim air a maoil, fearg na sùilean, 'Enough of this noise! Half an hour after lights out and I expect you all to be quiet – even if you can't get to sleep! No more nonsense now.' Chuir i dheth an solas agus thuit sàmhchair air Dòrm a Dhà a-rithist.

    Nuair a chaidh Màiri dhachaigh an ath dheireadh-seachdain, bha i mothachail gu robh an leabhran beag na laighe aig bonn a baga agus gum bu chòir dhi a shealltainn do a màthair. Smaoinich i gum biodh seo caran duilich oir ged a bha a màthair a' ceannach sanitary towels dhi cha robh iad air a bhith a' bruidhinn mòran mun deidhinn agus cha robh sgeul idir air a bhith ann mu human reproduction. Aig a' cheann thall, nuair nach robh Dadaidh mun cuairt, sheall i e do a màthair gu cabhagach gun a bhith ag ràdh mòran idir mu dè eile a bha i air ionnsachadh.

    'Mmm, 'eudail,' thuirt Mem 's i a' fàs beagan dearg san aodann, 'tha mi cinnteach gu robh deagh fhios agad mu thràth mu na rudan sin…' agus chùm i oirre a' rùsgadh bhuntàta. 'Niste, am faigh thu am pana às a' phreas dhomh.'

    Thuig Màiri an sin gu robh i air a bhith gu math fortanach a thaobh an fhoghlaim a fhuair iad bho Miss Bridges oir bha e follaiseach nach fhaigheadh i a leithid bho a màthair uair sam bith.

A' FÀGAIL AN EILEIN

Bha an t-sìde ag atharrachadh a-nis 's na duilleagan mu thimcheall Ostail Mairead Charnegie a' tionndadh dearg is buidhe 's a' tuiteam gu làr beag air bheag. Dh'fhàs an èadhar na b' fhuaire, thàinig stoirmean is uisge trom agus thòisich Màiri a' cur oirre a seann chòta dufail airson coiseachd suas is sìos Rathad an t-Sruthain. Anns a' Bhothan Bheag, bha aca ri suidhe cho dlùth 's a b' urrainn dhaibh dhan stòbha is searbhadairean a chur aig bonn nan dorsan is nan uinneagan air sgàth na gaoithe a bha a' sèideadh tro gach beàrn is toll. Ged a bha an cidsin is seòmar Màiri os a chionn fhathast tioram is blàth gu leòr, rinn similear an stòbha cus ceòtha a thug orra uile casadaich. Dh'fhàs na seòmraichean aig ceann eile an taighe na bu thaise agus thòisich an t-uisge a' sileadh sìos na ballachan agus tron fhàrlas anns an t-seòmar far an robh an Elsan.

Bha Mem ag obair cho luath 's a b' urrainn dhi air an geansaidh sgoile a chrìochnachadh a-nis agus aon latha nuair a ràinig Màiri an ostail bha parsail a' feitheamh oirre leis a' gheansaidh na bhroinn. Bha litir còmhla ris a lìon i le iongantas oir bha a màthair ag innse naidheachd ris nach robh dùil aice idir – gum biodh iad a' gluasad gu taigh-samhraidh beag ann an Camus Croise a dh'aithghearr. B' aithne dhi an taigh-samhraidh beag grinn ud a bha làn den a h-uile goireas. Cidsin spaideil le stòbha dealain, frids, agus na bu chudromaiche buileach, seòmar-ionnlaid ceart le amar agus toidhleat. A' chiad turas a chaidh i dhachaigh às dèidh sin bha e cho math a' dol a-steach gu taigh blàth, seasgair le brataichean-ùrlair, àirneis shnog is teine gasta dealain anns an t-seòmar-suidhe. Agus ged a thuirt Dadaidh gum feumadh iad a bhith ciallach a thaobh an dealain, 's e cho daor, dh'fhaodadh i amar beag a ghabhail nan robh i ga iarraidh. Bha Màiri air a dòigh glan agus chaidh a h-uile smuain mun Bhothan Bheag agus an Elsan grod air falbh mar throm-laighe a' dol a-mach à sealladh ann an solas na maidne. Bha faireachdainn mhath aice mun imrich seo – faireachdainn thèarainte gum biodh suidheachadh an teaghlaich nas socraiche a-nis. Gu cinnteach bhiodh e na b' fheàrr airson slàinte Dhadaidh a bhith a' fuireach ann an àite le seòmraichean tioram agus às aonais stòbha ceòthach. Thill i dhan sgoil an turas seo làn misneachd is spionnadh ùr is na smuaintean dorcha iomagaineach uile air falbh.

An ath sheachdain bha naidheachd gu math inntinneach aig Mrs Kyle dhaibh anns a' chlas ciùil, 'I'm going to be letting you know today who I would like to have in the junior choir – you see the school has had an invitation to sing at the Annual Gathering of the Glasgow Skye Association – in Glasgow, at the beginning of December – and I think we'd better start practising!'

Nuair a fhuair Màiri a-mach gu robh i air a bhith soirbheachail dh'fhairich i gu robh a cridhe a' dol a spreadhadh le moit. Aig àm studaidh an oidhche ud sgrìobh i gu Mem ag innse na naidheachd mòire dhi – agus gu robh a caraid, Dolina, air a bhith soirbheachail cuideachd.

Thòisich an deisealachadh gun dàil oir bha Mrs Kyle air innse dhaibh gu robh a' chuirm gu sònraichte cudromach, 's i a' comharrachadh ceud bliadhna bhon a chaidh Comunn Sgitheanach Ghlaschu a chur air bhog. Bhiodh iad a' gabhail ruidhle is srath-spè, a bharrachd air 'Eilean Sgitheanach nam Buadh' agus a chionn 's nach robh Gàidhlig aicese, bhiodh Mgr Dòmhnallach, an tidsear òg ùr Gàidhlig gan cuideachadh leis na faclan.

Chòrd e gu mòr ri Màiri a bhith a' dol gu cunbhalach gu na practasan 's a' seinn ann am buidheann còmhla ri càch. Agus bha e gu sònraichte tlachdmhor dhi beagan Gàidhlig fhaighinn bho Mhgr Dòmhnallach, oir a bharrachd air na faclan Gàidhlig a mhìneachadh dhaibh, bha e àrd is caol is eireachdail.

12

Oidhche Mhòr nan Sgitheanach

CHA ROBH MÀIRI a-riamh air a bhith ann an Glaschu. Bha i air mòran a chluinntinn mun droch chliù aige ge-tà, cho salach is cho trang 's a bha e, làn eucoir is brùidealachd. Ach a dh'aindeoin sin bha fhios aice gu robh mòran Ghàidheal a' fuireach ann, a' gabhail a-steach iomadach seinneadair is neach-ciùil a bhiodh a' tighinn dhan eilean airson nan cèilidhean is dannsaichean ionadail. Uaireannan bhiodh i fhèin is Mem a' dol a dh'èisteachd riutha. Nuair a dh'innis i do a màthair gum biodh còisir na sgoile a' seinn aig a' chuirm shònraichte, bha ise toilichte air fad oir bha i air leughadh ma dheidhinn ann an colbh 'Dè tha Dol' Tim an Òbain is bha fios aice mu thràth cò na seinneadairean a bhiodh ann, 'Nach tu tha fortanach, 'eudail!' thuirt i, ''S truagh nach robh mi fhèin a' dol a chluinntinn luchd nam bonn òir! Agus bidh Clavey e fhèin ann cuideachd! Abair oidhche! Agus abair spòrs a' dol air bus còmhla ri do charaidean!'

Ach bha Màiri beagan teagmhach oir bhiodh an turas a' tachairt air ceann-seachdain nuair a bhiodh i gu h-àbhaisteach a' dol dhachaigh. Fhad 's a bha latha na cuirme a' dlùthachadh dh'fhàs mì-chinnt is an-fhois innte mar thachais bheag mhosach aig cùl a h-inntinn. Cha robh i buileach a' tuigsinn seo 's i a' cuimhneachadh air an dòigh a chothaich i ri siubhal dha ospadal an Àth Leathainn no fiù 's dhan an Eilean Bheag na h-aonar. Cha robh fios aice a-nis ach gum biodh cùisean gu tur a-mach às an àbhaist ann an Glaschu is i air falbh bho òrdugh na h-ostail is na sgoile, na riaghailtean is an clàr-ama a bha a' toirt cruth is ciall do gach cola-deug. Agus a bharrachd air sin cha bhiodh iad a' tilleadh gu oidhche Shathairne agus cha bhiodh ach latha aice air ais aig an taigh còmhla ri a pàrantan. Thàinig na smuaintean troimh-a-chèile seo na bu trice 's iad a' gabhail grèim oirre uaireannan tron latha no na bu mhiosa, tron oidhche 's i a' laighe na dùisg.

Dh'fhàg am bus Port Rìgh feasgar fuar Diardaoin aig toiseach na Dùbhlachd. Bha na speuran liath agus bha sanas sneachd anns an adhar. Ged a bha Màiri air a bhith cho teagmhach mun turas bha i toilichte gu leòr a-nis, na suidhe ri taobh Dolina 's iad a' teicheadh bho Mhatamataig dùbailte is clas Laidinn. A bharrachd air Mrs Kyle, bha dithis thidsear òg, Miss Matheson is Miss Campbell, ann cuideachd agus bha Màiri air cluinntinn gum biodh Mgr Mac an Tòisich agus a bhean a' nochdadh aig a' chuirm an ath-oidhche 's iad a' siubhal gu deas anns a' chàr aca fhèin.

Bha an turas fada air rathaidean cas. Chrìon solas an latha glè luath agus b' ann an Gleann Comhann a nochd bleideagan mòra sneachd, a' tuiteam gu slaodach mun cuairt air a' bhus. Nuair a stad iad airson dìnnear aig Drochaid Urchaidh bha an sneachd a' cur gu trom agus nuair a thòisich an turas a-rithist bha an làr còmhdaichte gu domhain le brat-ùrlar bog geal. Bha e follaiseach nach b' urrainn do chuibhlichean a' bhus grèim fhaighinn air an rathad shleamhainn 's e a' dèanamh chùisean glè dhùilich dhan draibhear a bhith a' cumail smachd air an stiùireadh. Bha sàmhchair ann a-nis is a h-uile duine mothachail air cho cùramach 's a bha e a' feuchainn ris am bus a chumail air an rathad, gus an d' ràinig iad Loch Laomainn far an tàinig piseach air an aimsir. Cha robh an sneachd a' laighe cho trom an sin agus nochd a' ghealach agus na reultan gu soilleir os an cionn. Gu h-obann thòisich Mrs Kyle air an srath- spè agus ruidhle a ghabhail agus thog iad uile am fonn is am bus a' lìonadh leis a' cheòl aighearach, thogarrach.

Mu aon uair deug ràinig iad an Taigh-òsta Rìoghail air Sràid Sauchiehall far an deach na sgoilearan dha na seòmraichean-

A' FÀGAIL AN EILEIN

cadail sa bhad. Bha Màiri is Dolina ann an seòmar còmhla – seòmar beag cumhang, blàth. Nuair a dh'fhosgail iad an uinneag airson barrachd èadhair a leigeil a-steach thàinig fuaim àrd trafaig troimhe. 'Ciamar as urrainn dhuinn cadal 's am fuaim sgriosail sin a' dol fad na h-oidhche?' dh'fhaighnich Dolina.

Ach às dèidh latha fada is an turas cunnartach, chaidh iad a chadal gun uallach ged a bha gleadhraich na sràide fhathast a' fleòdraich a-steach tron uinneig.

Nuair a dhùisg Màiri tron oidhche bha an t-sràid sàmhach a-rithist. A dh'aindeoin an teas bhon teasadair mhòr bha i air chrith na leabaidh agus dh'èirich i airson an uinneag a dhùnadh. Thog i a còta dufail bho chùl an dorais agus sgaoil i a-mach e air uachdar na leapa agus chaidh i air ais innte 's i a' feuchainn ri cumail blàth. Ach bha an fhaireachdainn àraid fhuar fhathast na corp agus cha tàinig cadal ceart gus an robh gathan-grèine na maidne a' nochdadh mu oir nan cùirtearan.

Nuair a dhùisg i bha solas an latha a' boillsgeadh air togalaichean àrda a' bhaile mhòir agus a' deàrrsadh gu soilleir air cabhsairean Sràid Sauchiehall. Cha robh Màiri a' faireachdainn a cheart cho fuar a-nis agus chaidh i fhèin 's Dolina sìos dhan t-seòmar-bìdh far an robh na sgoilearan is tidsearan uile nan suidhe còmhla. Cha mhòr nach robh i air dìochuimhneachadh cho àraid 's a bha i a' faireachdainn tron oidhche is i a' bleidearachd gu sona ri càch mun latha a bh' air thoiseach orra. An uair sin sheas Mrs Kyle suas, 'Now, we've a whole day to spend before the concert tonight. You are not due to sing till the second half so we won't be going to the City Hall till later on. As it's such a lovely day, you can go out and explore Sauchiehall Street this morning – maybe have a look at the shops if you like – but you must go out in groups, no one is to go out on their own. Understood?'

Bha Màiri air a dòigh. Cha robh dùil aice gum biodh cothrom ann a dhol dha na bùthan – agus bha Mem air beagan airgid a thoirt dhi cuideachd!

Lean Mrs Kyle oirre, '...and make sure and be back here for your lunch at twelve thirty because we're all going to Kelvingrove Museum this afternoon.'

Cha robh ann an ceann Màiri a-nis ach latha inntinneach, spòrsail còmhla ri a caraidean. Bha a' ghrian a' deàrrsadh agus bha bùthan mòra sràid Sauchiehall ga tàladh.

B' iad na h-uinneagan mòra gleansach làn de na fasanan as ùire a thog aire nan caileagan an toiseach. Bha riochdalachd annta nach robh ri fhaighinn ann an Stewarts Outfitters no fiù 's ann an duilleagan gleansach iris Jackie. Chuimhnich Màiri air Susie is Jan 's na stoidhlichean fasanta aca. Bha iadsan a' fuireach àiteigin ann an Glaschu cuideachd! Nach biodh e snog, smaoinich i, nan coinnicheadh i riutha gun fhiosta, ann am bùth air choreigin. Dh'fhaodadh iad uile a dhol mun cuairt nam bùthan còmhla.

Ach mar a thachair, cha deach i fhèin is Dolina a-steach do na bùthan mòra idir oir dh'aithnich iad glè luath gum biodh na prìsean fada ro àrd. Chùm iad orra suas an rathad a' coimhead anns gach uinneig gus an d' ràinig iad bùth a dh'aithnich Màiri bho a saor-làithean.

'Seall, Dolina,' thuirt i, 'Woolworths! 'S e bùth anabarrach math a tha seo – agus a h-uile rud cho saor cuideachd!'

Chaidh iad a-steach a choimhead air na grìogagan is a' mhaise-gnùis, an t-aodach is na brògan. Cheannaich Dolina geansaidh srianach, teann dhi fhèin, eye-shadow gorm is botal mòr bubble-bath. Mhothaich Màiri le briseadh-dùil gu robh na brògan le kitten-heels fhathast ro dhaor dhi ach air an ath sgeilp chunnaic i sliopairean molach pinc a bha fada nas saoire. Rinn i suas a h-inntinn sa bhad – cha bhiodh bonn a stocainnean salach gu bràth tuilleadh! Agus, bha fiù 's beagan airgid air fhàgail airson broidse beag a cheannach do Mhem is baga 'Pic 'n Mix' a roinn an dithis aca a-mach eatarra fhad 's a bha iad a' coiseachd air ais dhan taigh-òsta.

A' FÀGAIL AN EILEIN

Chuir Màiri a sliopairean ùra oirre airson a dhol sìos do lòn far an robh a h-uile duine a' bruidhinn gun stad mu dè a chunnaic – is dè a cheannaich – iad anns na bùthan. Ach cha b' urrainn dhi crìoch a chur air a brot is ceapairean oir cha robh acras oirre idir. Bha pian neònach air nochdadh na brù a bha a' sgaoileadh thairis air a druim is sìos a casan. Thill an fhaireachdainn àraid fhuar is an uair sin b' fheudar dhi èirigh gu cabhagach bhon a' bhòrd airson a dhol dhan toidhleat. Nuair a thug i sìos a drathais cha robh teagamh sam bith gu robh a dàrna period air ruighinn, mu dheireadh thall. Agus dè dhèanadh i an turas seo – 's i cho fada bho a dachaigh 's gun sìon aice airson dèiligeadh ris? Nuair a thàinig Dolina ga sireadh bha i na laighe air a leabaidh a' caoineadh gu goirt.

An toiseach cha b' urrainn do Mhàiri innse dè bha ceàrr ach beag air bheag dh'fhàs i mothachail air aodann iomagaineach a caraid agus dh'aidich i rithe gu robh a period air ruighinn gun fhiosta, 'Dè nì mi, Dolina?' thuirt i, na deòir fhathast a' sileadh sìos a gruaidhean.

'Oh tha mi cho duilich a Mhàiri,' thuirt Dolina. 'Chan eil sanitary towels agamsa nas motha...'

An uair sin rinn i gàire, 'Ach innsidh mi do Miss Campbell dè tha air tachairt, gu cinnteach bidh fios aicese dè an rud a b' fheàrr a dhèanamh!'

Sguab an nàire thairis air Màiri. Innse do thidsear – fiù 's tè cho snog ri Miss Campbell! Ach cha robh taghadh eile aice agus i a-nis a' faireachdainn gu math lag is am pian a' fàs fada nas miosa.

'Och a Mhàiri bhochd!' Bha i air a bhith na laighe crùbte air uachdar a leapa a sùilean dùinte is am pian a' greimeachadh a bodhaige. Nuair a dh'fhosgail i a sùilean chunnaic i aodann coibhneil Miss Campbell, is Dolina ri a taobh. Bha pacaid sanitary towels na làimh, 'A-niste, a Mhàiri, na gabh dragh. Bidh mi daonnan a' toirt stuth mar seo air tursan na sgoile – air eagal gum bi feum orra! Gabh thusa na dh'fheumas tu gus an till thu dhachaigh a-màireach.'

Dh'èirich Màiri agus sheas i an-àirde gu mì-shocrach. Ghabh i a' phacaid bho Miss Campbell agus chaidh i sìos an trannsa dhan toidhleat. Cha mhòr gum b' urrainn dhi seasamh aig a' mhias airson a làmhan a nighe air sgàth a' phèin ghairbh na corp.

Air ais anns an t-seòmar-cadail bha Miss Campbell air botal-teth a lìonadh agus le faochadh, chaidh Màiri dhan leabaidh leis.

'Seo dà Dispirin dhut cuideachd! Cuidichidh sin leis a' phian.'

Thug Miss Campbell glainne làn uisge sgòthach dhi. Bha blas ceimigeach grod air ach dh'òl i a h-uile deur.

'Sin thu fhèin a-nis! Gu cinnteach bidh tu ceart gu leòr a dh'aithghearr. Cùm thusa sùil oirre, Dolina, agus bidh mi air ais ann an tiotan.'

Ach cha robh Màiri ceart gu leòr a dh'aithghearr. Às dèidh còig mionaidean, 's am pian a' fàs fada nas miosa, dh'fhairich i glè thinn agus chuir i a-mach gu h-iomlan anns a' mhias-nighe. Chaidh Dolina a dh'iarraidh Miss Campbell agus nuair a chunnaic ise gu robh Màiri cho bochd thuirt i gum bu chòir dhi fuireach na leabaidh fad an fheasgair far an cumadh ise sùil oirre fhad 's a bha càch aig an taigh-tasgaidh.

Às dèidh cur a-mach thuit Màiri na cadal, am botal-teth ri a druim agus Miss Campbell na suidhe ri taobh na leapa. Nuair a dhùisg i a-rithist bha an seòmar ann an dorchadas agus ged a bha am pian air falbh bha faireachdainn lag oirre fhathast. Às dèidh mionaid no dhà, dh'fhosgail an doras agus nochd Miss Campbell, 'A bheil cùisean nas fheàrr leat, a Mhàiri? Bha thu a' cadal cho ciùin 's gun do dh'fhàg mi an sin thu airson ùine. Ach tha e gu bhith còig uairean a-nis agus bidh am bus air ais an ceartuair – bidh dìnnear aig sia uairean agus an uair sin practas beag mus tèid sinn sìos gu Talla a' Bhaile Mhòir airson dàrna leth na cuirme.'

'An urrainn dhomh a dhol ann?' Bha Màiri a-nis làn iomagain gum biodh ise air a fàgail an seo is a' chòisir a' seinn anns an talla mhòr às a h-aonais.

'Chì sinn ciamar a tha cùisean às dèidh dìnnear,' thuirt Miss

Campbell gu coibhneil. 'Feuch is èirich is nigh thu fhèin an-dràsta. Tha mi dìreach a' dol a choimhead airson a' bhus a' ruighinn.'

Nuair a ràinig Dolina bha i làn naidheachd mu dè a chunnaic iad san taigh-tasgaidh, 'Bha e dìreach mìorbhaileach, a Mhàiri – cho mòr 's cho eireachdail is e làn stutha a bha cho inntinneach. 'S bochd nach robh thu còmhla rinn. Chaidh sinn dhan chafaidh cuideachd is fhuair sinn reòiteagan! Saoil am bi thu ceart gu leòr airson seinn a-nochd? Tha min dòchas gum bi!'

'Tha 's mise!' fhreagair Màiri gu dùrachdach.

Cha robh ach beagan cràidh air fhàgail oirre a-nis ged a bha i fhathast a' faireachdainn lag. Bha an t-acras air tilleadh ge-tà. Dh'ith i dìnnear mhòr gun trioblaid agus às dèidh sin fhuair i cead a dhol dhan phractas còmhla ri càch.

Dh'fhàg iad an taigh-òsta aig ochd uairean airson a dhol dhan chuirm. Chaidh am bus gu slaodach air rathaidean trang a bha fhathast làn trafaig is daoine. Fo sholais nan lampaichean chunnaic Màiri na sràidean mòra leathann, uinneagan deàlrach nam bùthan is iomadach caolshràid dhorcha. Agus ged a bha na seallaidhean uile cho tarraingeach bha i taingeil gu robh i sàbhailte air a' bhus.

Ann an àite-parcaidh Talla a' Bhaile Mhòir, dh'èirich an togalach os an cionn mar fhuamhaire ana-mhòr, dorcha. Chaidh a' chòisir a-steach tron doras-cùil is an uair sin suas staidhre mhòr is sìos trannsa fhada. Bha doras làidir fiodha air am beulaibh far an do stad iad, 'Now,' thuirt Mrs Kyle, 'the entrance to the stage is just on the other side of this door so we'll wait here till we're called for. Someone will let us know when to go onstage so we'll get lined up in order just now.'

Bha a' chòisir uile nan tost 's cha robh ri chluinntinn ach fuaimean fann bualadh-bhas àiteigin a-mach à sealladh. A' feitheamh am measg chàich, 's gun fhios aice dè bha a' feitheamh orra air taobh thall an dorais, thàinig faireachdainn cheòthach, bhruadarail air Màiri. 'S an uair sin, gun rabhadh, dh'fhosgail an doras agus chaidh iarraidh orra seasamh ri taobh stèidse fhada, àrd. Chitheadh Màiri gu robh steapaichean mòra farsaing ag èirigh ann an rangan aig cùlaibh na stèidse is daoine nan suidhe orra, mnathan ann an gùintean fada, fir ann an èideadh-Gàidhealach no deiseachan foirmeil. Dh'aithnich i Mgr Mac an Tòisich 's a bhean nan suidhe air a' chiad rang is an dithis aca a' coimhead orra le fiamh-ghàire. Is an uair sinn chuala i cainnt ann an guth làidir fireann, '…a difficult and dangerous journey… their conductor, Mrs Anne Kyle… great pleasure…Portree High School Junior Choir!'

Ghabh Màiri anail mhòr agus choisich i a-mach air an stèidse is fuaim àrd bualadh-bhas a' gairm na cluasan. Thug e diog no dhà mus d' fhuair a sùilean cleachdte ris na solais a bha a' lasadh na stèidse bho cheann gu ceann, ach mean air mhean thàinig e a-steach oirre dè cho mòr 's a bha an t-àite agus dè cho mòr 's a bha an sluagh a bha ga lìonadh. Bha an talla loma-làn, fiù 's am balconaidh mòr os a cionn, 's a h-uile duine a-nis a' feitheamh gu sàmhach agus gu dùrachdach airson a' chiad òrain.

Thàinig pongan tòiseachaidh 'Eilean Sgitheanach nam Buadh' bhon a' phiàna àiteigin aig taobh thall na stèidse. Thog Mrs Kyle a gàirdeanan agus thòisich a' chòisir air an òran chridheil sin mun t-seòladair a shiubhal do thìrean cèin 's e làn cianalais. Agus ged a thog an luchd-èisteachd am fonn gu sunndach, thàinig faireachdainn air Màiri gu robh seòrsa de chianalas orrasan cuideachd. An uair sin ghabh iad an strath-spè is an ruidhle agus thàinig bualadh-bhas àrd. Sheas fear-an-taighe suas a-rithist 's e a' brosnachadh an luchd-èisteachd tuilleadh bualadh-bhas a dhèanamh fhad 's a shuidh a' chòisir sìos air a' chiad rang aig cùlaibh na stèidse ri taobh Mhgr Mhic an Tòisich.

Chaidh ainm an ath sheinneadair a ghairm agus dh'aithnich Màiri gur i aon den fheadhainn air an do rinn Mem iomradh ged nach cuala i roimhe i. Nuair a thòisich an seinneadair air a' chiad òran, chuir a guth ìosal, làidir fuaim a' chor anglais 's e a' gabhail an Largo aig Dvorak na cuimhne. Thàinig na h-aon fhaireachdainnean an-fhoiseil, teagmhach agus a dh'aindeoin na seinn àlainn agus bòidhchead an òrain bha e na fhaochadh nuair a thàinig e gu crìoch. Ach nuair a thòisich an seinneadair air puirt-à-beul a ghabhail, thàinig togarrachd na cridhe oir bha e cho pongail, sgiobalta is gleusmhor – a cheart coltach ri pìobaireachd no fidhlearachd. Cha mhòr nach do leum i air a casan airson danns a dhèanamh air an spot.

Às dèidh sin bha iomadach seinneadair eile agus còmhlan-ciùil ann a chluich seat aighearach, aotrom. Na suidhe air oir na stèidse dh'fhairich Màiri gu robh i air a bogadh am measg ceòl dannsa is ceòl seinn. Chaidh tachartasan an latha a-mach às a h-inntinn buileach 's cha robh innte a-nis ach fuaim ionnsramaidean ciùil is guthan ceòlmhor. Thàinig dàrna leth a' chonsairt gu crìoch fada ro chlis dhi agus b' e briseadh-dùil a bh' ann nuair a sheas iad uile suas airson 'Oidhche Mhath Leibh' is 'God Save the Queen' a sheinn.

Ach cha robh crìoch cheart air tighinn air cùisean fhathast. Às dèidh an stèidse fhàgail chaidh a' chòisir sìos an staidhre gu talla eile far an robh tì is ceapairean is bèicearachd a' feitheamh air a h-uile duine. Bha Màiri a' faireachdainn diùid is i a-nis cho faisg air an luchd-ciùil agus na daoine spaideil a bha air a bhith mun cuairt oirre air an stèidse gus an tàinig Mgr Mac an Tòisich agus a bhean airson innse dhaibh uile dè cho math 's a sheinn iad. An uair sin lìon Màiri truinnsear le ceapairean is mìlsean agus shuidh i sìos aig bòrd còmhla ri Dolina 's càch a' bleidearachd gu dòigheil, is muinntir Chomunn Sgitheanach Ghlaschu gan cuairteachadh.

B' ann glè anmoch a thill còisir na sgoile chun an Taigh-òsta Rìoghail agus b' ann glè anmoch a dhùisg iad an ath mhadainn. Bha Màiri air tuiteam na cadal sa bhad agus chaidh an oidhche seachad ann an suain, 's gun sgeul air an fhuachd àraid a bh' oirre an oidhche roimhe. Ged a bha i fhathast a' faireachdainn beagan lag madainn Disathairne, chaidh i fhèin 's Dolina sìos an staidhre gu bracaist is iad a' bruidhinn gun stad mun chuirm. Cha robh mòran ùine air fhàgail dhaibh ann an Glaschu ge-tà oir bha rabhadh air a bhith ann gum biodh an t-sìde a' fàs na bu mhiosa nas fhaide air adhart tron latha, ged a b' e madainn shoilleir ghrianach a bh' ann. Mar sin, mu mheadhan-latha bha a h-uile duine air a' bhus a-rithist a' dìreadh na slighe air ais dhan Eilean Sgitheanach.

An toiseach bha Màiri toilichte gu leòr ach fada mus do ràinig iad an Gearasdan, bha an sneachd air tilleadh agus thòisich iomagain mun turas is mun t-sìde ag obair oirre. Saoil am faigheadh iad air ais dhan eilean ann an ùine gu leòr? Nan robh iad anmoch am biodh am bàt'-aiseig fhathast a' feitheamh orra sa Chaol? Dè mu dheidhinn Dadaidh is e a' stiùireadh a' chàir air rathaidean sleamhainn Shlèite airson a coinneachadh aig cidhe Chaol Àcainn. Dh'fheuch i ris na smuaintean riaslach seo a chur bhuaipe fhad 's a bha na speuran a' fàs na bu duirche agus an sneachd fada na bu mhiosa.

Bha am bus a' cromadh an rathaid chais tro Ghleann Seile nuair a mhothaich Màiri le iongantas gu robh cha mhòr a h-uile duine nan cadal is srann socair aig Dolina ri a taobh. Air a' ghleoc bheag os cionn an draibheir chitheadh i gu robh an uair a' fàs anmoch agus b' ann an sin a thàinig fìor eagal is troimh-a-chèile oirre. Shil na deòir sìos a gruaidhean gun stad agus bha i fhathast a' caoineadh gu socair nuair a thàinig Mrs Kyle mu thimcheall airson dèanamh cinnteach gu robh iad uile ceart gu leòr, 'Màiri, what's the matter – are you still feeling unwell or maybe you're just a bit tired…?'

Ag aithnicheadh fìor thruas ann an guth an tidseir, thòisich Màiri ri rànail gu h-àrd. Bha e duilich innse do Mrs Kyle dè dìreach a bha a' cur dragh oirre is a briathran ga tachdadh, 'I'm so worried we'll have missed the last ferry, and maybe my father won't have come to take me home…'

Bha a h-uile duine air a' bhus nan dùisg a-nis.

'Now Màiri, calm yourself.' Bha guth Mrs Kyle ciallach is ciùin. 'The ferry will wait for us, they know we're delayed because the driver phoned them when we had the toilet stop at Cluanie. And as for your father, I'm sure he'll be there for you too. Now, dry your eyes. It's been a difficult journey but we'll soon be home!'

Chlapranaich i a gàirdean gu coibhneil agus gu h-obann dh'fhairich i làmh Dolina a' gabhail grèim air a làimh fhèin anns an dorchadas. Beag air bheag shocraich i gus mu dheireadh thall, nuair a ràinig iad an Caol chunnaic i gu robh am bàt'-aiseig a' feitheamh orra ri taobh a' chidhe.

Cha robh i fhathast cinnteach am biodh Dadaidh aig an taobh thall ach nuair a thàinig iad às a' bhàt'-aiseig, sin e na sheasamh ann an solais a' chàir is bleideagan beaga sneachda a' tuiteam air guailnean a sheann chòta clò Hearaich, 'Well, my dear, you're a lot later than we expected but I'll soon have you back home! Thank goodness the roads aren't too bad here – the snow's not really lying at all.'

'I was worried you wouldn't be able to come and get me.'

'There is no way that I would have let you go back to Portree tonight – and your mother is just dying to hear all about that big concert!'

Agus an uair sin thàinig am faochadh oir bha i cinnteach gu robh briathran a h-athar a' dearbhadh gum biodh a pàrantan daonnan ann airson a dìon.

13

Nollaig

FEASGAR DIDÒMHNAICH BHA Màiri na suidhe ri taobh an teine còmhla ri Mem 's i air cadal glè anmoch às dèidh tilleadh à Glaschu. Bha Dadaidh air falbh àiteigin airson sràid leis fhèin.
'Nach eil e math gu bheil e fhèin nas fheàrr agus a neart a' tilleadh,' thuirt Mem, 'agus sinn a' tòiseachadh air smaoineachadh mu obair eile fhaighinn cuideachd... Co-dhiù, innis dhomh a h-uile rud mun chuirm!'
'O, bha e math fhèin, ged nach deach sinn ann gus an dàrna leth!' fhreagair Màiri. An uair sin, dh'innis i cò na seinneadairean a chuala i, mun chòmhlan-ciùil agus mun t-suipear às dèidh làimh.
Chaidh an ùine seachad gu math taitneach a' còmhradh mu oidhche Haoine is fìor ùidh aig Mem sa h-uile gnothach. An uair sin, dh'fhaighnich i do Mhàiri dè rinn i tron latha.
'Chaidh mi a choimhead air bùthan mòra Sràid Sauchiehall còmhla ri Dolina sa mhadainn,' fhreagair i, 'agus bha turas gu taigh-tasgaidh Kelvingrove air a chur air dòigh dhuinn uile feasgar ach... cha deach mise...'
'Carson?'
'Thàinig period, gun fhiosta, agus bha e fada na bu mhiosa na bha e nuair a bha mi air an Eilean Bheag as t-samhradh.'

Cha robh i air a bhith airson aideachadh dè cho tinn 's a bha i ach gu h-obann chuir i roimhpe an fhìrinn innse. Mhothaich i gu h-iongantach gu robh Mem a' toirt aire oirre gu dlùth – rud nach robh dùil aice idir, 'An robh thu a' faireachdainn cianail fuar nad leabaidh an oidhche roimhe?'

'Oh 's mi bha!'

'An tàinig pian garbh agus an uair sin an do chuir thu a-mach gu h-iomlan?'

'Thàinig gu dearbha – ach ciamar a tha fios agad?'

''Eudail,' thuirt Mem, 'bha mi fhèin a' fulang anns an aon dòigh aig d' aois-sa, agus 's mi tha duilich nach do dh'innis mi sin dhut mu thràth. Tuigidh tu gu bheil cùisean air a bhith caran duilich o chionn ghoirid is chan eil mòran ùine air a bhith agam bruidhinn riut gu ceart – eadar obair is gluasad is tinneas Dadaidh…' Lean i oirre, ''S e rud grod a th' ann – ged nach bi a h-uile caileag a' fulang a cheart cho dona leis. Cha bhi na periods agad a' tighinn cho cunbhalach nas motha agus ged a bhios sin a' dèanamh gnothaichean nas fheàrr – ann an dòigh – cha bhi fios agad gu cinnteach cuin a thig iad. Feumaidh mi bruidhinn ri Miss Oswald ma dheidhinn, air eagal 's gun tachair e gun fhiosta a-rithist. A bheil sanitary towels gu leòr agad oir tha mi a' creidsinn gum bi e agad fad seachdain an trup sa.'

An sin dh'innis Màiri dè cho cuideachail is coibhneil 's a bha Miss Campbell rithe agus gu robh pacaid shlàn fhathast aig cùlaibh a drathair ann an Dòrm a dhà. B' e suidheachadh gu tur ùr a bha seo – a' bruidhinn gu nàdarra mu rudan pearsanta còmhla ri a màthair 's i mion-eòlach air dè bha air tachairt rithe. Aig an aon àm, bha e follaiseach nach robh Mem buileach cofhurtail a' bruidhinn ma dheidhinn oir ann an ùine ghoirid dh'atharraich i an cuspair 's i a' moladh nan sliopairean molach ùra.

'Uill, cha leig mi a leas sliopairean ùra fhaighinn dhut airson prèasant na Nollaig a-nis mar a bha dùil agam! Ach gheibh thu pyjamas ùr gu cinnteach, agus bha mi a' smaoineachadh cuideachd mu na rudan sgoile a tha fhathast a dhìth. Brògan is baga-sgoile ceart, còta no seacaid bhlàth an àite an t-seann chòta-dufail ud. 'S dòcha gun tèid sinn do na bùthan ann am Port Rìgh uaireigin tràth san ath theirm.'

Cha robh Màiri uabhasach toilichte mu phyjamas ùr airson na Nollaig ach cha tuirt i mìr oir bha cuspair cudromach eile mun Nollaig air a h-inntinn, 'Mhem...' thuirt i gu slaodach, 'bidh pàrtaidh Nollaig aig an sgoil a dh'aithghearr, is chan eil dreasa agam airson a dhol ann, no brògan snoga nas motha!'

Dh'fhàs a màthair sàmhach. Mu dheireadh thall thuirt i, 'Cha do thilg mi a-mach an dreasa bheag a thug thu dhan Eilean Bheag fhathast – nach dèan sin a' chùis? Agus, tha mi duilich ach chan fhaod thu brògan eile fhaighinn an-dràsta. Chan eil airgead gu leòr ann airson dà phaidhir a cheannach is cruaidh fheum agad air brògan sgoile ann am meud freagarrach!'

'Chan eil sin ceart!' Gu h-obann bha an fhaireachdainn sheasgair, chàirdeil air atharrachadh gu tur is briseadh-dùil trom a' tighinn air Màiri. 'Tha an dreasa ud fada ro theann dhomh is coltas gu math leanabail air cuideachd!' Chuimhnich i an dannsa air an Eilean Bheag as t-samhradh. 'Agus chan eil mi ag iarraidh gur e mise an aon tè às aonais nylons nas motha!'

'O gheibh thu nylons, gu cinnteach,' thuirt Mem, 'ach chan fhaigh thu dreasa ùr – ron an Nollaige, co-dhiù.'

Thàinig na deòir gu sùilean Màiri. 'Carson nach fhaigh mi airgead an-dràsta airson dreasa a cheannach – tha gu leòr dhiubh ann an Stewarts Outfitters, 's chan eil iad cosgail nas motha!'

Ach bha bus air Mem a-nis is coltas gu math feargach oirre, 'A Mhàiri – tha mi air innse dhut nach urrainn dhuinn airgead mar sin a chosg an-dràsta!' Dh'fhàs a guth na b' àirde, 'Nise, cùm do theanga ma dheidhinn – no cha bhi fiù 's nylons agad airson a' phàrtaidh! Nach tu a tha nad chaileig ghionaich, mhì-thaingeil!'

Bha faclan cruaidh a màthar mar sgailc air a h-aodann. Dh'èirich i bhon chathair agus ruith i sìos an trannsa dhan t-seòmar-cadail far an do thilg i i fhèin air a leabaidh, a' caoineadh gun stad. Bha i fhathast na laighe an sin nuair a chuala i a h-athair a' tilleadh, 's e a' feadaireachd ris fhèin. Chuala i doras an t-seòmar-suidhe a' dùnadh is an uair sin guthan a pàrantan a' bruidhinn gu socair. Às dèidh ùine ghoirid chuala i cas-cheuman a màthar a' tighinn a-steach dhan t-seòmar, 'Bheil thu deiseil airson cupan tì, a Mhàiri? Tiugainn sìos is suidh còmhla rinn, tha d' athair 's mì fhìn airson bruidhinn riut.' Bha a briathran ciùin is sèimh a-nis.

Thiormaich Màiri a sùilean agus chaidh i sìos dhan t-seòmar-suidhe far an robh Dadaidh a' feitheamh is cupa tì ri a thaobh.

'Tha mi duilich a bhith cho mosach riut a Mhàiri,' thuirt Mem. 'Tha mi làn fhios nach bi thu a' faireachdainn buileach ceart fhathast, às dèidh na thachair Dihaoine, ach feumaidh fios a bhith agad dè cho doirbh 's a tha e a bhith a' cumail a' dol 's sinne fhathast gun obair.'

Ghnog Màiri a ceann is i a' faireachdainn caran ciontach a-nis.

'Yes, my dear, it's been a difficult time for us all. But things are looking up – your mother and I are going to the mainland to see about a new position next week.' Bha gleus sona, dòchasach air guth a h-athar. 'The hotel in Strontian is looking for managers and we thought we'd go and have a look at it.'

'Càit a bheil sin?' Ged a bha Màiri air ainm an àite a chluinntinn mu thràth cha robh fhios aice idir càite an robh e.

'Shìos ann an Earra-Ghàidheal ann an sgìre Àird nam Murchan – sgìre glè shnog!' thuirt Mem gu dealasach.

'We're just going to find out what it's like, so there's no need for you to be bothered too much about it – it may not be right for us just now but we thought we should go and see it anyway.'

O chionn ghoirid bha Màiri air a bhith a' seachnadh smaoineachadh cus mun àm ri teachd. A-nis 's i a' feuchainn ri ciall a dhèanamh den naidheachd seo, cha robh i cinnteach dè a chanadh i. Gu dearbha bhiodh e math obair stèidhichte a bhith aig a pàrantan a-rithist ach bha Àird nam Murchan cho fada air falbh air taobh thall Linne Shlèite. Co-dhiù nach tuirt Dadaidh gu robh iad dìreach a' beachdachadh ma dheidhinn an-dràsta?

Bha sàmhchair san t-seòmar airson mionaid.

'Dè mu dheidhinn èisteachd ris an rèidio airson treiseag, a Mhàiri?' thuirt Mem mu dheireadh thall. 'Nach àbhaist dhut èisteachd ri 'Pick of the Pops' feasgar Didòmhnaich?'

Thug i an transistor rèidio beag dhi, 'Siuthad – rach sìos dhan t-seòmar-cadail leis far nach cluinn sinne am faram uabhasach sin!'

Mar sin chaidh am feasgar seachad 's i na laighe gu cofhurtail air a leabaidh ag èisteachd ri guth càirdeil, tarraingeach Alan Freeman ag innse cò bha air gluasad suas is sìos na charts.

Aig àm dìnneir thog Mem cuspair na Nollaige a-rithist 's i a' bruidhinn mu na planaichean a bh' aice airson an latha fhèin, 'Tuigidh tu gum bi rudan caran diofraichte am-bliadhna oir cha bhi Murchadh còmhla rinn…' Bha gleans ùr air nochdadh na sùilean is bha crith bheag na guth, 'ach, nì sinn ar dìcheall latha math a bhith againn co-dhiù.'

Thàinig e a-steach air Màiri gum biodh e uabhasach sàmhach às aonais a bràthar aig an robh meas cho mòr air a h-uile subhachas 's e daonnan làn spòrs is fealla-dhà.

'A-nis, a Mhàiri, cuin a tha pàrtaidh na sgoile?'

Nuair a dh'innis i nach robh e gus an t-seachdain mu dheireadh den teirm dh'fhàs a màthair smaoineachail is an uair sin thuirt i, 'Mmm… gu bhith trì seachdainean fhathast. 'S dòcha gum faodainn rudeigin a dhèanamh gus dreasa iomchaidh fhaighinn ron an sin.'

'Gu cinnteach?' Bha Màiri làn iongnaidh.

'Chan eil mi a' toirt gealladh dhut, 'eudail, ach chì sinn. Fàg agamsa e. Agus gu cinnteach, gheibh thu airgead airson nylons a cheannach.'

Nas fhaide air adhart, a' laighe na leabaidh thàinig iomadach smuain gu Màiri mu thachartasan an latha. Suidheachadh ùr a pàrantan agus Nollaig às aonais a bràthar. Pàrtaidh na sgoile is beagan iomagain oirre mu dheidhinn oir ged a bha i làn earbsa gun dèanadh Mem a dìcheall air dreasa fhaighinn, cha robh i cinnteach idir dè cho freagarrach 's a bhiodh e.

'Dè tha thusa a' dol a chur ort airson a' phàrtaidh, a Mhàiri? Tha dreasa ùr agamsa a fhuair mi à JD Williams as t-fhoghar is tha paidhir bhrògan suede agam...'

An ath Dhisathairne bha i fhèin, Dolina is Peigi còmhla mar a b' àbhaist ann an Dòrm a Dhà nan laighe air leabaidh Màiri a' coimhead air iris Jackie. Bha earrann shònraichte ann an t-seachdain sa mu fhasanan na Nollaige – dreasaichean goirid, dìreach, is brògan le sàilean beaga caola.

'Oh, bidh an dreasa agamsa a' tighinn an t-seachdain sa tighinn – tha min dòchas gum faigh mi e ann an ùine gu leòr airson a' phàrtaidh.'

Cha b' e breug a bha sin idir is i cofhurtail gu leòr a' bruidhinn ma dheidhinn aig an ìre sa. Ach an uair sin dh'fhaighnich Peigi, 'Dè an dath a tha e a Mhàiri – bhiodh dearg no purpaidh a' tighinn riut gu mòr 's a' ghruag agad cho dorcha.'

'Oh, bha taghadh ann agus chan eil mi cinnteach fhathast am faigh mi an dath a b' fheàrr leam.'

'An ann à JD Williams a tha e?' Ceist chunnartach oir bhiodh a h-uile duine mion-eòlach air a' chatalog sin is dè bhiodh a' nochdadh ann.

'Oh chan ann – àiteigin eile a dh'aithnicheas mo mhàthair...'

Cha b' e breug a bha sin na bu mhotha ach bha Màiri a' fàs mì-chofhurtail a-nis. Chomharraich i na dealbhan maise-gnùis aig bonn na duilleige, ''S toil leam an lipstick pinc sin – cho bàn is gleansach! 'S dòcha gum bi stuth mar sin aig a' cheimigear ron an Nollaig...' Agus ghluais an còmhradh air falbh bho chuspair cunnartach nan dreasaichean ùra.

An ath sheachdain bha faireachdainn tron sgoil gu lèir gu robh an Nollaig a' tighinn dlùth is a h-uile sgoilear air bhioran. Bha fadachd air Màiri faighinn dhachaigh aig an deireadh-sheachdain oir às dèidh sin cha bhiodh ach latha no dhà mus tigeadh oidhche a' phàrtaidh agus an uair sin na saor-làithean. Dimàirt, thàinig litir àbhaisteach a màthar, làn de na tachartasan làitheil aice fhèin 's Dadaidh ged nach robh dad ann mun turas aca gu Sròn an t-Sìthein. Aig an deireadh ge-tà, bha naidheachd shònraichte eile, 'Bidh tu toilichte a chluinntinn gun d' fhuair mi dreasa dhut – tha mi cinnteach gum bi thu riaraichte leatha! Chan eil mi a' dol a dh'innse a' chòrr – bidh e na surprise snog dhut nuair a thilleas tu Dihaoine…'

Lìon i leis an dà chuid toileachas is mì-chinnt oir ged a bhiodh e mìorbhaileach dreasa fhaighinn, cha robh càil a dh'fhios aice dè seòrsa rud a bhiodh ann.

Nuair a ràinig i dhachaigh oidhche Haoine bha parsail a' feitheamh oirre air uachdar a leapa. Stad i airson mòmaid oir bha fìor eagal oirre gum biodh rudeigin gu tur mì-fhreagarrach na bhroinn. Bha Mem na seasamh air a cùlaibh, fiamh-ghàire is coltas dòchasach air a h-aodann. B' fheudar dhi fhosgladh…

Agus nuair a chaidh am parsail fhosgladh, thàinig tlachd is iongantas oirre oir dè lorg i ach dreasa phurpaidh, dhìreach le coilear cruinn fasanta – ceart coltach ris na dreasaichean rìomhach a chunnaic i anns na bùthan mòra air Sràid Sauchiehall. Leig i anail mhòr aiste 's an uair sin thog i suas i a' coimhead oirre gu sona.

'Nach eil an dath sin dìreach àlainn, 'eudail!' thuirt Mem. 'Agus ged a tha mi a' smaoineachadh gum bi i beagan ro fhada dhut, gu cinnteach bidh ùine agad airson a giorrachadh ron a' phàrtaidh!'

'Ach, a Mhem, cait an d' fhuair thu i?' Ged a bha i cho snog bha e follaiseach nach b' e dreasa ùr a bh' ann.

'Amhairc… tha litir ann cuideachd.' Bha cèis na laighe am measg a' phàipeir. 'Leugh sin agus tuigidh tu cò às a thàinig e.'

Shuidh Màiri sìos air a leabaidh. Thug i cairt Nollaige a-mach às a' chèis agus thòisich i ri leughadh.

'A Mhàiri chòir,

A' FÀGAIL AN EILEIN

'S fhada bhon uair sin! Nuair a fhuair Mamaidh teachdaireachd bho na h-antaidhean anns an Eilean Bheag gu robh do mhàthair a' sireadh dreasa shnog dhut airson a' phàrtaidh, bha sinn gu math toilichte cuideachadh a thoirt dhut. Tha an dreasa seo ro bheag dhomhsa a-nis agus chan eil Jan ga h-iarraidh oir bidh i a' faighinn dreasa ùr airson na Nollaige. An dòchas gu bheil an dath a' còrdadh riut agus gum bi deagh Nollaig agad.

Le mòran gaoil,
Susie is Jan xxxx'

Gu h-obann thill a' chuimhne thaitneach mun Eilean Bheag thuice – na làithean fada blàtha, am muir gorm, na tràighean gainmhich, agus gu h-àraidh an spòrs, an coibhneas agus an càirdeas. Thionndaidh i gu a màthair, ghabh i grèim air a dà làimh agus thug i pòg mhòr dhi. Agus ged nach d' fhuair i brògan ùra agus ged nach d' fhuair i cead an dreasa a ghiorrachadh a cheart cho goirid 's a bha i ag iarraidh, nuair a chuir i air falbh i anns a' mhàileid airson a thoirt air ais dhan sgoil, bha i riaraichte gu leòr.

Oidhche a' phàrtaidh, chuir i fhèin, Peigi is Dolina seachad ùine air beulaibh an sgàthain ann an Dòrm a Dhà mar a b' àbhaist. Bha an dreasa phurpaidh air tòrr molaidh fhaighinn bho na caileagan eile – fiù 's Meg is Sandaidh ris an do thachair iad anns an trannsa, 'Ooh, glè shnog a chaileagan!' thuirt Meg, 'Is fìor thoil leam an dreasa agadsa a Mhàiri – tha an dath sin cho groovy, 's a' tighinn riut gu mòr!'

Ach a dh'aindeoin na dreasa, pan-stick is mascara agus a falt air a chìreadh gu h-àrd b' e beagan de bhriseadh-dùil a bh' anns a' phàrtaidh fhèin. Pàrtaidh gu math goirid a bh' ann, a chrìochnaich aig leth-uair an dèidh naoi is gun ach balaich leanabail clas a h-aon an làthair. B' e balaich clas a sia – na prefects – a bha air tighinn a chuideachadh a ghlac a h-aire-se, oir na sùilean, bha iadsan fada na bu tharraingiche. Ach ged a chùm i sùil dhòchasach orra bha e follaiseach nach robh ùidh acasan ann an caileagan beaga, agus gu dearbha, às dèidh cuairt Paul Jones aig an toiseach cha d' fhuair i danns le balach sam bith. Leis a' cheòl dannsa aighearach na cluasan, thill a smuaintean dhan dannsa air an Eilean Bheag. Nochd ìomhaigh Ghilleasbaig na h-inntinn 's bu mhiann leatha gu mòr gu robh e còmhla rithe.

'A Mhàiri! 'S e Dashing White Sergeant an ath dhanns – siuthad, thig còmhla rinn!'

Bha tòrr de na caileagan a' dannsadh le chèile oir bha balaich clas a h-aon beagan diùid is teagmhach a thaobh companaich fhaighinn. Gu dearbha, cha robh mòran a' dannsadh idir.

Abair gun do chòrd e rithe Dashing White Sergeant beothail a dhèanamh le Peigi is Dolina agus às dèidh sin chaidh an oidhche seachad ceart gu leòr, a' cabadaich ri a caraidean is a' dannsadh còmhla riutha bho àm gu àm. Thàinig an oidhche gu crìoch le bhith a' seinn 'Auld Lang Syne' an àite waltz slaodach agus nuair a choisich i air ais dhan ostail bha faireachdainn beagan mì-riaraichte air Màiri a dh'aindeoin a h-uile moladh a fhuair i mun dreasa rìomhach phurpaidh.

Às dèidh oidhche a' phàrtaidh cha robh ach latha no dhà air fhàgail mus do dhùin an sgoil airson nan saor-làithean. Ged a bha Màiri mothachail gum biodh an Nollaig seo gu math diofraichte bha i toilichte air fad a dhol dhachaigh airson cola-deug a chur seachad còmhla ri a pàrantan.

Ach, b' e latha àraid sàmhach a bh' aca latha na Nollaige. Anns na làithean a dh'fhalbh bhiodh craobh àrd Nollaig na seasamh ann an uinneag mhòr rùm-suidhe an taigh-òsta. Bhiodh i air a sgeadachadh gu h-iomlan le òrnaidean deàlrach is tinsel agus bhiodh solais dhathte dealain a' priobadh 's a' gleansadh oirre. Anns an taigh-samhraidh a' bhliadhna ud bha Mem air geug bheag giuthais a chur ris a' bhalla anns an t-seòmar-suidhe, air a sgeadachadh le sreang no dhà de thinsel. Bha beagan òrnaidean air ach cha robh na solais dealain air nochdadh idir. Bha cairtean Nollaig gu leòr ann ge-tà a thug coltas aoigheil air an t-seòmar is cairt Mhurchaidh a thàinig à Ameireaga a Deas anns an àite a b' fheàrr air teis-mheadhan a' bhreus. Na suidhe air an ùrlar madainn na Nollaige 's i a' fosgladh a prèasantan, bha Màiri sona gu leòr – gu h-àraidh leis nach biodh i a' tilleadh dhan sgoil airson cola-deug. Fhuair i dà phaidhir pyjamas ùr mar a gheall a màthair, còmhla ri leabhar le Mary Stewart. Bha nylons is botal beag L'aimant bho na h-antaidhean agus bha Mem is Dadaidh air an dòigh leis na prèasantan a thug ise dhaibhsan – am broidse à Woolworths is bogsa beag Dairy Milk bho bhùth Fraser MacIntyre.

Agus nas fhaide air adhart aig àm dìnneir, bha a' chearc ròsta agus a' mhilseag Nollaige a cheart cho blasta 's a bha a-riamh ged a bha iad uile mothachail gu robh cuideigin a dhìth aig a' bhòrd. B' e latha ciùin sgòthach a bh' ann agus às dèidh na dìnneir chaidh iad a-mach airson cuairt 's an uair sin dh'èist iad ri prògram laoidhean Nollaige air an rèidio. Nuair a bha e a' fàs dorcha a-rithist thug Mem bonnach Nollaige a rinn i fhèin a-mach às a' chidsin air an truinnsear ròsach chruinn. Ghabh iad pìosan dhi le tì às na cupannan ròsach, agus airson tiotan shuidh iad nan tost 's cuimhne aca uile dè cho dèidheil 's a bha Murchadh air bonnach Nollaige.

Cha robh Màiri air faighneachd do a pàrantan fhathast mu Shròn an t-Sìthein. Bha i cinnteach gun innseadh iad nan robh naidheachd ri fhaighinn agus mar sin, chùm i sàmhach ma dheidhinn. Co-dhiù, latha no dhà às dèidh na Nollaige thàinig fuasgladh air a' cheist – a thilg dùbhlan ùr na rathad agus a chuir cruth gu tur eadar-dhealaichte air an àm ri teachd.

Bha iad nan suidhe còmhla is Màiri a' cur crìoch air leabhar Mary Stewart nuair a thuirt Mem, 'A Mhàiri, a bheil cuimhne agad gun deach Dadaidh is mi fhèin a Shròn an t-Sìthein airson sùil a chur air an taigh-òsta?'

'Tha gu dearbha!' Bha Màiri làn aire sa bhad.

'Uill, chòrd an t-àite rinn gu mòr. 'S e suidheachadh gu math freagarrach a bhiodh ann dhuinn. Dh'iarr iad oirnn tighinn a dh'obair ann… agus tha sinn air gabhail ris – a' tòiseachadh tràth san Fhaoilleach.' Chùm i oirre, 'A chionn gur e Siorrachd Earra-Ghàidheal a th' ann, mar bu trice dh'fheumadh tusa a dhol dhan àrd-sgoil anns a' Ghearasdan… ach tha sinn a' dol a bhruidhinn ri Mgr Mac an Tòisich aig toiseach na teirm ùir airson faighinn a-mach ciamar a dh'obraicheas sin. 'S dòcha gum bi cothrom ann leantainn ort aig Àrd-sgoil Phort Rìgh 's tu air tòiseachadh ann mu thràth. Nach bi e math, 'eudail, obair a bhith aig Dadaidh 's mi fhèin a-rithist – ged a tha e beagan fada air falbh.'

Bha a guth cho dòchasach, ach cha robh fhios aig Màiri idir dè chanadh i oir dhìse bha a h-uile rud air tionndadh bun-os-cionn.

14

Doimhneachd a' Gheamhraidh

FAD SHEACHDAINEAN TRÀTHA na teirm ùire cha robh smuaintean Màiri nan tàmh. B' e 'The Carnival is Over' le Judith Durham is na Seekers am prìomh òran anns na charts 's na faclan brònach is am fonn dubhach ga leantainn is a' ruith na ceann fad na h-ùine. A dh'aindeoin a h-uile tionndadh àraid, ùr anns na mìosan a dh'fhalbh, cha robh i air a bhith ullaichte idir airson an atharrachaidh mhòir a thàinig nuair a chaidh a pàrantan air falbh is ise a' fuireach anns an ostail làn-ùine gun a bhith a' dol dhachaigh idir.

Aon latha fuar reòite mus do dh'fhalbh iad, bha Mem is Dadaidh air tighinn suas a Phort Rìgh airson bruidhinn ri Mgr Mac an Tòisich. Bha iad air cead fhaighinn Màiri a thoirt a mach à leasanan airson a dhol gu lòn is an uair sin do na bùthan. Mar a b' àbhaist bha Mem a' dèanamh oidhirp mhòr air a bhith dòchasach, "S math gu bheil Dadaidh 's mi fhèin air beagan airgid a shàbhaladh!' thuirt i gu h-aighearach, 's iad a' dol a-steach gu Stewarts Outfitters, 'Tha mi cinnteach gum faigh sinn a h-uile rud a tha a dhìth ort…'

Agus, gu dearbha, fhuair iad cha mhòr a h-uile rud. Stocainnean fada tiugha, anorak dorcha gorm le bian bàn na broinn is baga-sgoile làidir cruinn. An uair sin chaidh iad gu bùth nam brògan far an do thomhais an reiceadair a casan gu proifeasanta mus d' fhuair i brògan-sgoile cosgail ùra. Bha lòn air a bhith aca anns an Taigh-òsta Rìoghail far an do dh'innis a pàrantan dè thuirt Mgr Mac an Tòisich. Bha coinneamh air a bhith aig Mem còmhla ri Miss Oswald cuideachd, 'Deagh naidheachd,' thuirt i, 'faodaidh tu fuireach anns an ostail gus a' Chàisg agus cha leig thu a leas sgoiltean atharrachadh an-dràsta! Mar sin, cha bhi thu a' tòiseachadh aig Àrd-sgoil Loch Abar gus an treas teirm – às dèidh na Càisge. Bidh tu a' fuireach ann an ostail an sin cuideachd ged a gheibh thu dhachaigh aig ceann a h-uile seachdain. Nach eil e math gu bheil thu cho cleachdte ris an dòigh-beatha sin mu thràth!'

Rinn Dadaidh fiamh-ghàire bhrosnachail dhi ach cha tuirt Màiri mìr oir ged a bha i a' cluinntinn briathran a màthar bha e doirbh ciall a dhèanamh dhiubh.

'Bidh mi a' cur fòn thugad turas gach seachdain is tha Miss Oswald toilichte gu leòr am fòn aicese a chleachdadh. Bha i gu math snog ma dheidhinn nuair a dh'iarr mi oirre. Gheall i sùil a chumail ort a chionn nach bi thu a' faighinn dhachaigh agus tha mi air innse dhi mun a h-uile rud eile – air eagal gum bi thu a' faireachdainn bochd uair sam bith.' Cha tuirt Mem an còrr ach thug i fiamh-ghàire bheag dhìomhair do Mhàiri.

Às dèidh sin, chaidh iad suas Rathad an t-Sruthain anns a' chàr ach chaidh iad a-steach dhan ostail còmhla an trup sa is Dadaidh a' giùlan nam parsailean is bagaichean stutha a fhuair iad anns a' bhaile. Chuir e sìos iad air uachdar a leapa is an uair sin thug Mem a-mach a sporan, 'Seo airgead airson na seachdaine a tha romhainn,' thuirt i, a' toirt dà not do Mhàiri. 'Sgrìobhaidh mi thugad a h-uile cola-deug is cuiridh mi airgead anns gach litir. Eadar fònadh is sgrìobhadh bidh deagh chonaltradh eadarainn, agus bidh an teirm seo seachad ann am prioba na sùla.'

Dh'fhàs faireachdainn neo-fhìor ann am Màiri mar nach robh smachd no grèim aice air dè bha a' tachairt. Cha robh fuaim ri chluinntinn ann an Dòrm a Dhà a-nis. Sheas an triùir aca nan tost is solas fuar a' gheamhraidh a' dòrtadh tro na h-uinneagan, a' deàrrsadh air na leapannan iarainn is na ballachan loma. Phaisg Mem i na gàirdeanan is bhean Dadaidh ri a gualainn ach sheas i gu treun is gu dìreach. Nuair a chaidh a pàrantan air falbh cha robh na deòir fhathast a' nochdadh agus cha b' ann gus an cuala i an càr a' falbh 's an uair sin fuaim an einnsein a' crìonadh a thàinig iad dha-rìribh.

Chaidh a' chiad cheann-seachdain seachad mar a b' àbhaist, le nigheadaireachd is cuairt sìos am baile, an Caley is na bùthan, iris Jackie is film anns an Drill Hall oidhche Shathairne. Bha Dolina air transistor rèidio beag bìodach fhaighinn mar phrèasant na Nollaige agus feasgar Didòmhnaich dh'èist an triùir aca ri 'Pick of the Pops' anns an dòrm,'s iad a' crùbadh còmhla, dlùth ris an teasadair a' feuchainn ri cumail blàth. Bha an droch shìde air tighinn gu ceart a-nis. Nochd gach latha le còmhdach sleamhainn reòite air Rathad an t-Sruthain agus bha Màiri taingeil airson a stocainnean blàtha, a h-anorak is na brògan tapaidh ùra. Cha do bhruidhinn i ri duine sam bith mun cheann-seachdain a bha roimhpe – a' chiad cheann-seachdain far am biodh i na h-aonar anns an dòrm. Cha robh i fiù 's a' smaoineachadh mòran ma dheidhinn gus an tàinig litir bheag bho Mhem Dimàirt, ag innse gu robh i fhèin 's Dadaidh air Sròn an t-Sìthein a ruighinn gu sàbhailte is a h-uile coltas gum biodh e na shuidheachadh gu math soirbheachail. Aig deireadh na litreach, dh'innis i gum biodh i a' fònadh Miss Oswald oidhche Haoine agus b' e sin a thug oirre smaoineachadh mu dè bha air thoiseach oirre. Beag air bheag thòisich na beachdan a' tighinn thuice mun dòigh a chuireadh i seachad ùine leatha fhèin.

'A Mhàiri, dè bhios tu a' dèanamh Disathairne 's Didòmhnaich fhad 's a tha sinne uile aig an taigh?' Oidhche Ardaoin, bha caileagan Dòrm a dhà a' laighe nan leapannan às dèidh lights out 's iad a' cagair ri chèile gu sèimh. Dh'fheuch Màiri ri a guth a chumail làidir, 'Uill bidh mo mhàthair a' fònadh oidhche Haoine agus bidh nigheadaireachd agam ri dhèanamh Disathairne. Tha fhios agam nach bi film ann air an oidhche ach bha beachd agam a dhol dhan leabharlann anns a' bhaile feasgar. Bidh mi a' dol dhan eaglais còmhla ri càch Didòmhnaich – is nas fhaide air adhart bidh obair-dachaigh ri dhèanamh. Is bidh sibhse a' tilleadh madainn Diluain is cuid eile feasgar Didòmhnaich…'

Bha na beachdan seo air nochdadh beag air bheag na h-inntinn às dèidh dhi litir a màthar fhaighinn. Cha robh i air dad sam bith a ràdh mun deidhinn gu ruige seo ach a-nis, anns an dorchadas 's i ag innse a planaichean do a caraidean, bha ìomhaigh na b' fheàrr aice de na làithean a bha a' tighinn.

'Agus bidh daoine eile mun cuairt. Cha bhi thu às aonais companaich…' chagair Dolina bhon leabaidh ri a taobh, '…an fheadhainn às na sgìrean iomallach, Ratharsair, na h-Eileanan Beaga. Agus bidh Meg Stiùbhart is Sandaidh Curtis ann…'

Bhiodh e ceart gu leòr, smaoinich Màiri rithe fhèin, bhiodh a h-uile rud ceart gu leòr, agus cha b' fhada gus an robh i na cadal.

Ach, feasgar Dihaoine, nuair a thill i dhan ostail 's gun ach i fhèin a-nis ann an Dòrm a Dhà cha robh i a' faireachdainn a cheart cho math. Shuidh i sìos a' coimhead air na leapannan sgiobalta falamh mun cuairt oirre, is an t-sàmhchair a' sìor lìonadh an t-seòmair. Airson mionaid no dhà dh'fhairich i lag is làn eagail. An uair sin chuala i guthan aighearach a' tighinn sìos an trannsa is caileagan na dàrna bliadhna a' tilleadh gu Dòrm a h-Aon. Dh'èirich i agus chaidh i an ath-dhoras far an robh triùir eile nach deach dhachaigh. Ged a bha i eòlach orra mu thràth bha i caran diùid anns an t-suidheachadh ùr seo ach chuir iad fàilte bhlàth oirre agus ann an ùine ghoirid bha iad uile a' còmhradh 's a' gàireachdaich gu dòigheil. Nuair a chaidh iad dhan t-seòmarbìdh choinnich iad ri dithis eile a' tighinn à Dòrm a Trì agus lìon Màiri le faochadh nuair a thàinig e a-steach oirre gum biodh daoine gu leòr a' cadal anns na seòmraichean air gabh taobh dhi.

Anns an t-seòmar-bìdh cha robh ach beagan bhòrd air an cur air dòigh airson dìnnear, bha a' mhòr-chuid de na solais dheth agus na bùird eile nan laighe falamh. Shuidh Màiri còmhla ri caileagan Dòrm a h-Aon 's i mothachail air an fhaireachdainn shònraichte am measg na buidhne bige nach deach dhachaigh.

Chunnaic i gu robh Meg is Sandaidh nan suidhe aig ceann an ath bhùird, 'Haidh a Mhàiri!' thuirt Meg rithe, 'tha thu nad aonar ann an Dòrm a Dhà a rèir choltais! Thig sinn sìos gad fhaicinn uaireigin. Cha leig thu a leas a bhith aonaranach.'

Rinn Màiri fiamh-ghàire riutha. Nach iad bha snog, smaoinich i.

Às dèidh dìnnear chaidh i suas dhan Rec còmhla ri càch far an do dh'èist iad ris na clàran àbhaisteach agus chluich cuid teanas-bùird. Bha dà chlàr ùr air ruighinn a lìon a cluasan le 'We Can Work It Out' leis na Beatles is 'The Carnival is Over' le Judith Durham agus na Seekers 's iad gan cluich uair is uair. Mu ochd uairean thàinig tidsear a dh'iarraidh oirre a dhol suas gu flat Miss Oswald airson bruidhinn ri Mem air a' fòn. Bha fòn Miss Oswald anns an t-seòmar-suidhe phrìobhaideach far an robh teine mòr le lasairean deàrrsach a' dannsadh agus lampaichean a' sgaoileadh solas ciùin seasgair.

'Your mother is waiting to speak to you, Màiri, so I'll just pop into the kitchen. Let me know when you're finished.' Dh'fhalbh Miss Oswald a' dùnadh an dorais às a dèidh. Shuidh Màiri sìos anns a' chathair mhòir chofhurtail agus thog i am fòn, 'Hallo, Mhem?'

'Halo, a chuilein! Is dè mar a tha cùisean a' dol leat? A bheil thu a' faireachdainn ceart gu leòr?' 'S i bha dealasach cluinntinn mun a h-uile rud a bha dùil aig Màiri a dhèanamh thairis air an deireadh-sheachdain agus aon uair 's gun do dh'innis i gu robh beachd aice a dhol dhan leabharlann an ath latha thuirt i, 'Nach math sin. Abair plana ciallach! Agus, a bheil thu a' cumail gu math, 'eudail?'

'Tha.'

''Eil thu cinnteach?'

'Gu dearbha!'

'Uill dèan cinnteach is innis do Miss Oswald ma thòisicheas dad sam bith – cha leig thu leas a bhith a' fulang gun innse do dhuine!' Ag èisteachd ri guth blàth a màthar, dh'fhairich i gu robh

Mem ri a taobh anns an t-seòmar thaitneach sin 's i a' toirt fois-inntinn is spionnadh dhi. Mar sin cha robh i airson aideachadh idir gu robh an t-uabhas cianalais air a bhith oirre air uairean.

'Is a bheil airgead gu leòr fhathast agad – air eagal 's gum bi feum agad air dad a cheannach no ma tha thu a' dol dhan chafaidh a-màireach?' Fhreagair Màiri nach robh i air mòran a cheannach bhon a fhuair i an dà not. 'Ceart gu leòr, ma-thà. Bidh litir a' tighinn a dh'aithghearr is tuilleadh airgid innte, dìreach mar a gheall mi!' An uair sin dh'innis i gu robh cùisean fhathast a' dol gu math leotha anns an taigh-òsta ged a bha am bàr fada nas trainge na Eilean Iarmain is gu tric bhiodh Dadaidh gu math sgìth. 'A-nis feumaidh mi a dhol air ais dhan chidsin oir ged as e an geamhradh a th' ann tha dòrlach de dhaoine a' fuireach an-dràsta is tha sinn gu math gann de luchd-obrach a bheir taic dhomh. Thoir an aire ort fhèin a chuilein, a h-uile beannachd leat... is oidhche mhath!'

'Oidhche mhath, Mhem... is abair ri Dadaidh gu robh mi a' faighneachd air a shon...'

Choimhead Màiri air a' ghleoc air a' bhreus. Mhothaich i le iongantas gu robh i air a bhith a' bruidhinn ri a màthair airson cha mhòr cairteal na h-uarach. Abair gu robh an tìm air a dhol seachad gu luath!

'Is your call over now, Màiri?' Bha Miss Oswald air tilleadh gun fhiosta, 's i a' coimhead oirre le gàire chiùin is coltas truasail na sùilean. 'It will have done you good to speak to your mother – and I do hope that things are working out well for them both. Now it's almost supper time so off you go!'

Chaidh i air ais dhan Rec, 's i a' meòrachadh air briathran a màthar. Nuair a dh'fhaighnich cuideigin gu coibhneil ciamar a chaidh leatha, fhreagair i gu dòigheil ach na cridhe cha robh i cinnteach idir – ged a bha i ag iarraidh gu mòr a chreidsinn gu robh a h-uile rud a' dol mar bu chòir.

Nach e bha àraid nuair a chaidh i dhan leabaidh 's i an aon tè ann an Dòrm a dhà. Ged a bha fhios aice gu robh an fheadhainn eile anns na dòrmaichean mun cuairt oirre, thòisich i ri caoineadh gu sàmhach, na deòir a' sruthladh sìos a h-aodann agus a' fliuchadh a' bhobhstair. 'S ann an uair sin a chuimhnich i guth a màthar a' tighinn thuice air a' fòn thar nam mìltean dorcha garbha à Earra-Ghàidheal 's e a' toirt brosnachadh is neart dhi, agus mu dheireadh thall thuit i na cadal.

Lean Disathairne air ann an cruth a bha gu math faisg air an àbhaist, ge-tà. Fhuair Màiri bracaist is rinn i a nigheadaireachd còmhla ri càch agus dh'iarr caileagan na dàrna bliadhna oirre a dhol sìos am baile còmhla riutha às dèidh lòn. Choinnich i an sin ri a caraidean à Port Rìgh fhèin agus shuidh iad le chèile anns a' Chaley ag òl cofaidh is ag èisteachd ris an jukebox. Mar as àbhaist bha Meg is Sandaidh ann cuideachd nan suidhe aig cùl a' chafaidh còmhla ri balaich a' bhaile a' gàireachdaich gu h-àrd fo sgòthan ceòtha. Smèid iad ri Màiri agus smèid ise air ais gu dòigheil 's i mothachail air an dàimh ùr am measg sgoilearan na h-ostail nach deach dhachaigh.

Às dèidh crìoch a chur air a cofaidh chaidh i na h-aonar gu leabharlann bheag a' bhaile far an do chuir i uair a thìde thaitneach seachad a' leughadh. Bha fhios aice mu thràth gum b' urrainn dhi sia leabhraichean a thoirt às agus nuair a chaidh i suas Rathad an t-Sruthain a-rithist bha a baga làn is trom le leabhraichean Georgette Heyer is Mills and Boon.

Às dèidh dìnnear, chruinnich na caileagan anns an Rec a-rithist. Chaidh Màiri ann airson treiseag ach às dèidh ùine ghoirid chaidh i air ais dhan dòrm is chrùb i sìos dlùth ris an teasadair a' leughadh leabhar a fhuair i feasgar. Gu grad, bha i air chall ann an saoghal eile.

Mar sin cha chuala i cas-cheuman no guthan Meg is Sandaidh a' tighinn a-steach dhan t-seòmar, 'Haidh, a Mhàiri. Cha mhòr gu faic sinn thu, 's tu am falach an sin, le do shròn stoibte ann an leabhar!' Bha fàileadh làidir ceò siogarait a' tighinn bhuapa.

'Chuir sinn romhainn tighinn a chèilidh ort, air eagal 's gum biodh tu a' faireachdainn aonaranach…'

Shuidh an dithis aca sìos air leabaidh Dolina. 'Trobhad, thig an seo, tha iris ùr Jackie ri shealltainn dhut. Am bu toil leat pìos bubble-gum?'

Dh'èirich Màiri agus shuidh i air an leabaidh aice fhèin. Bha Meg a' cagnadh gu làidir 's a' sèideadh bhuilgnean mòra pince às a beul a sprèidh le bragan beaga.

'Nach tu tha math air builgnean a shèideadh!' thuirt Màiri gu farmadach.

'Carson nach fheuch thu fhèin!' thuirt Meg, a' tabhann pìos bubble-gum dhi. Leis an fhìrinn innse bha Màiri air a bhith caran amharasach mu dheidhinn Meg is Sandaidh is i a' cuimhneachadh nan iomraidhean mun droch chliù a bh' aca agus gum bu chòir an seachnadh. Ach a-nis, na suidhe còmhla riutha, a' cagnadh bubble-gum 's a' cur sùil air Jackie cha robh iomagain sam bith oirre.

'Is fìor thoil leam an dreasa sin.' Chomharraich Sandaidh dealbh dreasa phinc ghoirid le coilear cruinn. 'Ceart coltach ris an fhear phurpaidh agadsa a Mhàiri…dead groovy! A bheil e agad an seo? 'S dòcha gu faigh mi fhèin no Sandaidh iasad dheth?' Bha i air a' cheist a chur cho neoichiontach, 's gun do fhreagair Màiri gun a bhith a' smaoineachadh idir carson a bhiodh iad ag iarraidh na dreasa aicese, 'Oh, tha mi duilich. Chan eil e agam an seo – bidh e leis an stuth eile agam ann an Sròn an t-Sìthein oir cha do shaoil mi gum biodh pàrtaidhean no tachartasan sònraichte eile an-dràsta 's an Nollaig seachad a-nis.'

'O bidh daonnan cothroman ann airson dreasa shnog a chur ort – ma tha thu a' cumail do shùilean fosgailte agus do chluasan ri claisneachd,' thuirt Meg 's i a' putadh Sandaidh le a h-uilinn. 'Innis dhuinn, a bheil e ceart gum bi thu a' fuireach leat fhèin anns an dòrm a h-uile ceann-seachdain gus a' Chàisg?'

'Tha.'

'Och, na gabh dragh ma dheidhinn! Fàsaidh tu cleachdte ris

gu luath – sin an suidheachadh againne cuideachd agus tha e a' còrdadh rinn glan. Tha barrachd spòrs ri fhaighinn an seo! Ach 's dòcha gum bi thusa beagan ro òg fhathast airson an t-seòrsa plòidh a th' againne. Ach saoil am biodh tu deònach beagan cuideachaidh a thoirt dhuinn?' Phut Meg Sandaidh le a h-uilinn a-rithist.

Cha do thuig Màiri idir dè bha iad a' ciallachadh ach bha e a' còrdadh rithe gu robh na cailegan mòra seo a' dol a dh'iarraidh oirre rud sònraichte, fàbhar air choreigin, a dhèanamh.

'Uaireannan a Mhàiri, bidh Sandaidh is mi fhèin a' faighinn cuireadh a dhol gu pàrtaidh oidhche Shathairne, agus tuigidh tu gu bheil e caran duilich dhuinn faighinn a-mach airson a dhol ann 's sinn glacte anns an ostail fad na h-oidhche!'

'Nach fhaigh sibh cead sònraichte bho Miss Oswald?'

'O an t-seann ghalla ud! Cha bhi ise a' toirt cead do dhuine sam bith airson faighinn a-mach!'

Dh'fhairich Màiri crith bheag a' dol suas a druim, 's a stamag a' teannachadh.

Shèid Meg builgnean mòra pince eile, 'Bha sinn a' smaoineachadh… nan robh thu deònach, gum biodh e uabhasach snog nan cuidicheadh tu sinn. Tha an leabaidh agad cho faisg air an uinneig, bhiodh e cho furasta dhut an uinneag fhosgladh airson ar leigeil a-mach, no a-steach, nan robh feum air… Dè do bheachd?'

Bha Màiri air bhioran a-nis. Chuimhnich i a ciad oidhche san ostail nuair a bha an dòrm làn de na cailegan as sine agus cuideigin ag innis mu 'sreapadairean clas a ceithir'. Bha fios aice a-nis dè dìreach a bha sin a' ciallachadh agus cò 'na sreapadairean'! Thill an aon fhaireachdainn neònach tharraingeach a bh' oirre air a' chiad oidhche ud nuair a fhuair i sealladh air taobh eile de shaoghal riaghailteach na h-ostail. Airson tiotan bha i teagmhach agus cha tuirt i mìr ach an uair sin, ghnog i a ceann gu slaodach. Thug Meg pòg bheag dhi air a gruaidh, 'Nach bu tu an gaisgeach beag, a Mhàiri! Leigidh sinn fios thugad ann an ùine gu leòr cuin a bhios sinn a' dol a-mach. Cha bhi e a' tachairt an-dràsta oir chan eil an t-sìde cho freagarrach. Cha bhiodh sinn ag iarraidh a bhith a' dol gu pàrtaidh is aodach bog-fliuch oirnn!'

'Gu dearbha,' thuirt Màiri. 'Bhiodh feum agaibh air còtaichean-uisge air leth làidir airson ur dìon leis t-seòrsa sìde a th' againn an-dràsta!'

Thòisich an dithis eile ri snot-ghàire, 'Ooooo, a Mhàiri, 's e an fhìrinn a tha sin!' thuirt Sandaidh. 'Bu chòir dìon math a bhith againn uair sam bith. Tha sin gu math iomchaidh!'

Thòisich an dithis aca a' gàireachdaich gun stad agus ged nach robh Màiri a' tuigsinn carson a fhuair Meg is Sandaidh na briathran aice cho èibhinn, thòisich ise ri gàireachdaich còmhla riutha.

'Co-dhiù, a Mhàiri,' thuirt Meg mu dheireadh thall, 'leigidh sinn fios thugad! Agus na bi ag innse do dhuine.'

'Oh cha bhi!' fhreagair i gu dùrachdach.

Nuair a dh'fhalbh Meg is Sandaidh a-rithist cha b' urrainn do Mhàiri a h-inntinn a chumail air a leabhar. Bha i air bhioran gu robh rùn dìomhair eadar i fhèin is caileagan mòra mar Meg is Sandaidh – cha mhòr nach robh i a' coimhead air mar seòrsa de dh'urram. Ach, bha beagan iomagain oirre cuideachd is fhios aice gum biodh i an sàs ann am briseadh nan riaghailtean agus a h-uile teans gum biodh trioblaid air choreigin na lùib. An uair sin chuimhnich i nach robh rud sam bith stèidhichte fhathast agus gur mathaid nach tachradh e idir!

B' e latha fliuch a bh' ann Didòmhnaich agus thill an cianalas gu trom oirre. Às dèidh lòn bha an t-sìde cho robach 's gun do chruinnich cuid ann an Dòrm a h-Aon airson èisteachd ri Pick of the Pops air an rèidio mus deach iad suas dhan Studaidh airson obair-dachaigh a dhèanamh. Agus bha Màiri gu sònraichte taingeil a bhith còmhla riutha oir nuair a chuala i fonn muladach 'The Carnival is Over' is guth tiamhaidh Judith Durham, thòisich i ri faireachdainn gu math ìosal.

15

Ealaghol

B' IAD SIN NA làithean dorcha, dùbhlanach.

Ged a dh'fheuch Màiri ri cothachadh cho math 's a b' urrainn dhi leotha bha e doirbh cumail neartmhor a dh'aindeoin a h-uile litir bhrosnachail no còmhradh càirdeil air a' fòn. Bha e a' tighinn thuice nach robh a màthair daonnan cho sunndach na bu mhotha is gleus iomagaineach uaireannan air a guth. Mean air mhean bha e a' tighinn am follais nach robh an obair a' dol gu math anns an taigh-òsta is luchd-obrach fhathast gann, ag adhbharachadh tòrr obrach chruaidh anns a' bhàr agus an cidsin, 'Ach, 's dòcha,' bhiodh Mem ag ràdh le osna, 'gum bi e nas fheàrr nuair a thig sìde bhlàth an earraich.'

Ach cha robh piseach fhathast a' tighinn air an t-suidheachadh – no air an aimsir. Às dèidh an t-sneachda is an deigh, a dh'fhàg na rathaidean 's raon-cluiche na sgoile cho cunnartach, thàinig stoirmean, frasan flin is clachan-mheallain. Ged a bha aodach freagarrach blàth aice a-nis, cha do chòrd e ri Màiri a bhith a' coiseachd suas is sìos Rathad an t-Sruthain ceithir tursan gach latha a' giùlan baga-sgoile trom. Gu ìre bha clàr-ama is òrdugh a làithean fhathast na thaic dhi, gu h-àraidh 's nach robh i cinnteach idir mun àm ri teachd. Bha i air innse do a caraidean mu thràth gum biodh i a' dol gu Àrd-sgoil Loch Abar às dèidh na Càisge ach nuair a dh'iarr iad tuilleadh fiosrachaidh cha tuirt i an còrr oir cha robh ach glè bheag fiosrachaidh aice. Agus bha a' Chàisg cho fada air falbh fhathast. A' bhliadhna ud cha bhiodh e ann gu deireadh na ciad sheachdain den Ghiblean. Ann am meadhan a' Ghearrain bha e coltach gum biodh ùine gu math fada ann mus tigeadh e. Chaidh na seachdainean seachad ge-tà. Agus, air latha gruamach fliuch, thill Màiri dhan ostail aig àm-bìdh 's litir bho Mhem a' feitheamh oirre. Shuidh i air a leabaidh a' fosgladh na cèise gu dìoghrasach oir bha beagan ùine aice airson a leughadh mus rachadh i a-steach gu a biadh.

'A Mhàiri, 'eil thu tighinn son lòn?' Chuala i guth Peigi ach cha do fhreagair i oir bha i beò-ghlacte leis na bha i a' leughadh. Cha b' urrainn seo a bhith ceart, smaoinich i, 's i làn imcheist. Bu chòir dhomh ath-leughadh... Ach nuair a leugh i faclan Mem an dàrna turas bha e soilleir gu leòr gu robh rudan air a dhol na bu mhiosa aig an taigh-òsta agus gu robh a pàrantan a' dol ga fhàgail an ceann ceithir seachdainean. Thog i a ceann. Bha an dòrm falamh a-nis oir bha a h-uile duine air a dhol gu lòn às a h-aonais. Shuidh i gun ghluasad is cuimhne aice air suidhe aig bòrd sa chidsin aig Antaidh Phemie as t-samhradh 's a h-antaidh ag innse dhi mun imrich dhan Bhothan Bheag. Bha iomadach rud air tachairt bhon uair sin – ach cha robh fuasgladh fhathast a' tighinn air suidheachadh an teaghlaich. Gu h-obann dh'fhairich i anabarrach sgìth, laigh i sìos air a leabaidh agus dhùin i a sùilean.

Bha i fhathast an sin nuair a nochd Ciorstag Nic a' Phì, 'O, a Mhàiri, dè tha ceàrr ort? Dh'iarr Miss Oswald orm tighinn gad shireadh.' Agus b' e guth coibhneil Ciorstaig is am fìor thruas a nochd na sùilean nuair a dh'innis i dhi nach robh dachaigh aice a-nis a thug oirre caoineadh gu cruaidh.

Nuair a dh'iarr Miss Oswald oirre feitheamh airson treiseag às dèidh lòn fhuair i a-mach gu robh fios aicese mu thràth mun tionndadh as ùire seo, 'Your mother has already been in touch with me, Màiri,' thuirt i, 'and I'm really sorry to hear the latest situation – it must be so unsettling for you. But I'm sure she'll be able to reassure you when you speak to her tonight.'

Air an oidhche ud dh'fheuch Mem ri mìneachadh dè bha air tachairt – gu robh tuilleadh 's a' chòir obrach ri dhèanamh gun chuideachadh ceart is slàinte a h-athar air tòiseachadh ri crìonadh a-rithist, 'A-nis, na bi fo chùram, 'eudail!' chrìochnaich i. 'Bidh tusa ceart gu leòr far a bheil thu an-dràsta agus tha mi làn chinnteach gun obraich a h-uile rud a-mach aig a' cheann thall.'

Ach cha robh Màiri buileach a' creidsinn briathran a màthar agus nuair a chuir i sìos am fòn dh'fhairich i gu robh i air oir toll mòr dubh a shluigeadh i sìos gun rabhadh. Ged a dh'fheuch i ri innse do a caraidean, cha b' urrainn dhi mìneachadh gu ceart dè dìreach cho dona 's a bha i a' faireachdainn 's i a' creidsinn nach b' urrainn dhaibh tuigsinn. Mar sin mhair smuaintean riaslach na h-inntinn fad a' chòrr den t-seachdain. Agus bha an ath cheann-seachdain gu sònraichte duilich dhi is i na h-aonar anns an dòrm a-rithist.

Air feasgar Diluain às dèidh sin, thàinig Ciorstag a-steach gu Dòrm a Dhà is cuireadh sònraichte aice do Mhàiri – a dhol dhachaigh còmhla rithe gu Ealaghol airson ceann-seachdain, 'Nuair a bha mi aig an taigh, dh'innis mi do mo phàrantan na tha a' tachairt riut a Mhàiri, agus thuirt mo mhàthair gum biodh e math nan tigeadh tu dhachaigh còmhla rium an ath thrup.' Lìon cridhe Màiri le taingealachd, 'Oh bhiodh sin dìreach àlainn,' thuirt i, 'ach 's fheudar dhomh cead fhaighinn bho Mhem – agus Miss Oswald cuideachd! Nì mi sin oidhche Haoine!'

Ach oidhche Haoine, bha naidheachd eile aig a màthair a chuir iarrtas Ciorstaig às a h-inntinn. Abair iongnadh nuair a dh'innis Mem dhi gu robh dùil aice fhèin is Dadaidh taigh a cheannach. Mhìnich i gu robh iad air a bhith a' sàbhaladh airgead thairis air bliadhnaichean mòra a dh'obair. Airgead a bha a' dol don bhanca gu cunbhalach air eagal gun tachradh èiginn air choreigin. 'Lìon-sàbhailteachd' mar a bh' aig Mem air, a bha iad a-nis a' dol a chur gu feum, 'Chan eil sinn buileach cinnteach càite an tèid sinn,' thuirt i, 'ach tha sinn a' beachdachadh air an Òban. Tha Mòrag Bheag air rùm a thabhann oirnn fhad 's a tha sinn a' coimhead airson taigh freagarrach. Co-dhiù, feumaidh sinn a bhith san àite ghrànda seo airson seachdain no dhà fhathast…'

Dh'èist i gu dlùth is ged a bha e follaiseach gu robh cùisean fhathast mì-chinnteach, mhothaich i gu robh an gleus bitheanta misneachail air tilleadh a ghuth a màthar.

'Oh,' thuirt Màiri, 'bhiodh sin glè mhath – agus am b' urrainn dhomh dhol dhan Àrd-sgoil an sin? Nach biodh e math nan robh mi san aon chlas ri Aonghas!'

'Bhitheadh, gu dearbha – ach chì sin dè thachras…'

Nuair a bha an còmhradh seachad bha Màiri toilichte air fad mun cheum ùr iongantach seo. Agus aig an deireadh nuair a bha i air iomradh a dhèanamh mu chuireadh Ciorstaig, bha Mem air cead a thoirt dhi ceann-seachdain a chur seachad ann an Ealaghol.

An ath latha chaidh i sìos am baile gu dòigheil is a sporan beag leathair làn airgid oir bha co-latha-breith Mem a' tighinn dlùth. Cha robh i air mòran airgid a chosg bhon a chaidh a pàrantan air falbh agus bha sùim bheag shnog aice airson prèasant a cheannach. Às dèidh a bhith sa Chaley, chaidh i mu thimcheall nam bùthan leatha fhèin 's i a' sireadh rudeigin a bhiodh freagarrach a chur dhan phost gu Sròn an t-Sìthein. Ged a chunnaic i iomadach òrnaid is grìogag, canastairean talcum powder no bogsaichean siabainn, bha iad uile ro chosgail no mì-fhreagarrach airson parsail a dhèanamh. An uair sin, a' dol seachad air bùth Fraser MacIntyre, chunnaic i bogsaichean Waverley Notelettes anns an uinneig – paipear-sgrìobhaidh grinn is dealbhan dathach air gach duilleig. An dearbh rud, smaoinich i – oir nach robh Mem cho dèidheil air litrichean a sgrìobhadh? Cha robh e cosgail na bu mhotha, bha cumadh a' bhogsa gu math iomchaidh airson parsail a dhèanamh agus bhiodh airgead gu leòr air fhàgail airson cairt co-latha-breith, rola beag sellotape, pàipear donn is stampaichean.

Nuair a ràinig i an ostail, sgrìobh i teachdaireachd bheag anns a' chairt agus phaisg i am parsail suas gu cùramach. Nach i bha moiteil ag innse do Pheigi is Dolina nuair a thill iad Diluain agus

A' FÀGAIL AN EILEIN

às dèidh na sgoile chaidh an triùir aca leis gu Oifis a' Phuist.

Cha do dh'innis i do Pheigi 's Dolina ge-tà dè eile a bha air tachairt dhi Disathairne. Às dèidh dìnnear nuair a bha i a' cabadaich ri càch anns an Rec gu h-obann nochd Meg is Sandaidh ri a taobh, 'Haidh, a Mhàiri Bheag!' thuirt Meg, gàire shliogach air a bilean, 'chuala sinn gum bi thu air falbh a dh'Ealaghol airson ceann-seachdain a dh'aithghearr!'

'Oh bithidh, gu dearbha!' thuirt i gu dòigheil. 'Tha mi a' coimhead air adhart ris gu mòr!'

'Carson nach bitheadh!' thuirt Sandaidh. 'Ach bidh Dòrm a Dhà gu math falamh as t-aonais. Fad oidhche Shathairne, saoilidh mi...'

Bha coltas seòlta air a sùilean. An uair sin rinn i comharra beag le a h-òrdag fhad 's a bha Meg a' cur corrag ri a bilean agus cha tuirt iad an còrr. Airson tiotan, dh'fhàs Màiri an-fhoiseil 's i a' cuimhneachadh air na thuirt iad mu thràth mu phàrtaidhean is sreap a-mach air an uinneig ach nach tuirt iad nach robh sin a' dol a thachairt an-dràsta is an t-sìde fhathast cho garbh? Cò a bhiodh ag iarraidh a bhith a-muigh air oidhcheannan grod dorcha! Co-dhiù bha gu leòr air a h-inntinn fad na h-ath sheachdain a chùm a smuaintean air falbh bho Mheg is Sandaidh, gu h-àraidh meòrachadh air planaichean a pàrantan airson taigh a cheannach. Agus – nam biodh e anns an Òban cha bhiodh feum aice fuireach ann an ostail gu bràth tuilleadh! Cha do smaoinich i idir gum biodh cruaidh fheum aig a pàrantan air obair cuideachd, 's a ceann cho làn taighean snoga is gàrraidhean mòra mun cuairt orra.

Nuair a dhùisg i Dihaoine b' e a' chiad smuain aice gum b' e co-latha-breith Mem a bh' ann a-màireach. Saoil an d' fhuair i am parsail fhathast? Bha fhios aice nach biodh i a' bruidhinn rithe air a' fòn an oidhche ud oir bhiodh i ann an Ealaghol is cha robh fòn ann an taigh Ciorstaig. Ach bha ise air innse dhi mun bhogsa-fòn phoblach aig mullach a' bhruthaich, faisg air an taigh. Dè cho gasta 's a bhiodh e, smaoinich i, fòn a chur gu a màthair air a co-latha-breith! Agus, a bharrachd air sin, nach biodh e math faighinn às an ostail airson latha no dhà.

Feasgar bha gaoth mhòr air èirigh is frasan troma a' bualadh orra nuair a thàinig iad às a' mhini-bus aig geata taigh Ciorstaig. Ghabh Màiri grèim teann air a màileid is air làmh a caraid oir bha a' ghaoth a' sèideadh cho cumhachdach 's gun do theab i tuiteam far a casan. Bha an taigh na sheasamh leis fhèin àrd os cionn na mara, agus a' coiseachd làmh ri làmh agus a' feuchainn ri cumail air a casan dh'fhairich i gu robh i air crìoch a' chruinne-cè a ruighinn. Ràinig iad fasgadh an taighe mu dheireadh thall far an robh fàileadh blasta a' tighinn bhon a' chidsin, 'Tha mi an dòchas gun toil leat mions is buntàta, a Mhàiri,' thuirt Mrs Nic a Phì le gàire, 'oir 's e sin an rud as fheàrr le Ciorstag, 's mi ga dhèanamh a h-uile trup a thilleas i!'

B' e cuideachd chòir, chàirdeil a bh' ann an teaghlach Ciorstaig – a pàrantan is Donaidh, a bràthair beag. Às dèidh dìnnear chluich na caileagan geamaichean-bùird leis air ùrlar an t-seòmar-suidhe. Shuidh pàrantan Ciorstag gu dlùth ris an teine, a h-athair a' smocadh a phìoba is a' leughadh nam pàipearan-naidheachd, a màthair a' fighe. Nuair a chaidh Donaidh na leabaidh, sheatlaig Ciorstag is Màiri air a' chouch le leabhraichean 's a cha robh ri chluinntinn ach fuaim na gaoithe, siosarnaich duilleagan a' phàipeir is gliog sèimh bhioranan-fighe. Dè cho math 's a bha e, smaoinich Màiri, a bhith sàbhailte air beulaibh teine blàth air oidhche cho uabhasach.

An ath latha, bha a' ghrian air nochdadh is sgòthan a' cleasachd ann an speur soilleir-gorm os cionn a' Chuilthinn, gach stùc is binnean air an còmhdach le sneachd ùr. Dh'fhairich Màiri togarrachd na cridhe. Abair latha àlainn airson co-latha-breith Mem! Saoil an do ràinig am post Sròn an t-Sìthein fhathast? Saoil dè bhios i a' dèanamh an-diugh? 'S dòcha gum faigh i fhèin 's Dadaidh an cothrom a dhol a-mach anns a' chàr àiteigin. Bha

A' FÀGAIL AN EILEIN

fadachd mhòr oirre a-nis bruidhinn rithe ach ciamar a b' urrainn dhi feitheamh gu seachd uairean feasgar nuair a bhiodh i a' dol suas am bruthach dhan bhogsa-fòn?

Chaidh an latha seachad gu slaodach. Sa mhadainn, ghabh i fhèin 's Ciorstag cuairt ri taobh na tràghad agus às dèidh lòn chaidh an teaghlach uile anns a' chàr do na bùthan anns an Àth Leathann. Bha na sgòthan dorcha a' cruinneachadh agus a' ghaoth ag èirigh a-rithist nuair a rinn iad an slighe dhachaigh gu Ealaghol. Aig deich mionaidean gu seachd chuir Màiri oirre a còta. Bha cabhag oirre a-nis bruidhinn ri Mem.

'An tèid mi còmhla riut a Mhàiri?' dh'fhaighnich Ciorstag. 'Bidh e gu math dorcha a-muigh an sin.' Gu h-obann, thill an t-seann fhaireachdainn aithnichte gu Màiri gum bu chòir dhi seo a dhèanamh na h-aonar. Dhiùlt i gu modhail is chaidh i a-mach dhan an dorchadas.

Bha a' ghaoth a' sèideadh gu làidir air a h-aodann. Ged a bha toirds aice b' ann glè lag a bha an solas agus nuair a ràinig i am bogsa-fòn bha e duilich dhi an doras trom fhosgladh is a' ghaoth a' sìor bhualadh air. Nuair a fhuair i a-steach, dhùin e air a cùlaibh le brag mòr àrd. Chuir i sìos an toirds air sgeilp bheag is an uair sin thug i a h-airgead a-mach às a pòcaid. Thog i am fòn.

'Hallo? And who the hell is this anyway?' Guth greannach, crosta is gleus amharasach air. Dh'innis Màiri gu teagmhach cò i agus gu robh i a' sireadh a màthar.

'Oh aye. Her. Well she's kinda busy at the moment but I'll see if I can find her…'

Sàmhchair fhada air an loidhne is Màiri a' tòiseachadh ri smaoineachadh nach b' urrainn dhi bruidhinn ri Mem idir. Dh'fhàs a' ghaoth na b' fhiadhaich, a' gleadhraich 's ag èigheach mu thimcheall a' bhogsa-fòn.

'A Mhàiri, 'eudail, dè mar a tha gnothaichean ann an Ealaghol a-nochd?'

Ged a bha guth a màthar fada air falbh is fann dh'fhairich i blàths a briathran na cluais is na cridhe, 'O, glè mhath! Tha teaghlach Ciorstaig cho snog is coibhneil rium... agus co-latha-breith sona dhut, Mhem! An d' fhuair thu am parsail a chuir mi thugad? Na Waverley Notelettes?'

'O, 's mi fhuair – dìreach an-diugh fhèin! Mòran taing – abair iongnadh cuideachd oir bha mi air dìochuimhneachadh buileach gum b' e mo cho-latha-breith a bh' ann 's sinn air a bhith ag obair cho cruaidh an seo!'

'Oh, seadh...' Bha e do-chreidsinneach do Mhàiri gun do dhìochuimhnich a màthair a co-latha-breith fhèin ach bha i toilichte gun d' fhuair i am parsail. Chùm i oirre, 'Dh'fhaodadh tu an cleachdadh airson sgrìobhadh thugam!'

'Dh'fhaodadh gu dearbha! Nì mi mo dhìcheall sin a dhèanamh – ged a tha mi a' smaoineachadh gum bi mi gu math trang an t-seachdain sa agus 's dòcha nach fhaigh thu litir gus an deireadh-sheachdain. Tha tòrr againn ri dhèanamh mus fhalbh sinn. Cuiridh mi fòn thugad feasgar Dihaoine mar as àbhaist ge-tà, agus... tha... mi toil... gu bh... cù...'. Thòisich a guth ri crìonadh is a briathran a' briseadh suas mar gun robh iad a' sèideadh air falbh anns an dorchadas. Thàinig fuaim cruaidh làidir na cluais is an uair sin bha an loidhne marbh gu h-iomlan. Cha robh ri chluinntinn a-nis ach fuaim na stoirme. Chuir Màiri sìos am fòn agus a sporan air ais na pòcaid. Le duilgheadas, dh'fhosgail i an doras, chuir i air an toirds 's choisich i sìos bruthach cas, gaothach.

Cha tàinig piseach air an aimsir Didòmhnaich ach madainn Diluain bha an èadhar ciùin is sèimh agus bha an Cuiltheann am falach fo chuibhrig liath de sgòth. Dhìrich am minibus am bruthach seachad air a' bhogsa-fòn agus chuimhnich Màiri an guth suarach a chuala i oidhche Shathairne is an uair sin guth a màthar, a' tighinn thuice anns an dorchadas mus deach a briathran a sguabadh air falbh. Lìon a h-inntinn le smuaintean gruamach air nach do chuir briathran càirdeil Ciorstag stad. Anns an Àth

A' FÀGAIL AN EILEIN

Leathann, nuair a choinnich iad ri Peigi is Dolina air bus Phort Rìgh bha e fiù 's duilich bruidhinn riuthasan agus shuidh i na tost.

Aig geata na sgoile chaidh Ciorstag air falbh agus chaidh ise do na clasaichean àbhaisteach aice fhèin, còmhla ri sgoilearan eile sa chiad bhliadhna. Gu fortanach b' iad na cuspairean a b' fheàrr leatha – Beurla is ceòl is eachdraidh agus airson ùine ghoirid dhìochuimhnich i tachartasan oidhche Shathairne. Aig àm lòin thàinig i a-mach às a' chlas ciùil a' faireachdainn fada na b' fheàrr oir bha madainn Diluain seachad agus bha biadh blasta air thoiseach oirre. Bha i a' coiseachd suas Rathad an t-Sruthain còmhla ri Peigi nuair a chuala i cas-cheuman a' deann-ruith air a cùlaibh, 'A Mhàiri, a Mhàiri! Stad...!!' Nochd Ciorstag ri a taobh 's i gun anail le coltas draghail oirre, 'Feumaidh mi innse dhut gu bheil rudeigin uabhasach air tachairt san ostail – oidhche Shathairne – is a h-uile duine a' bruidhinn ma dheidhinn. Shreap Meg is Sandaidh a-mach às an uinneig ri taobh na leapa agad às dèidh lights out is chaidh an glacadh nuair a thill iad aig dà uair sa mhadainn! Air an daoraich a rèir choltas 's iad a' dèanamh fuaim sgriosail. Thèid an cur às an sgoil gu cinnteach! Agus a Mhàiri, tha iomraidhean a' dol mun cuairt gu robh thu fhèin an sàs ann dòigh air choreigin. Thoir an aire a Mhàiri, oir tha iad ag ràdh gum bi Miss Oswald gad cheasnachadh ma dheidhinn.'

Mhothaich Màiri gu grad an dòigh ùr a bha a caraidean a' coimhead oirre agus an clisgeadh a bha air a thighinn air an aodannan. Thàinig nàire is ciont is i a' faireachdainn gu robh a h-uile nì gòrach a rinn i a-riamh a-nis fosgailte is follaiseach dhan t-saoghal gu lèir.

Agus cha robh Ciorstag air a bhith fada ceàrr oir às dèidh lòn bha agallamh gu math duilich aice le Miss Oswald. Nuair a dh'aidich i rithe mu dheireadh thall gu robh fhios air a bhith aice mun chùis, dh'fhairich i na bu mhiosa buileach is breisleach oirre gun cuireadh Miss Oswald fios gu Mem is Dadaidh. Lìon i le smuaintean dorcha, riaslach is eagal oirre gun rachadh i fhèin a chur dhachaigh – aig an àm seo far nach robh dachaigh aice na bu mhotha! Feasgar, cha b' urrainn dhi dlùth-aire a thoirt air a leasanan 's cha b' urrainn dhi bruidhinn ri a caraidean ge b' e dè cho truasail 's a bha iad. Cha do dh'ith i mìr agus nuair a chaidh i dhan leabaidh cha b' urrainn dhi cadal 's i a' laighe na dùisg a' dol thairis air a h-uile rud uair is uair. Mu dheireadh thall thàinig cadal an-fhoiseil – gus an do dhùisg i tron oidhche 's i a' faireachdainn cianail fuar.

16

Litrichean à Earra-Ghàidheal

Sròn an t-Sìthein
Am Màrt
1966

A Mhàiri, a ghaoilein,
 Uill, chì thu gu bheil mi a' cleachdadh nan Waverley Notelettes, ceart gu leòr! 'S iad a tha handy cuideachd, gu sònraichte 's gun gabh am fosgladh a-mach ma tha feum agad air tuilleadh a sgrìobhadh.
 Bha e math bruidhinn riut air a' fòn oidhche Haoine ged a bha e duilich cluinntinn gu bheil thu air a bhith cho bochd a-rithist. Thuirt Miss Oswald rium gu robh cùisean a cheart cho dona leat 's a bha iad ann an Glaschu san Dùbhlachd agus tha mi a' smaoineachadh gum bu chòir dhut a dhol dhan dotair ma dheidhinn nuair a thig thu dhachaigh airson na Càisge. Co-dhiù bha mi toilichte cluinntinn gu robh i coibhneil dhut nuair a bha thu cho ìosal. Dh'innis i cuideachd gum bi thu a' cadal ann an Dòrm a h-Aon, còmhla ri caileagan na dàrna bliadhna nuair a tha a h-uile duine anns an dòrm agadsa air falbh dhachaigh. Bha i fo uallach gu robh thu a' fàs aonaranach nuair a bha thu a' cadal leat fhèin ann an Dòrm a Dhà – nach i tha laghach!
 A rèir choltais, bha deagh cheann-seachdain agad ann an Ealghol, còmhla ri do charaid. Tha min dòchas gun tug thu taing mhòr dhi – agus do a màthair – airson a h-uile coibhneis. Nach robh an t-sìde dìreach sgriosail air an oidhche ud a chuir thu fòn

thugam? 'S bochd gun do bhris an loidhne suas eadarainn ach tha mi cinnteach gur e an droch shìde a dh'adhbhraich sin. Mòran taing a-rithist airson na cairt agus am parsail airson mo cho-latha-breith. Ged a bha mi cho trang aig an àm ud thug iad togail air m' inntinn agus tha a' chairt fhathast nam phòcaid. Bidh mi a' toirt sùil oirre gu tric gach latha.

Tha Dadaidh is mi fhèin deiseil airson an t-àite grànda seo fhàgail a-nis agus chan eil ach latha no dhà air fhàgail mus tèid sinn dhan Òban. Fhuair mi litir bho Mhòrag Bheag an-dè 's i ag ràdh gu bheil i deiseil air ar son. Dh'fhaodamaid fuireach còmhla rithe cho fad 's a tha e riatanach agus bhiodh rùm gu leòr ann dhutsa cuideachd. Tha sinn cinnteach gum bi taighean freagarrach gu leòr ri cheannach – gu h-àraidh 's gur e an t-earrach a th' ann. Tha na h-uain bheaga a' nochdadh anns na h-achaidhean mun cuairt oirnn an seo is gucan ùra a' tighinn air na craobhan.

Dè cho moiteil 's a tha sinn gun d' fhuair thu comharraidhean cho àrd airson na sgeulachd a sgrìobh thu airson a' chlas Bheurla! Bhiodh e math a leughadh – 's dòcha gum bi thu a' toirt nan leabhrain-sgrìobhaidh uile agad dhachaigh nuair a dh'fhàgas tu aig deireadh na teirm?

Mus dìochuimhnich mi, tha deagh naidheachd ann mu Mhurchadh cuideachd oir fhuair mi litir bhuaithe an t-seachdain sa. Tha e cho doirbh a chreidsinn gu bheil e air a bhith aig muir, air ais is air adhart gu Ameireaga a Deas còrr is naoi mìosan. Tha e a' smaoineachadh gum bi e a' tilleadh dhachaigh air fòrladh aig deireadh a' Ghiblein. Ged a tha feum aige a dhol dhan Cholaiste ann an Glaschu airson mìos no dhà às dèidh sin, nach biodh e math an dithis agaibh a bhith aig an taigh aig an aon àm!

Tha mi a' faicinn gu bheil rùm gu leòr fhathast am broinn na Waverley Notelette seo airson beagan a bharrachd a sgrìobhadh ach tha mi a' tòiseachadh air faireachdainn cadalach. Cha do thòisich mi air seo gu deich uairean feasgar agus tha mo shùilean

a' fàs sgìth. Tha mi a' cluinntinn Dadaidh a' tighinn às a' bhàr an dèidh a ghlanadh is a sgioblachadh suas agus bidh feum aige air srùpag mus tèid sinn a laighe. Feumaidh mi an coire a chur air!
　Thoir an aire ort fhèin agus bruidhnidh sinn air a' fòn a dh'aithghearr.
　Le mòran gaoil,
　Mem

An t-Òban
Am Màrt
1966

A Mhàiri, 'eudail,
　Tha min dòchas gu robh deagh cheann-seachdain agad agus gun d' fhuair thu a-mach airson sràid feasgar Didòmhnaich is an t-sìde a' fàs beagan nas blàithe a-nis.
　An-dràsta, tha mi nam shuidhe ri taobh na h-uinneige anns an t-seòmar-suidhe aig Mòrag Bheag 's mi a' faicinn gu bheil a' ghrian a' deàrrsadh gu soilleir is na lusan crom-chinn a' dannsadh anns na h-oiteagan-gaoithe fhad 's a tha mi a' sgrìobhadh. Mar a dh'innis mi dhut oidhche Haoine, tha e air a bhith na iongnadh mòr dè cho cosgail 's a tha na taighean anns an Òban. Thug sinn sùil air fear eile an-dè ach bha e gu math robach is feum air tòrr càraidh. Nuair a bhruidhinn sinn ris an estate agent às dèidh làimh, mhol e gum bu chòir dhuinn smaoineachadh air sgìre eile far nach eil na prìsean cho àrd. Thuirt e gu bheil taighean nas saoire ann an Dùn Omhain – agus tha sinn a' smaoineachadh gur e deagh bheachd a th' ann is gum b' fhiach fheuchainn. Bidh sinn a' dol ann a-màireach airson latha no dhà – ach na gabh dragh oir mura h-obraich cùisean a-mach bidh sinn a' tilleadh an seo. Bidh Mòrag Bheag toilichte gu leòr ar cuideachadh gus an tig fuasgladh air an t-suidheachadh.
　'S dòcha gum bi cuimhne agad gu robh sinn a' fuireach –

agus ag obair – ann an Dùn Omhain mu thràth, nuair a bha thu fhèin is Murchadh glè òg? Cha robh thusa ach nad phàiste beag bìodach ach thòisich do bhràthair sa bhun-sgoil an sin. 'S e baile uabhasach snog a th' ann agus chuala sinn gu bheil an àrd-sgoil, Sgoil Ghràmair Dhùn Omhain, fìor mhath cuideachd.

Co-dhiù tha fadachd oirnn siubhal ann a-màireach – bidh seallaidhean àlainn air an turas sìos gu Comhghall is dùil air latha math eile gun ghaoth no uisge. Cha robh an t-sìde a cheart cho math an latha a dh'fhàg sinn Sròn an t-Sìthein ge-tà! Abair latha grod a bha siud – 's sinne a' feuchainn ri ar stuth a chur gu sàbhailte anns a' chàr mus do dh'fhàg sinn. 'S math nach eil mòran stuth againn co-dhiù, ged a tha eagal orm gun deach cuid de na cupannan brèagha ròsach a bhriseadh air an t-slighe.

Às dèidh a h-uile rud a thachair tha e math a bhith aig fois anns an Òban a-nis còmhla ri Mòrag Bheag. Mar a dh'innis mi mu thràth a Mhàiri, bha daoine ann an Sròn an t-Sìthein nach robh snog rinn – is sinne a' dèanamh ar dìchill a-thaobh na h-obrach! An coimeas ri sin, tha sinn air ar milleadh le coibhneas an seo.

A chionn 's gu bheil fòn anns an taigh ghabh mi an cothrom fòn a chur gu Antaidh Phemie air an Eilean Bheag a-raoir agus bha Antaidh Ròisin an làthair cuideachd. Tha an dithis aca glè mhath is iad a' faighneachd air do shon ach tha e follaiseach gu bheil Antaidh Ròisin ag ionndrainn Aonghais gu mòr. Tha Dadaidh is mi fhèin a' dol suas dhan ostail feasgar gus a thoirt a-mach airson high tea anns a' bhaile agus gheall mi gun leiginn fios dhi ciamar a tha e a' faighinn air adhart. Tha mi cinnteach gum bi fadachd air tilleadh dhachaigh dhan Eilean Bheag airson na Càisge!

Tha Mòrag Bheag dìreach air nochdadh ri mo thaobh le cupan teatha is sgonaichean ùra, 's mar sin feumaidh mi sgur a-nis. Bruidhnidh sinn oidhche Haoine agus innsidh mi a h-uile rud mu Dhùn Omhain!

Le gaol agus a h-uile beannachd,
Mem

Dùn Omhain
An Giblean
1966

A Mhàiri, a ghràidh,

 Chì thu gun do chleachd mi dà Waverley Notelette an trup sa oir tha uimhir de naidheachd agam ri innse! Cha bhi e fada a-nis gu deireadh na teirm nuair a bhios sinn uile còmhla a-rithist – agus anns an taigh ùr againn fhèin! Mar a dh'innis mi oidhche Haoine, chunnaic sinn àite air leth freagarrach a cheart uair a ràinig sinn am baile seo agus 's urrainn dhomh dearbhadh a-nis gun do shoirbhich leinn leis an tairgse a chuir sinn a-steach air a shon. Bidh sinn a' dèiligeadh ris na pàipearan oifigeil an t-seachdain sa is tha sinn an dòchas gluasad ann gu math luath às dèidh sin oir chan eil na reiceadairean a' fuireach ann. Tha mi duilich nach do dh'innis mi mòran ma dheidhinn mu thràth ach bha an t-eagal orm nach fhaigheadh sinn e.

 Seo a-nis beagan fiosrachaidh dhut! 'S e flat air làr ìosal taigh mòr a th' ann le doras-aghaidh is gàrradh snog. Chaidh an taigh na theine o chionn sia mìosan agus ged nach robh mòran millidh ann, chaidh an taigh gu lèir a sgeadachadh às ùr is mar sin cha bhi feum againn air sgeadachadh sam bith a dhèanamh. Dè cho math 's a tha sin is Dadaidh fhathast caran ìosal? Bidh e a' còrdadh ris gu mòr a bhith ag obair sa ghàrradh ge-tà! Tha seòmar-suidhe, cidsin, rùm ionnlaid is trì seòmraichean cadail ann agus ged nach eil an t-uabhas airgid air fhàgail airson àirneis is uidheam-taighe, tha bùthan anns a' bhaile far a bheil iad a' reic stuth a tha gu bhith ùr aig prìsean reusanta. Bidh thu toilichte cluinntinn gu bheil Woolworths ann cuideachd far am faighear iomadach rud freagarrach eile. 'S e baile gu math goireasach a th' ann an Dùn Omhain. A bharrachd air iomadach seòrsa bùtha, tha cafaidhean, taighean-bìdh is taigh-dhealbh ann. An latha a thàinig sinn sìos bhon Òban chunnaic sinn am bàta mòr Ameireaganach, an Simon

Lake, acraichte anns an Loch Sheunta. Tha e gu math àraid guthan Ameireaganach a chluinntinn anns na bùthan agus air na sràidean!

Tha sinn fhathast a' fuireach anns an taigh-aoigheachd oir cha b' fhiach e a dhol air ais dhan Òban is sinn a' faighinn a-steach dhan taigh ùr cho clis aig a' cheann thall. Gach madainn bidh Dadaidh is mi fhèin a' dol sìos am baile airson paipear-naidheachd a cheannach is an uair sin bidh sinn a' coiseachd ri taobh na mara. Bidh sinn a' coimhead air na bàtaichean-aiseig a' dol air ais 's air adhart gu Guireag is chuala sinn àiteigin gum bi an Loch Fyne a' tighinn a-steach dhan chidhe turas gach seachdain air a slighe chun an Tairbeirt. Dh'fhaodadh tu bàt'-aiseig fhaighinn dhan Eilean Bheag an sin – 's dòcha gum bi cothrom againn uile a dhol ann as t-samhradh!

Tha mi air a bhith a' dol dhan Labour Exchange gu cunbhalach cuideachd oir feumaidh mi smaoineachadh mu obair ùr fhaighinn cho luath 's as urrainn dhomh. Tha tòrr thaighean-òsta sa bhaile a tha a' sireadh luchd-obrach aig an àm sa den bliadhna agus saoilidh mi gum faigh mi rudeigin freagarrach gun trioblaid sam bith. Chan eil Dadaidh buileach deiseil airson obair stèidhichte fhathast ach bidh e slàn gu leòr airson draibheadh suas gu Malaig airson do thogail nuair a dh'fhàgas tu an t-eilean. Bidh e a' gabhail air a shocair is a' dèanamh an turais thairis air dà latha. Bha mi a' bruidhinn ri Miss Oswald mu chùisean a chur air dòigh airson na h-oidhche mu dheireadh agad anns an ostail, oir bidh Dadaidh a' cur seachad na h-oidhche ud ann am Malaig 's an uair sin gad choinneachadh air a' chidhe tràth an ath latha. Bidh an ostail falamh is a h-uile sgoilear eile air falbh ach gheall i gun dèanadh i cinnteach gum bi thu ceart gu leòr.

Tha an dithis againn a' coimhead air adhart gu mòr ri d' fhaicinn a dh'aithghearr is ceann na teirm cho faisg a-nis. Bruidhnidh mi riut airson aon turas eile oidhche Haoine agus chì mi thu Disathairne, a chuilein!

Le tòrr mòr gaoil, Mem

17
A' ruighinn Tìr-mòr

NUAIR A SHEIRM an glag, dhòirt na sgoilearan a-mach thairis air an raon-chluiche is sìos dhan rathad mhòr, fuaim an guthan òga ag èirigh air èadhar soilleir blàth an earraich. Bha a' mhòr-chuid air an slighe sìos do bhaile Phort Rìgh 's iad a' sruthadh seachad air na busaichean a' feitheamh aig geata na sgoile.

Choisich Màiri còmhla ri Peigi, Dolina is Ciorstag a dh'ionnsaigh bus Shlèite is caochladh smuain na ceann. Bha bròn ann gu cinnteach, 's i a' dealachadh ri a caraidean ach bha i air bhoil cuideachd is i air stairsneach ceum ùr.

'Feuch gu sgrìobh cho luath 's as urrainn dhut!' thuirt Dolina 's i a' suathadh deur far a gruaidh. 'Bidh fadachd oirnn faighinn a-mach mun taigh ùr – is mu Sgoil Ghràmair Dhùn Omhain!'

'Sgrìobhaidh mi, gu cinnteach!' fhreagair Màiri 's i a' teannachadh gach caraid gu dlùth mus deach iad air a' bhus. Bha Dolina a' caoineadh a-nis ach nuair a smèid i rithe gu sunndach thill fiamhghàire air aodann a caraid. Ghluais am bus air falbh gu slaodach agus gu h-obann chunnaic i gu robh a h-uile duine air bòrd a' smèideadh rithe.

Bha a caraidean às a' bhaile air a dhol sìos dhan Chaley mu thràth 's iad a' gealltainn àite a chumail dhi ri an taobh. Bhiodh e gu math trang às dèidh na sgoile is mòran a' dol ann airson toiseach nan saor-làithean a chomharrachadh. Nuair a dh'fhosgail i na dorsan glainne, thàinig suail mhòr teas is fuaim – ceòl is cabadaich, spreigeachd is gàireachdaich. Mar a b' àbhaist bha na sgoilearan a bu shine shuas aig a' chùl air an cuairteachadh le sgòth de cheò siogarait ach chan fhaca i Meg no Sandaidh nam measg. Cha robh iad air tilleadh dhan sgoil às dèidh na h-oidhche ud anns a' Mhàrt 's an dithis aca sia bliadhna deug a-nis agus dùil air a bhith aca an sgoil fhàgail an dèidh na Càisge co-dhiù. Shuidh i sìos ri taobh a caraidean agus airson an turais mu dheireadh, dh'òrdaich i cupan cofaidh milis geal. Dh'iarr cuid a seòladh ùr 's iad ag iarraidh sgrìobhadh thuice ach an uair sin shuidh i gu sàmhach airson tiotan ag èisteachd ris a' cheòl a' tighinn bhon juke-box anns an oisean. 'Homeward Bound' le Simon and Garfunkel.

'Sin an t-òran dhutsa, a Mhàiri!' thuirt cuideigin, ''s tu air an t-slighe dhachaigh a-màireach!' agus thòisich a h-uile duine aig a' bhòrd ga sheinn 's iad a' togail an fhuinn còmhla.

Às dèidh soraidh slàn fhàgail aig a caraidean, choisich i suas Rathad an t-Sruthain na h-aonar, duilleagan ùra a' nochdadh air gach craobh is preas is na h-eòin a' ceilearadh os a cionn. Bha e àraid a' dol a-steach dhan ostail is a h-uile ceàrnaidh cho falamh. Chuir e na cuimhne a' chiad latha a ràinig i – na trannsaichean 's na dòrmaichean balbh 's na leapannan iarainn a' feitheamh airson sgoilearan ùra.

Sìos an trannsa anns an oifis bhig, bha Miss Oswald trang aig a deasg ach thog i a ceann nuair a nochd Màiri aig an doras, 'Ah, there you are, Màiri!' thuirt i. 'Now I'll show you where you'll be sleeping tonight and also where you can spend the evening. You'll be having your evening meal in the kitchen as there are still some staff here. Follow me, please.' Lean Màiri i suas an staidhre. Ri taobh doras a' flat aice fhèin, dh'fhosgail Miss Oswald doras seòmar-cadail far nach robh ach ceithir leapannan. Chunnaic Màiri gu robh a màileid ann mu thràth.

'This is one of the senior pupils' bedrooms. I thought it best if you were here, near to my flat. Leave your things just now and I'll show you the little sittingroom downstairs.'

Shìos an staidhre ri taobh a' chidsin bha seòmar-suidhe nach

A' FÀGAIL AN EILEIN

fhaca i a-riamh. Seòmar beag lom, gun dealbh no òrnaid ach bha teine beag a' dol gu beòthail sa chagailt is dà chathair gàirdeanach air gach taobh. Ris a' bhalla bha preas-leabhraichean làn paperbacks is irisean.

'You'll be comfortable here till dinner-time Màiri, and then you can spend the rest of the evening in here too – there are plenty of books for you to read!'

Thug i sùil air na sgeilpichean. Thog i lethbhreac den iris National Geographic – làn sgrìobhaidhean mu thìrean eagsotaig fada air falbh is shuidh i sìos air beulaibh an teine. Nuair a thug i sùil gu mionaideach air a' chòmhdach mhothaich i gu robh artaigil sònraichte ann mu Ameireaga a-Deas – an dearbh àite far an robh Murchadh air a bhith! Thòisich i ri leughadh agus chaidh ùine seachad gu taitneach 's i air chall am measg tùsanaich agus beathaichean àraid nan coilltean-fliucha.

Aig àm dìnneir, bha e math a bhith na suidhe anns a' chidsin ri taobh an stòbha mhòir. Bha an còcaire fhathast ann 's i a' cur dìnnear air dòigh airson nan tidsearan nach deach dhachaigh fhathast – ged nach robh sgeul orrasan. Thàinig Miss Oswald a bhruidhinn rithe mu na thachradh an ath mhadainn nuair a bhiodh i a' faighinn lioft bhon dorsair gu Ceàrnag Shomhairle far am faigheadh i a' chiad bhus sìos gu Armadal, 'You'll need to be up sharp, Màiri!' thuirt i. 'He'll be at the door for you straight after breakfast. I've switched the hostel bell off – but I'll lend you my alarm clock so you won't sleep in!'

Às dèidh dìnnear, chaidh i air ais dhan t-seòmar-suidhe bheag agus dìreach dhan phreas-leabhraichean oir mhothaich i mu thràth gu robh uimhir de na leabhraichean James Bond aig Ian Fleming ann. Cha do leugh i gin dhiubh fhathast ach bha dealbh Sean Connery air nochdadh ann an Jackie o chionn ghoirid. Abair gun d' fhuair i a shùilean donna tarraingeach 's a' ghàire mhì-mhodhail air a bhilean – is a chom rùisgte molach. 'S dòcha, smaoinich i, gum biodh cothrom am film as ùr aige – Thunderball

– fhaicinn aig an taigh-dhealbh ann an Dùn Omhain.

Bha i trang a' leughadh nuair a dh'iarr Miss Oswald oirre tighinn a bhruidhinn ri Mem air a' fòn. Mhothaich Màiri an gleus aighearach air guth a màthar is i air bhioran gus innse gu robh Dadaidh sàbhailte ann am Malaig agus gum biodh e a' feitheamh oirre air a' chidhe an ath mhadainn, 'A bheil thu fhèin deiseil? A h-uile rud anns a' mhàileid? A bheil cuimhne agad càit an ceannaich thu tiogaid airson a' bhàt'-aiseig? Na dìochuimhnich gum bi thu a' ceannach tiogaid airson turas singilte an trup sa!'

Dhearbh i ri Mem gu robh i deiseil dhà-rìribh agus aig deireadh a' chòmhraidh bha a h-inntinn ciùin is cinnteach mu na planaichean uile airson a turais dhachaigh. Shuidh i anns an t-seòmar-suidhe, a' leughadh James Bond gu deich uairean, nuair a thàinig Miss Oswald a ràdh gur e àm-cadail a bh' ann. Chaidh iad suas an staidhre le chèile dhan t-seòmar-cadail bheag far an robh gleoc-rabhaidh a' diogadh gu ciùin air sgeilp anns an oisean. 'Good night, and sleep well, Màiri,' thuirt Miss Oswald. 'I've set the alarm for 7 o'clock and breakfast will be ready for you at 7.30 in the kitchen. See you then.'

Nuair a chuir Màiri dheth an solas thuit dorchadas trom, balbh is i mothachail airson treiseag gu robh dòrmaichean is trannsaichean Ostail Mairead Charnegie buileach falamh. An uair sin chuimhnich i gu robh flat Miss Oswald faisg air làimh is tidsear no dhà eile àiteigin mun cuairt. Chuala i an gleoc-rabhaidh ri a taobh agus nuair a dh'fhosgail i a sùilean chunnaic i gu robh solas a' tighinn às, a' lasadh suas na h-àireamhan air aodann cruinn soilleir. Cha do laigh i fada na dùisg is diogadh a' ghleoc ga tàladh mar bhuille-cridhe cunbhalach anns an dorchadas.

An ath latha dh'fhairich i solas na maidne a' blàthachadh a h-aodainn 's i na seasamh aig doras-aghaidh na h-ostail. Bha an driùchd a' gleansadh air an fheur is air na duilleagan ùra, agus bha sanas reòthaidh ann a thug lùths is spionnadh do a h-inntinn. Ri a taobh bha am minibus a' feitheamh airson falbh, einnsean

a' dol is sgòthan ceò exhaust ag èirigh anns an èadhar fhuar.
Chuir Miss Oswald a làmh air gualainn Màiri, 'Goodbye, Màiri, I hope everything works out well for you. Good luck at your new school!' Chaidh Màiri a-steach dhan mhini-bus agus ghluais iad air falbh. Nuair a thionndaidh i a ceann b' e Miss Oswald a' smèideadh gu dìoghrasach an sealladh mu dheireadh a chunnaic i.

Dè cho sàmhach is a bha Ceàrnag Shomhairle is soilleireachd na maidne a' deàrrsadh air busaichean Mhic a' Bhruthainn. Cha robh ach duine no dhà air bus Armadail agus bha e furasta do Mhàiri àite fhaighinn ri taobh uinneige. Dh'fhàg iad Port Rìgh, a' siubhal sìos Gleann Barragill gu Sligeachan far an robh druim a' Chuilthinn Dhuibh air fàire is an Cuiltheann Dearg a' nochdadh air am beulaibh mar uilebheistean mòra. A' tighinn dlùth air an Àth Leathann, chunnaic Màiri sop ceòtha mu cheann Beinn na Caillich, an conasg a' tighinn gu blàth soilleir-bhuidhe is sòbhragan a' fàs ann am badan ri taobh an rathaid.

Aig ceann rathad Shlèite rinn iad an tionndadh aithnichte. Shiubhail iad seachad air na Lochanan Dubha far am faca Màiri gu robh gucan nan duilleagan-bàthte a' nochdadh, agus aig Tuathanas Cheann Locha fhuair i a ciad sealladh air Linne Shlèite is beanntan tìr-mòir. Chaidh iad tro Dhùisdeil is sìos am bruthach os cionn na h-eaglaise bige, laimrig Eilein Iarmain fòidhpe is an taigh-solais fhathast a' comharrachadh Beinn Sgritheall is beanntan Chnòideirt. Aig geata na sgoile, choimhead Màiri suas air an t-seann togalach liath is gu h-obann chuimhnich i an dòigh a dhòirt solas an latha tro na h-uinneagan àrda. Dh'fhairich i gu robh clas a seachd is an teirm mu dheireadh aice gu math fada air falbh a-nis. Is an uair sin, thàinig fuaim a' chor anglais is an Largo aig Dvorak a-rithist na cluasan, is na h-inntinn bha i air ais na suidhe aig a deasg aig toiseach latha ùr is teas na grèine a' beannachadh a cinn.

Aig Loch nan Dubhrachan chunnaic i taighean geala Mhalaig air taobh thall na Linne agus b' ann an sin a thuig i gu deimhinne an t-atharrachadh neo-aithnichte a bha air thoiseach oirre.

Ag amharc thairis air na tonnan drilseach, dh'fhàs misneachd na cridhe is i deiseil is deònach a-nis airson an dùbhlain ùir a bha a' feitheamh air tìr-mòr.

Nuair a ràinig i air bòrd a' bhàt'-aiseig chaidh i suas dhan deic a b' àirde is shuidh i air being. Dh'fhuirich i an sin fad an turais, a sùilean ri beanntan Chnòideirt is a cùl ris an eilean. A' tighinn na b' fhaisge air Malaig, gu grad b' urrainn dhi Dadaidh fhaicinn far an robh e na sheasamh air a' chidhe. Nuair a chaidh i sìos an gangway thàinig e ga h-ionnsaigh is chlàpranaich e a gualainn 's e a' gabhail grèim air a màileid leis an làimh eile, 'There you are, my dear!' thuirt e, is fiamh-ghàire mhòr air. 'In perfect time,too! How was your journey down to Armadale?'

Agus cha robh sùim aig Màiri air cac faoileig no fàileadh èisg oir bha i cho trang ag innse do a h-athair a h-uile rud mun turas agus mun oidhche mu dheireadh aice anns an ostail. Cha b' ann gus an d' ràinig iad an càr a mhothaich i dè cho sgìth 's a bha aodann. Shaoil i gu robh coltas fada na bu shine air bhon turas mu dheireadh a chunnaic i e. Gu h-obann dh'fhàs i làn iomagain mun turas fhada air am beulaibh agus airson a' chiad àm a-riamh dh'fhàs i teagmhach mun chomas draibhidh aige. 'Daddy,' dh'fhaighnich i,' are you feeling well enough to drive us all the way to Dunoon? It's such a long journey.'

'Of course, my dear – that's precisely why I decided to do it over two days! I'll just take my time and we'll treat ourselves to a nice lunch on the way. Your mother isn't expecting us till tea-time.'

Agus a dh'aindeoin a sgìths thàinig e am follais gu luath gu robh draibheadh fhathast a' còrdadh ris gu mòr. Airson a' chiad phàirt den turas chuir e seachad tòrr ùine a' bruidhinn gu sona mun taigh ùr fhad 's a bha e a' draibheadh gu faiceallach air na rathaidean casa eadar Malaig agus an Gearasdan. Ag èisteachd ri a bhriathran dealasach cha mhòr nach do dhìochuimhnich Màiri mun dragh a bh' oirre ma dheidhinn.

'...and your mother was at the Labour Exchange again yesterday. I understand she's got an interview organised for next week. It's for a cook's job at a private school – that'll be something a bit different! And although the house is in such good order, there will still plenty for me to do...'

Às dèidh an Gearasdan fhàgail, stad iad airson lòn agus chuir iad seachad beagan ùine nan suidhe aig fois anns a' ghrèin, 'Well,' thuirt Dadaidh, 'this is lovely, but we'd better be on our way again – we've still a long way to go yet.' Bha coltas sgìth air tilleadh dha aodann a-nis ach gu fortanach bha an rathad gu deas sàmhach agus mu cheithir uairean feasgar bha iad a' siubhal ri taobh Loch Fìne, a dh'ionnsaigh Srath Chura is rathad Chomhghaill. A' dlùthachadh air Dùn Omhain dh'innis Dadaidh beagan a bharrachd mun bhaile is na goireasan uile ann, 'There are lots of lovely shops, several butchers, a fishmongers – even a delicatessen! And of course the second-hand furniture shop has been an absolute blessing for us! Now, this is the Holy Loch – look, there's the Simon Lake anchored out in the middle, though I see there are no submarines around today!'

Sheall Màiri air a' bhàta mhòr liath. Cha robh fhios air a bhith aice gum biodh bàtaichean-aigeil cho faisg air Dùn Omhain. Bhiodh uiread de rudan ùra aice ri ionnsachadh, smaoinich i.

Mus do ràinig iad meadhan a' bhaile thionndaidh Dadaidh an càr a-staigh gu sràid shàmhach, dhìreach agus thàinig iad gu stad air beulaibh taigh tapaidh geal, 'Here we are at last!' thuirt a h-athair. 'Welcome to your new home. This is where a new life begins for us all!'

Chunnaic Màiri an gàrradh làn phreasan flùranach is lusan crom-chinn a' dannsadh anns a' ghrèin. An uair sin chunnaic i gu robh a màthair a' feitheamh oirre aig an doras-aghaidh. Leum i às a' chàr, ruith i suas an staran agus thairis air an stairsnich.

Anns an rùm-suidhe, bha bòrd air a sheatadh a-mach mu thràth airson dìnnear de dh'fheòil fhuar is sailead. Sheall Mem rithe gu moiteil, na truinnsearan ùra à Woolworths is an t-anart-bùird rìomhach a thàinig bho Antaidh Ròisin. Bha cèic, làn uachdair is silidh air an t-soitheach chruinn ròsach, ''S ann à Blacks the Bakers a thàinig sin!' thuirt i gu dòigheil. 'Bùth bèicearachd spaideil mhòr ann am meadhan a' bhaile! Thèid sinn sìos airson sràid a-màireach agus chì thu a h-uile h-àite agus a h-uile rud.'

Bha Dadaidh air fàs gu math sàmhach is coltas claoidhte air agus às dèidh dìnnear chaidh e gu dìreach dhan leabaidh. Thill iomagain air Màiri, 'A Mhem,' dh'fhaighnich i, 's iad a' nighe nan soitheachan còmhla, 'a bheil Dadaidh fhathast tinn? Chan eil e a' coimhead cho math.'

'Chan eil ach beagan fois a dhìth air,' fhreagair a màthair. 'Na gabh dragh idir – gheibh e sin ann am pailteas an seo agus chan eil feum aige air obair eile fhaighinn an-dràsta. Chì thu, bidh a h-uile rud ceart gu leòr – nì mise mo dhìcheall ma dheidhinn.'

Agus lìon Màiri làn dòchais dhùrachdach gun rachadh cùisean dìreach mar a bha dùil 's i tiormachadh an truinnseir ròsaich chruinn.

Luath foillsichearan earranta
le rùn leabhraichean as d'fhiach a leughadh fhoillseachadh

Thog na foillsichearan Luath an t-ainm aca o Raibeart Burns, aig an robh cuilean beag dom b' ainm Luath. Aig banais, thachair gun do thuit Jean Armour tarsainn a' chuilein bhig, agus thug sin adhbhar do Raibeart bruidhinn ris a' bhoireannach a phòs e an ceann ùine. Nach iomadh doras a tha steach do ghaol! Bha Burns fhèin mothachail gum b' e Luath cuideachd an t-ainm a bh' air a' chù aig Cù Chulainn anns na dàin aig Oisean. Chaidh na foillsichearan Luath a stèidheachadh an toiseach ann an 1981 ann an sgìre Bhurns, agus tha iad a nis stèidhichte air a' Mhìle Rìoghail an Dùn Èideann, beagan shlatan shuas on togalach far an do dh'fhuirich Burns a' chiad turas a thàinig e dhan bhaile mhòr.

Tha Luath a' foillseachadh leabhraichean a tha ùidheil, tarraingeach agus tlachdmhor. Tha na leabhraichean againn anns a' mhòr-chuid dhe na bùithean Breatainn, na Stàitean Aonaichte, Canada, Astràilia, Sealan Nuadh, agus tron Roinn Eòrpa – 's mura bhe iad aca air na sgeilpichean thèid aca an òrdachadh dhuibh. Airson leabhraichean fhaighinn dìreach bhuainn fhìn cuiribh seic, òrdugh-puist, òrdugh-airgid-eadar-nàiseanta neo fiosrachadh cairt-creideis (àireamh, seòladh, ceann-latha) thugainn aig an t-seòladh gu h-ìseal. Feuch gun cuir sibh a' chosgais son postachd is cèiseachd mar a leanas: An Rìoghachd Aonaichte – £1.00 gach seòladh; postachd àbhaisteach a-null thairis – £2.50 gach seòladh; postachd adhair a-null thairis – £3.50 son a' chiad leabhar gu gach seòladh agus £1.00 airson gach leabhar a bharrachd chun an aon t-seòlaidh. Mas e gibht a tha sibh a' toirt seachad bidh sinn glè thoilichte ur cairt neo ur teachdaireachd a chur cuide ris an leabhar an-asgaidh.

Luath foillsichearan earranta
543/2 Barraid a' Chaisteil
Am Mìle Rìoghail
Dùn Èideann EH1 2ND
Alba
Fòn: +44 (0)131 225 4326 (24 uair)
Post-dealain: sales@luath.co.uk
Làrach-lìn: www.luath.co.uk